하
바
롭
스
크
의

밤

하바롭스크의 밤

유재영 소설집

민음사

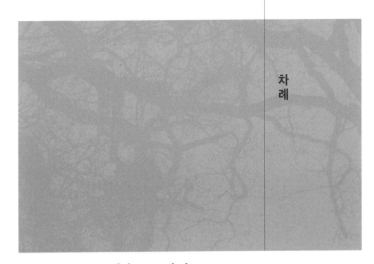

차
례

고라에게

하바롭스크의

밤

1

기는 트레일러 앞에서 불을 지피고 있었다. 바람은 불지 않았고 잡목이 공기 중에서 타닥타닥 소리를 내며 타들어 갔다. 불길이 기의 품 안에서 피어오르는 것처럼 보였다. 잡목 하나를 밀어 넣자 불길이 오르다 이내 사그라졌다. 입김 같은 연기가 남았다. 기의 등 뒤에는 잘려 나간 느릅나무 밑동이 바둑알처럼 백색 바닥에 박혀 있었다. 10여 미터 거리를 두고 사슴 한마리가 기가 앉아 있는 쪽을 향해 서 있었다. 몸빛은 고동색이었고 뿔이 무성히 자란 수놈이었다. 빳빳하게 세워진 귀가 연기의 방향을 따라 움직였다. 놈은 앞발을 천천히 바닥에 비벼 댔다. 기척을 느낀 기가 몸을 돌렸다. 놈과 시선이 마주쳤다. 율이트레일러 문을 열고 나오자 사슴은 반대 방향으로 달아났다.

놈이 머물렀던 자리에 쉼표 같은 핏자국이 남았다. 기는 사슴의 행적을 살폈지만 나무와 나무 사이로, 안개 뒤로 사라지고 없었다.

율은 트레일러 출입문 앞에 붙은 온도계를 확인했다. 온도계의 눈금은 영하 30도에서 멈춰 있었다. 3주 전, 하바롭스크 벌목 5구역에 도착한 이후로 온도계는 영하 30도를 가리킨 채 멈췄지만 아침이면 어김없이 온도계를 확인했다. 온도를 확인하는 건 율뿐이었다. 수십 년이나 이 일을 반복해 온 겨울 벌목공들이 이곳 기온에 관심을 둘 리 없었다. 율은 간밤에 꾼 악몽의 마지막 장면을 되짚으며 허리를 숙였다. 차갑게 굳은 자신의 팔목 부근을 매만졌다. 어깨가 시리도록 진동하는 전기톱을 밀어 넣고 도끼로 내리쳐도 잘리지 않는 나무가 있었다. 암흑 속에서 율은 포기하지 않고 계속 시도했다. 숲 전체에 파열음이 공명했다. 숨이 머리끝까지 차오를 때쯤 허리를 곧게 펴고 나무를 올려다봤다. 나무가 있어야 할 자리에 거대한 크기의 사람이 서 있었다. 율이 나무라고 여겼던 것은 사람의 다리였다. 사방으로 튀어 오르던 톱밥은 너덜너덜한 살점과 핏덩이였다. 바닥에 피가 흥건했다. 율은 질척이는 바닥을 확인하고 뒷걸음질했다. 허공에 발을 한 차례 구르고 나서야 잠에서 깼다. 테이블 위에서 이반의 손목시계 알람이 울리고 있었다. 침대에 앉아 욱신거리는 오른쪽 팔과 어깨를 주물렀다. 트레일러 출입문 옆, 손바닥만 한 창문 너머로 노란 불빛이 일렁이는 걸 확인하고 밖으로 나왔다.

이반이 으깬 감자에 돼지고기를 썰어 넣은 음식을 냄비째 들고 뒤따라 나왔다. 전날 저녁에 먹다 남은 수프였다. 기가 잡목 하나를 얹어 모닥불 위쪽에 자리를 마련해 주었다. 이반은 냄비를 나무 위에 포개 올리고 원목을 눕혀 만든 의자에 걸터앉았다. 음식이 끓자, 알렉세이와 페드로가 나왔다. 각각 플라스틱 식기에 음식을 덜고 별다른 도구 없이 미간을 구기며 입안에 조금씩 밀어 넣는 방식으로 아침을 먹었다. 알렉세이가 허리춤에서 군용 수통에 담은 보드카를 꺼내 한 모금 들이켜고 기에게 권했다. 기는 고개를 저었다. 알렉세이가 뚜껑을 열고 다시 한 모금 마셨다. 페드로가 정오에 사람들이 올 거라고 말했다. 이반은 거래가 끝나고 사람들이 떠나면 트랙터를 가지고 오라고 지시했다. 이반은 그들이 완전히 떠나는 것을 확인하면, 이라고 한 번 더 말했다. 페드로가 작업할 구역을 확인했다. 이반이 고개를 끄덕였다. 네 사람이 꾸역꾸역 자기 몫의 수프를 삼키는 동안, 기가 트레일러에서 수렵용 엽총 두 자루와 탄약 상자를 챙겼다. 엽총은 그날의 작업 도구 중 하나였다.

러시아 정부는 무리하게 벌목을 하다 나무에 깔려 죽거나 야생동물의 공격을 받아 죽는 사고가 부지기수로 일어나자 벌목 지역을 제한하기 시작했다. 동쪽 접경 지역 부근인 늑대의 늪도 그런 경우였다. 늑대의 서식지로 알려진 그곳은 여름이면 종아리까지 푹푹 빠지는 늪이 허다한 탓에 출입이 어려웠지만 겨울이면 단단하게 얼어붙었다. 겨울 원목은 다른 계절에 비해 수분함량이 적기 때문에 상품 가치가 높았다. 땅과 나무는 추울수록 단단해졌다. 늑대의 늪에는 60년 이상 된 전나무와 굴참나무가 빼곡했다. 게다가 늪에서 자란 나무는 강도가 우수해서 비싼 값에 거래할 수 있었다. 이곳 늑대는 먹을 것이 부족하거나 자신들의 구역을 침범한다고 여기면 사람도 공격했다. 며칠 전, 트레일러 바깥에 쌓아 놓은 잡목 더미를 헤집어 놓은 것도 늑대의 소행이었다. 잡목 일부에 짐승의 피가 묻어 있던 탓이었다. 정상적인 벌목장에서도 늑대의 공격을 받아 중상을 입거나 목숨을 잃는 일이 해마다 발생했다. 대개는 일몰 후 벌목과 늑대의 습성을 헤아리지 못한 부주의가 원인이었다. 그럼에도 겨울 벌목공들에게 늑대의 늪은 포기할 수 없는 작업장이었다. 벌목 사업소가 그곳에 출입하는 벌목공들에게 위험수당을 배로 내걸었기 때문이었다. 알렉세이는 늑대의 늪에서의 벌목을 적지에 부비트랩을 설치하기 위한 잠입에 비유했다. 그것이 처음 겨울 벌목에 합류한 율에게 건넨 인사말이었다. 페드로가 웃었고 이반은 손에 쥐고 있던 엽총을 들어 보였다. 그곳에서는 엽총을 나무 옆에 두고 일했다. 늑대에게 틈을 보이지 않기 위해 한 명이 엄호하고 다른 한 명이 나무를 잘랐다. 벌목 사업소 본사가 있는 제재소에서 벌목 5구역 트레일러로 이동하는 동안 그들은 독한 담배를 피우거나 보드카를 마시면서 두 달 동안의 트레일러 생활을 위해 가지고 온 물건을 헤아렸다. 담배와 술이 있었고, 트럼프 두 벌과 포르노 잡지 세 권이 있었다. 코카인을 숨겨 둔 장작은 맨 뒷좌석에 쌓여 있었다.

트레일러 안에서는 정기적으로 코카인을 거래했다. 50킬로그램에 가까운 코카인이 트레일러 곳곳에 숨겨져 있었다. 겨울 벌목이 이루어질 두 달 동안 모두 팔고도 남을 양이었다. 코카인에 대해 언급하는 일은 트레일러 안에서 금기시되었지만 첫 거래를 성공시킨 날만은 예외였다. 기는 술에 취한 채 의자에 앉아 곯아떨어진 거구의 이반을 부축해 침대에 눕히고 나서 그가 중얼거린 말을 똑똑히 들었다. 여기서 거래되는 물건은 원목도, 코카인도 최상급이지. 여기서는 최상급만 취급한다고. 기, 자네도 최상급이지 않은가. 그는 손가락 마디마다 나무옹이처럼 굳은살이 박여 있는 기의 손을 들여다보며 말했다. 이반은 불쾌한 낯빛으로 잠이 들었다. 코카인 유통업은 벌목 사업소에서 새롭게 준비한 사업이었다. 사나흘에 한 번꼴로 지프를 타고 그들이 왔다. 벌목 사업소에서 발행한 영수증을 보여 주면, 잡목 안에 미리 담아 놓은 코카인을 전달해 주는 방식이었다. 코카인은 장작 가운데에 드릴로 구멍을 내고 그곳에 비닐을 넣어 두는 수법으로 은닉했다. 거래마다 적게는 1킬로그램에서 많게는 5킬로그램의 코카인이 건네졌다. 주거래 대상은 도매상들이었다. 그들은 하바롭스크와 블라디보스토크 등지를 돌며 마피아부터 고위 공직자, 미국과 서유럽 국가에서 온 여행객까지 다양한 계층의 사람들을 만난다고 했다. 이 때문에 다른 벌목 사업소와는 달리 러시아 경찰의 은밀한 비호가 있었고, 북한 보위부의 감시망도 트레일러까지 접근하지 못했다. 기의 안전이 벌목 사업소의 새로운 사업 덕분에 한시적이나마 지켜지고 있었던 것이다.

러시아 벌목 사업소는 돈이 되는 일이라면 불법과 탈법을 개의치 않았다. 접경 지역의 북한 벌목 사업소가 하나둘 문을 닫으면서 러시아가 헐값에 벌목권을 사들였다. 북한 당국도, 북한 소유의 벌목 사업소를 관할하던 고관도 현금이 필요하던 시기였다. 기처럼 북한 국적의 숙련공까지 함께 넘어가는 경우도 있었다. 기로서는 본국으로 귀환하지 않으려면 그 방법밖에 없었다. 그에게는 더 많은 돈과 시간이 필요했다. 북한에 있는 두 동생을 탈북시키기 위해서였다. 적게는 7년에서 길게는 12년씩 하바롭스크에 터를 잡고 벌목 일을 해 오던 기의 동료들은 대부분 북한으로 돌아가야 했다. 기처럼 러시아 벌목 사업소에 남은 이들은 소수였다. 북한 보위부에서는 웃돈을 받고 노동자까지 팔아넘긴 벌목 사업소 담당자를 문책하고 귀환하지 않은 벌목공들에게도 책임을 물었다. 보위부 소속 직원이 러시아에 딸려 간 벌목공을 색출하여 하나둘 잡아들이고 있었다.

기가 하바롭스크를 찾은 건 12년 전이었다. 북한과 러시아 간 하바롭스크 벌목 사업에 관한 임업 협정이 체결된 이듬해였다. 하바롭스크 내 북한 소유의 벌목 사업소가 생기면서 많은 수의 북한 청년들이 벌목 작업에 지원하던 시기였다. 기도 그

중 한 명이었다. 기에게는 어린 두 동생이 있었고, 그들을 건사하기 위해서는 돈이 필요했다. 북한 벌목 사업소의 근무 여건은 좋지 않았다. 벌목을 마치고 돌아와서 재단 작업까지 직접 해야 하는 날이 많았다. 안전 장비라고는 헬멧이 전부였다. 나무에 살갗이 쓸리거나 톱날에 팔과 다리를 베이는 경우가 다반사였다. 소독약조차 구하기가 어려웠다. 동상으로 손가락을 잃는 일이 예사로 발생했다. 제때 치료하지 않고 방치한 탓에 합병증으로 목숨을 잃은 이도 있었다. 고된 노동의 대가는 차가웠다. 기는 자신이 번 돈이 고국에 있는 동생들의 손에 온전히 전해지지 않는다는 걸 알았다. 벌목 사업소와 당에서 약속한 급여의 절반 이상을 채 가고 있었다. 기는 동료로부터 러시아와 중국은 물론 두만강을 건너 북한까지 오가는 거간꾼을 소개받았다. 몰래 잡목을 팔아 번 돈을 1년에 두세 번씩 거간꾼을 통해 두 동생에게 건넸다. 수개월 전, 사업소가 연내 철수할지 모른다는 소문이 벌목공들 사이에 퍼졌을 때 기는 두 동생을 탈북시키기로 결심했다. 자신마저 북으로 귀환하면 가족의 생계를 장담할 수 없었다. 천식을 앓고 있는 막내의 치료도 지지부진한 상태였다. 거간꾼에게 탈북 브로커를 소개받았다. 브로커는 동생들을 빼내는 조건으로 두 가지를 요구했다. 돈과 인내심이었다. 그는 탈북자를 잡아들이려는 당의 의지에 따라 금액과 시기가 달라진다고 했다. 기는 사람들의 눈을 피해 브로커와 연락했다. 그리고 겨울 벌목이 끝나면 동생들과 함께 남한으로 향할 계획을 세웠다.

2

기와 알렉세이가 엽총을 들었다. 율과 이반은 전기톱과 도끼, 그리고 여분의 기름이 들어 있는 연장통을 들고 늪지대를 향해 걸었다. 알렉세이가 앞장섰고 이반과 율이 따랐다. 기가 뒤를 살폈다. 한 시간가량 눈밭을 걸었다. 느릅나무 군락지를 지나자 평야가 펼쳐졌다. 수종을 알 수 없는 나무 밑동과 뿌리가 군데군데 얽혀 눈 밖으로 고개를 내밀었다. 무분별한 벌목의 흔적은 때론 설원이나 황야처럼 남았다. 벌목 5구역의 경계였다. 100미터가량 완만한 경사를 걸었다. 사슴과 까마귀의 사체가 발치에 치이기도 했다. 얼마 지나지 않아 숲이 나왔다. 참나무 우듬지의 까마귀 둥지가 바람이 부는 방향으로 흔들렸다가 제자리를 찾았다. 바람이 잔잔한 날에도 이곳만큼은 그냥 지나치지 않았다. 네 사람의 옷깃이 바람 방향에 따라 좌우로 흔들렸다. 피 냄새가 났다. 이 일대는 늑대의 늪이라는 이름을 갖기 전, 붉은 숲으로 불렸다. 혁명에 실패한 자들이 수십 명씩 이곳으로 끌려와 죽었고 그 이후로 숲의 한가운데서 떨어지는 눈송이를 보면 붉게 보인다는 이유에서였다. 그들이 죽을수록 늑대의 개체 수도 늘어났다. 작년에 로닌 녀석의 오른팔이 발견된 곳이 저쯤이야. 이반이 숲 가장자리를 가리키며 말했다. 그 자식 말이야. 장전도 안 된 총을 들고 늑대를 찾아 나섰지. 그 날따라 술을 너무 많이 마셨어. 10년쯤 전인가, 그 자식 아들이 나무에 깔려 죽었거든. 늑대 때문이었지. 늑대를 발견하고 놀란 나머지 나무가 쓰러지는 쪽으로 줄행랑친 거야. 딱 한 걸음 차이였지. 그때 나무를 자른 게 바로 로닌 영감이었어. 알렉세이가 이반의 말을 거들고 나섰다. 죄책감이 컸겠지. 늑대 때문이 아니라고 하면, 뭐라고 하겠나. 이반의 말이 이어지는 동안 까마귀 한 마리가 둥지 주변을 맴돌았다.

율은 제재소에서 일할 때 트랙터가 나무 대신 시신을 싣고 온 것을 본 적이 있었다. 6월이었지만 종일 싸락눈이 내리던 날이었다. 율은 열흘 전부터 시작된 백야로 며칠간 잠을 설친 상태였다. 그가 트랙터를 집재장까지 집하하기로 한 날이었다. 트랙터 적재함의 피륙을 들춰내자 나무 대신 주름이 가득한 하얀 얼굴이 드러났다. 시신은 팔 한쪽이 없었고 유독 한쪽 다리만 형체를 분간할 수 없을 정도로 짓이겨진 상태였다. 어깨와 복부에는 늑대의 이빨 자국과 함께 살이 움푹 팬 곳이 있었다. 눈에 파묻혔던 모양인지, 아니면 피를 많이 흘렸기 때문인지 얼굴의 반을 덮은 수염까지도 온통 새하얬다. 제재소 근방에서 곧잘 발견되는 야생동물의 사체에서 맡았던 악취가 났다. 율은 시신을 트랙터에서 집재장 뒤쪽으로 옮긴 후 임로변에 그날 먹은 것을 모두 게워 냈다. 악취가 아닌 감각 때문이었다. 먹은 것을 비워 낼수록 과거의 기억이 또렷이 차올랐다.

율은 스무 살에 사람을 죽였고, 12년간 교도소에서 복역했다. 율의 손에 쇠파이프를 쥐여 준 사람은 팀장이었다. 철거 예정인 건물은 출입구가 세 군데였다. 율이 맡은 곳은 주택가를 마주하고 있는 유리문이었다. 그 유리문을 율과 팀장이 지켰다. 건물 뒤편이라 비교적 조용한 곳이었다. 율은 종일 식은땀을 흘리고 있었다. 오전 나절 철거민들과 충돌한 뒤부터 가슴에 통증을 느꼈다. 팀장은 병원에 가 보라고 했지만, 병원에 가는 순간 일당을 날릴 게 뻔했다. 용역 첫날, 찰과상을 입고 병원에 다녀온 사이 율의 자리는 이미 채워져 있었다. 율은 그날 오전 수당만 챙길 수 있었다. 그 이후로 율은 무슨 일이 있어도 끝까지 자리를 지켰다. 팀장은 날이 밝으면 교대조가 올 거라고 했다. 통증이 묵직한 졸음처럼 쏟아졌다. 율은 손등으로 이마와 턱을 쓸어 올렸다. 목장갑에서 일어난 보풀이 턱 아래 땀방울과 함께 매달렸다. 날이 밝기만을 기다렸다. 일이 터진 건 자정 직후였다. 팀장의 무전기로 다급한 목소리가 들어왔다. 철거민들이 정문으로 몰려왔다는 소식이었다. 팀장이 지원을 간 사이, 율이 혼자 유리문을 지켰다. 어둠 속에서 한 남자가 접근해 왔다. 율은 남자를 막아 세웠지만 소용없었다. 남자는 유리문을 향해 벽돌을 던졌다. 문에 실금이 갔다. 율은 남자의 허리춤을 잡고 끌어내려 했지만 남자의 발길질에 나가떨어졌다. 남자가 다시 벽돌을 들었고 금이 간 유리문을 향해 던지려는 찰나, 율이 쇠

파이프를 휘둘렀다. 남자의 머리를 내리쳤다. 남자는 벽돌보다 먼저 바닥에 엎어졌다. 율의 헐떡임 너머로 들짐승의 울음이 섞여 들었다. 율은 남자가 엎드린 채 계속 앞으로 기어가고 있다고 느꼈다. 쉴 새 없이 쇠 파이프를 휘둘렀다. 남자의 머리에서 피가 흘러나왔다. 검붉은 피가 건물 안으로 흘러들었다. 철거민과 용역들이 그를 발견할 때까지 율은 쇠 파이프를 놓지 않았다. 율이 정신을 차린 곳은 경찰차 안이었다. 손에는 쇠 파이프 대신 피 묻은 수건이 감겨 있었다. 몇 번의 재판 뒤 수형 생활이 시작되었다. 율은 자신이 무슨 일을 했는지 깨닫는 데만 꼬박 1년을 보냈다. 교도소 내 지도신부에게 죄를 고백했다. 생생한 꿈을 꾸는 날이 많았다. 악몽이었다. 쇠 파이프를 쥐고 있는 손의 감각과 뼈가 짓이겨지는 소리, 피비린내 같은 것이 밤마다 그를 찾았다. 묵주 구슬을 한 알씩 밀어낼 때마다 손이 떨렸다. 신부는 신에게 용서를 받아야 한다고 말했으나 정작 율은 자신을 용서할 수 없었다. 형벌은 영원히 끝날 수 없는 것이라고 생각했다. 꿈에서 깨면 나무토막처럼 딱딱해진 팔을 매만졌다. 몸이 점점 단단해지고 있다고 느꼈다. 그는 성실히 복역했다. 모범수가 되었다. 감형이 확정되었고 출소 날짜를 받았다.

율은 자신의 죄를 매달고 어디로 가야 할지 고민했다. 어차피 누구에게도 용서를 구할 수 없다는 걸 알았다. 그는 교도소 문을 나서면서부터 동이 틀 때까지 국도와 농로를 따라 쉬지 않고 걸었다. 율이 향한 곳은 경기도 외곽에 있는 가구 공단이었다. 수형 생활 중 유일하게 흥미를 붙인 일이 나무를 자르고 깎는 일이었다. 줄자로 치수를 재고 전기톱을 이용해 재단하고 끌과 대패로 재단한 나무를 매끈하게 다듬는 동안에는 죄를 잊을 수 있었다. 나무를 만지는 동안에는 손끝에 감각도 되살아나는 것 같았다. 율은 교도소에서 수십 개의 테이블과 의자를 만들었지만 어떻게 팔리는지는 알지 못했다. 얼마만큼의 값어치가 나가는 물건인지도 알 수 없었다. 다만 일부는 가구 공단으로 납품한다는 걸 알았다. 수감자의 직업 훈련을 담당하던 교도관이 그중 한 곳의 연락처와 약도를 주었다. 사장은 기꺼이 그를 받아 주었다. 공장에는 다양한 국적의 노동자들이 있었다. 방글라데시와 네팔에서 온 청년들이 가장 많았고 러시아에서 온 20대 중반의 형제도 있었다. 출입국관리사무소의 단속이 예고된 날에는 율과 공장장, 경리 여직원 한 명만이 톱밥과 함께 자리를 채웠다. 율은 공장에서 옷장이나 서랍장을 만들었다. 전체 공정에서 주로 합판을 본드로 붙이고, 타카로 ㄷ자 핀을 박아 고정시키는 일을 했다. 마스크를 쓰고 일했으나 본드와 시너의 독성 때문에 자주 두통에 시달렸다. 율은 공장 근처 여관에 머물렀다. 매일 열다섯 시간씩 일을 했기 때문에 잠을 자는 것 외에는 달리 할 일이 없었다. 공장이 쉬는 매월 마지막 주 일요일이면 러시아 형제와 어울려 술을 마셨다. 술자리는 낮부터 시작해 자정까지 이어졌다. 어느 날, 주점에서 시비가 붙었다. 상대는 스무 살 남짓의 동네 청년들이었다. 청년들이 먼저 시비를 걸었고, 말다툼은 일순 몸싸움으로 번졌다. 테이블과 의자가 뒤집혔고 유리병이 나뒹굴었다. 청년 하나가 깨진 병 조각을 들고 마구 휘둘렀다. 율이 청년의 손에서 병 조각을 빼앗아 보려고 했지만 흥분한 청년은 마구잡이로 팔을 휘둘렀다. 일행 중 한 명이 청년을 말리기 위해 다가섰다. 병 조각이 일행의 등에 꽂혔다. 청년은 놀라 그대로 주저앉았다. 율이 청년의 등에 박힌 유리 조각을 빼 내려 애썼으나 쉽게 빠지지 않았다. 손에 힘을 줄수록 더 많은 양의 피가 율의 손목을 타고 흘러내렸다. 어디선가 경찰을 부르라는 외침이 들렸고, 러시아 형제와 율은 황급히 자리를 피했다.

세 사람은 숙소로 돌아와 짐을 챙겼다. 율은 피 묻은 손을 닦고 또 닦았지만 붉은 기운은 가시지 않았다. 러시아 형제는 고국행을 택했다. 율은 그들과 동행했다. 인천에서 중국 천진으로 가는 밀항선을 탔다. 컨테이너 안에는 스무 명 남짓한 사람들이 한 뼘씩 떨어져 앉아 있었다. 그들은 브로커가 나눠 준 물병을 여권처럼 지니고 있었다. 1리터짜리 물 한 병으로 서른여섯 시간을 버텨야 했다. 대부분 같은 방식으로 밀입국했다가 본국으로 돌아가는 사람들이었다. 사람들은 배가 심하게 요동칠 때마다 익숙하게 스크럼을 짰다. 하선을 앞두고 떠오른 곳이 하바롭스크의 벌목장이었다. 러시아 형제는 하바롭스크에 있는 제재소와 벌목장에 대해 이야기했는데, 당시에는 끔찍했지만 지나고 나니 그곳이 그립더라고 말했다. 율이 다시 돌아가고 싶지 않으냐고 물으니 형제는 동시에 싫다고 했다. 동생은 너무 춥다고 덧붙였고, 그의 형은 임금이 몹시 적다는 이유를 댔다. 율은 두 가지 모두 자신의 삶에 문제가 될 것 같지 않다고 생각했다. 러시아 형제에게 하바롭스크로 가는 경로를 물었다. 율은 그러한 선택이 자신의 의지라고 믿었다.

하바롭스크에서 자리를 잡는 건 어렵지 않았다. 아무도 율에게 관심을 두지 않았다. 그곳 경찰은 늘 술에 취해 있었다. 하바롭스크 시내에서 100킬로미터가량 떨어진 제재소에서는 언제나 인부를 모집했다. 율은 제재소 인근 가정집에 방 하나를 빌렸다. 코무날카라 불리는 은퇴한 벌목공 소유의 공동주택이었다. 한동안 그는 어느 때보다 평온한 삶을 살았다. 근무 시간도 가구 공장보다 길지 않아 퇴근 후에는 동료들과 함께 펍에 들러 술을 마시고 카드를 하며 러시아어를 익혔다. 백야가 시작된 6월부터 문제가 생겼다. 쉽사리 잠을 이룰 수 없었던 것이다. 자다 깨기를 수없이 반복했다. 한 시간도 채 자지 못한 날이 많았다. 벨벳 천을 구해 창문에 붙여 봤지만 소용이 없었다. 사흘 동안 한숨도 못 잔 뒤 원목을 자르다 엄지를 잃을 뻔한 일도 있었다. 율은 제재소 동료에게 부탁해 수면제 몇 알을 얻었다. 퇴근하고 돌아와 따뜻한 저녁을 먹은 뒤 럼주와 함께 수면제 한 알을 삼켰다. 금방 잠이 들었지만 꿈속에서 뜻하지 않은 인물을 만나야 했다. 휘청거리는 남자가 나왔다. 예전보다 더 크고 거뭇한 형상이었다. 율은 환영을 피하면서 팔을 휘두르고 발길질을 했지만 모두 헛방이었다. 꿈속에서 그에게는 늘 한 평 남짓한 공간만이 주어졌다. 잠을 자도 피로가 풀리지 않았다. 불면과 악몽 사이의 괴로운 밤이 이어졌다. 백야는 석 달 동안 계속됐다. 백야가 끝난 뒤에는 약을 먹지 않아도 잠들 수 있었지만, 악몽은 끝나지 않았다. 남자는 계속 율을 쫓았고, 율은 자신이 서 있는 자리를 벗어날 수 없었다. 겨울 벌목조 인원이 네 명에서 다섯 명으로 늘어나면서 소장은 새로운 팀원으로 율을 추천했다. 말수가 적고 문제를 일으킬 만한 여지도 적다는 이유에서였다. 율은 소장의 제안을 받아들였다. 어디라도 상관없다고 생각했다. 석 달 후 겨울 벌목을 떠났다. 트레일러에서의 첫날, 율의 꿈속에 휘청거리는 남자가 도착했다. 남자는 이제 사람이기보다는 그냥 나무 같았다. 율은 매일 밤 남자의 다리를 잘랐다.

3

오전에는 알렉세이와 율, 기와 이반이 각각 팀을 이루어 벌목 작업을 진행했다. 뿌리의 방향과 주변 나무의 위치를 고려해 쓰러질 방향을 결정하고, 나무가 쓰러지는 반대 방향의 밑동에 수평으로 한 번, 30도 각도로 한 번 전기톱을 밀어 넣었다. 가지가 성성한 나무는 로프를 이용해 미리 부러뜨리는 방식으로 조치했다. 80년이 족히 넘은 참나무는 한 그루를 베는 데만 30분이 넘게 소요됐다. 톱날이 도는 동안 알렉세이와 기는 엽총을 들고 주변을 살폈다. 늑대는 보이지 않았으나 까마귀 한두 마리가 일정한 간격으로 주위를 선회했다. 여남은 그루를 자르고 난 뒤 가지고 온 빵과 물로 요기를 하자, 페드로가 트랙터를 몰고 왔다. 이반과 알렉세이, 그리고 페드로가 트랙터에 쇠줄을 연결했다. 벌목한 나무를 쇠줄로 엮는 동안 기와 율은 100여 미터 떨어진 곳에서 벌목 작업을 계속했다. 기가 율에게 담배를 건넸다. 둘은 트랙터 쪽을 눈으로 좇은 후 연기를 내뿜었다. 독한 연기 때문에 율은 바닥에 침을 뱉었다.

내일 아침으로 하겠소.

기가 말했다.

위치는 확인했습니까?

율이 물었다.

어제 확인했소. 우리는 10킬로그램만 가지고 갈 거요.

기가 나무에 담배를 비벼 끄며 말했다. 율이 말없이 전기톱에 시동을 걸었다. 맹렬하게 톱날이 돌았다. 그들은 이튿날 새벽에 코카인을 들고 늑대의 늪을 지나 아무르 강 유역에서 국경을 넘을 작정이었다.

기가 브로커의 다급한 연락을 받은 건 겨울 벌목이 시작될 무렵이었다. 기는 트레일러와 제재소를 오가며 이반과 함께 겨울 벌목을 준비하고 있었다. 밤사이 누군가가 제재소에 편지를 남겼다. 봉투 겉면에는 기의 이름이 적혀 있었다. 거간꾼의 필체였다. 동생들이 탈북했다는 소식이었다. 브로커가 제시한 돈은 5만 달러였다. 그들은 중국 단둥의 한 지하실에서 숨어 지내고 있다고 했다. 돈을 준비하면 남한으로의 이송을 돕겠다고 적혀 있었다. 하지만 겨울이 끝날 때까지 돈을 준비하지 못하면 동생들을 돌보기 힘들어질 거라고 했다. 함께 두만강을 건널 때 사고가 있었고, 막내의 약값도 필요하다는 것이었다. 오래 기다렸던 소식이었지만 타이밍이 좋지 않았다. 보위부의 단속이 심해졌다는 이야기가 돌고 있었다. 더군다나 브로커가 요구한 돈은 겨울 벌목의 수입으로도 채울 수 없는 액수였다. 기는 돈을 융통하는 방법에 대해 고민했다. 그 무렵 겨울 벌목의 또 다른 목적에 대하여 소장의 설명을 들었다. 기는 무엇이 필요한지, 무엇을 해야 하는지 정확히 알았다. 벌목 5구역과 늑대의 늪, 그리고 아무르 강 유역의 지형을 살폈다. 그곳으로부터 멀지 않은 곳이 중국과의 접경 지역이었다. 기는 러시아에 남은 자신의 사정을 누구에게도 알리지 않은 것이 다행이라고 생각했다. 남한 국적을 가진 율이 뒤늦게 겨울 벌목에 합류한다는 소식을 듣고 경계하는 한편 호기심을 가졌던 건 그 이유에서였다. 트레일러에서 포커를 칠 때조차 서로에게 지지 않기 위해 무리하게 배팅을 했다. 나머지 셋이 그런 둘을 지켜보면서 패를 읽었다. 셋 중 한 명이 손쉽게 돈을 딸 때마다 세 사람은 얼굴이 붉어지도록 웃어 댔다.

기와 율이 대화를 하기까지는 시간이 걸렸다. 초반에는 작업에 관련된 대화만 나누었다. 후에 기가 율에게 왜 이곳에 왔는지 물었을 때, 율의 대답은 짧았다.

당신과 같은 이유 아니겠습니까.

대화는 더 이상 이어지지 않았다. 한동안 기는 율을 더 의식했다. 겨울 벌목이 시작된 지 일주일째 되던 날 새벽, 기가 율을 깨웠다. 기는 풀어야 할 숙제가 있었고, 지체할 시간이 없었다. 기의 손엔 편지가 들려 있었다. 다른 한 손은 트레일러 문을 가리켰다. 율은 조용히 몸을 일으켜 세웠다. 밖으로 나와 자리를 잡은 뒤 기가 율에게 편지를 내밀었다. 율은 입김을 감추며 브로커의 편지를 읽었다. 오랜만에 읽는 모국어가 낯설었다. 한참 떨어져 있던 율의 고개가 올라오자마자 기가 물었다.

남한은 안전하오?

율은 쉬이 대답할 수 없었다. 기는 트레일러 출입문을 향해 담배 연기를 내뱉었다. 율은 기가 이미 결정을 내렸다는 걸 알았다. 그곳이 지옥이라고 해도 기의 선택은 달라지지 않을 것 같았다.

……돈은 구했습니까?

코카인을 가지고 갈 거요.

기가 숲 쪽으로 돌아서며 답했다.

무슨 수로 말입니까.

벌목이 끝나기 전 야음을 탈 겁니다.

금방 따라잡힐 겁니다.

늑대의 늪을 가로지를 거요.

율은 트레일러 뒤편에서 동이 트는 것을 지켜보며 천천히 입을 열었다.

같이 갑시다.

당신이 뭐 때문에 날 따른다는 거요?

율은 자신이 저지른 일들에 대하여 설명했다. 꿈에 대해서도 말했다. 기는 율의 과거나 수형 생활보다 반복되는 악몽에 의문을 품었다.

여기를 떠나면 끝날 거 같소?

당신도 마찬가지 아닙니까. 내가 할 수 있는 건 내 두 발로 떠나는 것뿐입니다.

그래서 어디까지 갈 생각이오?

갈 수 있는 데까지.

율이 답했다.

전부를 걸어야 할 거요.

기가 말했다. 그것이 2주 전 대화였다.

기와 율은 트랙터가 올 때까지 참나무 네 그루를 더 잘랐다. 한 그루씩 번갈아 가며 잘랐고 평소보다 신중하게 움직였다. 잘라 낸 나무를 쇠줄로 옭아매는 동안 늑대 한 마리가 그들을 발견하고 서성였다. 100미터 정도의 거리였다. 이반과 기가 차례로 총을 겨누었지만 쏘지는 않았다. 늑대는 좀 더 그 자리를 지키다가 사라졌다. 페드로가 트랙터에 올라타 시동을 걸었다. 트랙터는 잘려 나간 나뭇가지와 밑동을 밟고 앞으로 나갔다. 쇠줄에 묶인 나무가 한데 모여 끌려갔다. 네 사람은 벌목한 나무가 다른 나무에 걸리거나 쇠줄에서 빠지지 않도록 살피며 걸었다. 높은 경사 때문에 트랙터의 시동이 꺼지자 기와 이반이 경사 아랫부분에 잡목을 받치는 방법으로 길을 냈다. 제재소에서 트레일러까지는 일곱 시간이 넘는 거리였기 때문에 트랙터는 나무를 트레일러 앞까지만 운반했다. 일주일에 한 번씩 임로변을 따라 트럭이 와서 나무를 제재소 집재장까지 부렸다. 그들이 트레일러로 돌아온 시각은 오후 6시 무렵이었다. 태양이 트레일러 앞 느릅나무 위로 내려앉은 뒤였다. 그들은 이날의 성공적인 벌목을 자축하며 보드카를 나눠 마셨다. 기가 엽총과 탄약을 수거하여 트레일러 안에 옮겨 두었다. 율이 먼저 트레일러 안으로 들어갔다. 저녁 식사 당번은 율이었다.

율은 이반의 레시피를 그대로 따랐다. 맛은 형편없었지만 열량이 높은 음식이었다. 율은 이반과 페드로 그리고 알렉세이의 눈을 피해 감자 십수 개를 자루에 따로 담아 자신의 침대 아래에 밀어 두었다. 저녁 식사를 마치고 포커 판이 벌어졌다. 칩 대신 소비에트연방의 구권 화폐가 사용되었다. 십수 년 전에 이반이 벌목 작업 중 발견한 방공호에서 주운 루블 지폐였다. 20세기 초반에는 벌목 지역이 혁명가들의 은신처로 사용되기도 했다. 늑대의 늪에서 처형당한 것도 그들 중 일부였다. 80년대 초반까지 살아남은 사람들을 목격했다는 증언이 돌았다. 그들은 목격자들의 시야에서 늘 순식간에 사라졌다. 그들의 목소리를 들었다거나 가까이에서 대면했다는 사람은 없었다. 두 발 달린 사슴이나 늑대를 오인한 것 아니냐는 우스갯소리도 있었다. 화폐는 당시 벌목조 네 명이 동일하게 나눠 가졌다. 이반의 몫으로 다섯 다발이 주어졌지만 그야말로 종잇조각에 불과했다. 제재소 직원에게 부탁해 벼룩시장에 내놔 봤지만 헐값에도 팔리지 않았다. 도리어 경찰에 신고가 들어가 벌금까지 내야 했다. 그 뒤로 이반은 겨울 벌목장에 들어올 때면 구권 화폐를 챙겼다. 보드카를 두 병째 비워 내자 율이 새로운 보드카를 꺼내 크랜베리 주스를 섞은 칵테일을 만들었다. 기를 제외한 세 사람이 입안에 털어 넣었다. 수면제가 든 칵테일이었다. 그 방공호에는 말이야, 이런 말이 적혀 있었어. '당의 의도대로 살며 일하자.' 이반이 마지막 판을 풀하우스로 따내고 나서 웅얼거렸다. 취기인지 졸음인지 모를 노곤함에 휩싸인 탓에 아무도 그의 말을 알아듣지 못했다. 알렉세이와 페드로도 별다른 대꾸 없이 그대로 침대에 나가떨어졌다. 기는 눈을 뜬 채 침대에 누워 있었다. 율은 어질러진 테이블을 정리한 후, 테이블에 남은 얼룩을 리넨 천으로 오랫동안 닦아 냈다.

기와 율은 천천히 움직였다. 세 사람의 코골이 소리로 트레일러 안은 충분히 소란스러웠지만 조심스럽게 행동했다. 트레일러 안에서의 시간은 충분했다. 기가 냉장고 옆과 서랍장 위, 출입문 뒤에 쌓여 있는 장작더미에서 비닐에 쌓인 코카인 뭉치를 빼내 하나씩 테이블 위에 올렸다. 비닐 하나에 500그램짜리도 있었고 1킬로그램짜리도 있었다. 율이 자신의 가방에 감자를 담고 나서 테이블 위에 쌓인 코카인을 쓸어 담았다. 기가 엽총 두 자루와 탄약을 챙겼고, 서랍장에서 손전등과 여분의 건전지를 꺼내 바지 주머니에 쑤셔 넣었다. 테이블 아래에 가방과 엽총, 손전등을 두고 기와 율은 각자 침대에 누워 밤이 깊어지기를 기다렸다. 새벽 3시를 기해 이동할 작정이었다. 당장 나가는 건 위험했다. 달빛이 가장 환한 자정 무렵이면 늑대는 물론이고 곰도 숲 속을 활보했다. 율은 트레일러의 유일한 창문을 바라보며 달이 기울기를 기다렸다. 달빛에는 온기가 없었다. 설핏 잠이 든 율을 기가 깨웠다. 율은 암흑 속에서 기의 모습을 보고 얼어붙었다. 기가 등을 보이고 나서야 꿈이 아니라는 걸 깨달았다. 가방을 짊어 메고 엽총과 손전등을 나눠 든 그들은 마지막으로 트레일러 안을 살폈다. 테이블 위에는 아무것도 없었고, 창문 너머로 눈이 내리는 게 보였다.

시야를 가릴 정도로 굵은 눈이 내렸다. 기는 당초 접경 지역까지 서른여섯 시간을 예상했다. 늑대의 늪을 지나 아무르 강까지 이르는 데 열여섯 시간, 아무르 강 유역을 따라 걷는 데 스무 시간이었다. 서른여섯 시간이라면 혹독한 추위에서도 버틸 수 있으리라 생각했다. 발목 위까지 눈이 찼다. 쌓인 눈이 그들의 발목을 쉬지 않고 낚아챘다. 손전등을 비추며 나무의 높이를 가늠해 평지를 확인했다. 벌목 5구역과 늑대의 높은 지대가 높았고 드물지만 협곡이 있었기 때문에 갑자기 나무가 보이지 않거나 높이가 낮아지는 걸 경계했다. 율이 가방에서 얼어붙은 감자를 꺼내 총목으로 으깨듯 깨뜨렸다. 그들은 깨진 감자를 입안에 넣고 녹여 먹었다. 굴참나무가 빼곡하게 줄지은 지점에서 동물의 울음소리가 바람에 실려 전해졌다. 오랜 기간 벌목공의 손길이 닿지 않은 곳이었다. 기와 율은 계속해서 나무 우듬지를 확인하며 걸었다. 먼저 늑대를 발견한 건 기였다. 털빛이 검고 몸집이 작은 놈이었다. 늑대는 손전등 불빛을 피하지 않았다. 율의 눈빛이 몸피를 쓸어 내자 늑대가 움직였다. 그들은 나란히 서서 늑대 쪽으로 불빛과 총구를 겨누었다. 늑대는 어둠 속에 선 낯선 생명체의 종을 헤아리듯 주위를 돌며 거리를 좁혀 왔다. 늑대의 움직임에 따라 기와 율도 자세를 바꿨다. 밤의 늑대는 더 빨랐다. 눈발이 불어오는 방향으로 몸을 틀 때면 놈은 시야에서 사라지기도 했다. 기와 율은 숨을 죽이고 늑대와 눈을 맞췄다. 대치는 길게 이어졌다. 늑대와의 거리가 4미터 이내로 좁혀지자 기는 다시 한 번 가늠자를 확인했다. 느슨하게 방아쇠를 쥐고 있던 검지를 쭉 뻗었다. 다시 쥐려는 순간, 늑대와 그들 사이로 사슴 한 마리가 뛰쳐나왔다. 기와 율이 소리가 나는 쪽으로 시선을 뺏긴 사이, 늑대는 사라지고 없었다. 잿빛 어둠에서 희미한 숨소리가 떠올랐다. 기와 율은 계속 북쪽으로, 아무르 강을 향해 걸었다.

오른편으로 해가 떠올랐고 기의 손목에서 알람이 울렸다. 같은 시각 컨테이너 안에서도 비슷한 알람이 울릴 거라는 걸 알았다. 두 사람은 더 속도를 붙여 걸었다. 북서쪽을 가리키는 나침반 지침을 따랐다. 나뭇가지가 한쪽으로 흔들리는 소리를 몇 번이나 강물 소리로 착각하기도 했다. 그들은 지쳤지만 쉬지 않았다. 해가 지기 전에 늑대의 늪을 지나야 했다. 협곡이 자주 나타났기에 아무르 강까지 얼마 남지 않았다는 걸 알 수 있었다. 지칠수록 시계를 자주 확인했다. 오후 5시. 걷기 시작한 지 열다섯 시간이 지났을 무렵, 나무에 기대 숨을 돌렸다. 어스름이 내리기 전 마지막 휴식이었다. 눈을 한 움큼 입 안에 털어 넣고 빨았다. 눈발이 점점 약해지고 있었고 바람도 잔잔했다. 짧은 휴식을 끝내고 먼저 발걸음을 내딛던 기가 무너지듯 쓰러졌다. 율은 기가 쓰러진 쪽으로 엽총을 겨누었다. 기는 쓰러진 채로 왼발을 치켜들었다. 기를 쓰러트린 건 곰덫이었다. 곰덫이 기의 왼쪽 발목을 물고 있었다. 율은 곰덫 위에 쌓인 눈을 엽총의 개머리판으로 헤집었다. 오래되어 녹슬고 삭은 덫이었으나 날은 무디지 않았다. 다물지 못한 오랜 세월을 만회하겠다는 듯 굳게 입을 다물었다. 율이 날을 잡고 양끝으로 밀어내려고 했지만 힘을 쓸수록 곰덫은 기이한 소리를 내며 기의 발목을 짓이겼다. 율이 곰덫을 묶어 놓은 말뚝을 찾아 뽑았다. 말뚝은 그들이 기대 쉬던 나무 밑동에 박혀 있었다. 기의 왼쪽 발목과 발 전체가 붉게 물들어 갔다. 기는 신발 끈을 풀어 발목 위쪽을 묶어 달라고 부탁했다. 율은 덫이 물고 있는 부위의 옷을 칼로 잘라 냈다. 날이 파고든 부위의 살점이 너덜거렸고 그 아래로 피가 흘렀다. 그 위로 반복해서 매듭을 묶었다. 율은 기의 짐을 겹쳐 들었고 기는 율의 부축을 받아 왼쪽 발을 끌며 오른발로만 걸었다. 속도는 더뎠지만 그들은 계속해서 앞으로 나아갔다.

또 다른 늑대가 그들을 쫓았다. 늑대는 거리를 점점 좁히면서 따라붙었다. 뒤늦게 늑대의 존재를 알아챈 율이 급히 방아쇠를 당겼다. 정확히 조준하지 못하고 발사한 총알은 나무에 박혔다. 늑대는 뒤로 물러서며 그들과의 거리를 벌렸다. 늑대의 주둥이에는 피와 눈이 묻어 있었다. 놈은 기의 자취를 쫓고 있었다. 몸집이 컸고 입김이 눈발 속에서도 거칠게 솟아났다. 기의 총알도 빗나가기는 마찬가지였다. 늑대는 함부로 달려들지 않고 거리를 좁혔다 벌렸다 하며 그들의 총알을 소모시켰다. 둘은 뒷걸음질하며 번갈아 방아쇠를 당겼다. 이윽고 주머니에 있는 탄알이 떨어졌다. 가방에서 새 탄알을 꺼내기까지는 시간이 부족했다. 율과 기는 앞을 향해 달려 나갔으나 늑대의 추격은 순식간이었다. 늑대가 율이 메고 있던 가방을 물었다. 기가 허리춤에서 칼을 꺼내 늑대의 주둥이를 가격했다. 늑대는 앞발을 들고 허우적거렸고 율과 기는 그대로 바닥에 나뒹굴었다. 바로 옆은 끝을 알 수 없는 낭떠러지였다. 전열을 가다듬은 늑대가 이번에는 피범벅이 된 기의 왼쪽 발을 물었다. 율이 가방에서 손도끼를 꺼내 늑대의 등을 내리쳤으나 빗나갔다. 늑대가 다시 그들을 향해 달려들 때, 율은 기를 일으켜 세우고 있었다. 늑대는 그들을 낭떠러지로 밀어냈다. 그리고 함께 협곡 아래로 굴러 떨어졌다. 나뭇가지와 바위, 그리고 눈이 차례로 그들을 받아 냈다.

기는 절벽에서 떨어지는 동안에도 눈을 감지 않았다. 다만 충격을 최소화하기 위해 최대한 몸을 둥글게 말았다. 공중에서 늑대의 꼬리가 기의 머리에 닿았다. 기는 자신의 눈썹에서 떨어져 나온 눈송이를 봤다. 눈송이는 날아오르듯 허공에 멈췄고 기는 계속 떨어져 내렸다. 그가 내려앉은 곳은 눈밭이었다. 하얀 눈이 고장 난 매트리스처럼 주저앉았다. 곧이어 기의 발끝에 늑대가 떨어졌다. 둔탁한 소리와 함께 눈발이 일었다. 늑대는 입을 벌린 채로 움직이지 않았다. 기는 엉거주춤한 자세로 늑대가 숨이 멎은 것을 확인했다. 기는 두 팔과 오른발로 몸을 일으켜 세웠다. 상처 부위에서는 더 이상 피가 흐르지 않았다. 기는 왼발을 땅에 붙인 채 늑대 옆으로 이동했다. 숨이 끊긴 늑대를 눈으로 덮었다. 다른 야생동물이 사체의 냄새를 맡지 못하게 하기 위해서였다. 떨어지면서 바위에 머리를 부딪힌 율은 의식을 잃었다. 극심한 두통과 함께 의식을 되찾는 데까지는 오랜 시간이 걸리지 않았다. 시야가 흐릿했고 귓속에 벌레가 들어간 것처럼 윙윙거리는 소리가 들렸다. 율은 고통에 신음했다. 몸이 말을 듣지 않았다. 암흑 속에서 점점 가까워지는 발걸음 소리를 들었다.

기는 신음 소리를 따라갔다. 율이 내뱉는 입김이 달빛에 비쳤다. 기가 율이 앉을 수 있도록 도왔다. 율은 두 손으로 얼굴을 감싸 쥐었다. 기가 율의 모자를 벗기고 외상을 확인했다. 피가 난 곳은 없었으나 율의 눈빛은 좀처럼 또렷해지지 않았다. 기는 가방에서 코카인을 꺼냈다. 총목 위에 소량의 코카인을 올려놓고 라이터로 총목을 달궜다. 증류한 코카인을 율에게 들이마시게 했다. 가방 두 개를 율의 등에 받친 후 주변을 둘러봤다. 엽총 한 자루와 손전등이 보이지 않았다. 절벽 아래쪽으로 천천히 걸어갔다. 달빛이 길을 냈다. 왼발의 통증은 거의 느껴지지 않았다. 왼쪽 다리 전체에 감각이 없었다. 엽총 한 자루가 절벽과 면한 지역에 떨어져 있었다. 기는 손으로 벽을 짚고 엽총을 손에 쥐었다. 탄창을 확인했다. 총알은 없었다. 벽 쪽으로 시선을 옮겼다. 절벽 한 귀퉁이에서 잡목 더미를 발견했다. 점퍼에서 군용 나이프를 꺼내 들었다. 칼끝에는 아직 늑대의 피가 맺혀 있었다.

잡목 더미로 보이던 것은 나무껍질을 여러 겹 붙여 만든 문이었다. 문은 단단하게 얼어붙어 있었다. 기가 여러 번 몸을 내던진 끝에 파열음이 들리며 문이 밀렸다. 따뜻하고 습한 기운이 기의 몸을 잡아당겼다. 작은 통로가 나왔다. 기의 입김이 통로를 매만지며 흘러갔다. 고개를 숙여야만 겨우 들어갈 수 있는 높이였다. 통로 끝에 그들이 머물던 컨테이너의 절반만 한 공간이 나왔다. 동굴 형태의 방공호였다. 달빛이 닿지 않는 지점부터는 라이터 불빛에 의지했다. 다리가 썩고 갈라진 테이블과 의자가 있었다. 바닥에는 야전 침대가 펼쳐져 있었고 테이블 위에 트럼프 한 묶음과 낡은 스위스제 군용 칼이 있었다. 테이블과 야전 침대 사이에 도끼가 세워져 있었다. 벌목할 때 쓰는 도끼보단 작았다. 손잡이 부분이 새까맸고 날 끝에는 가느다란 나뭇조각이 여러 개 붙어 있었다. 사람이 머문 흔적이었지만, 연대를 확인할 수 있는 건 아무것도 남아 있지 않았다. 먹다 남은 통조림은커녕 종이 한 장도 보이지 않았다. 오래전 벌목공의 숙소였을지, 실패한 혁명가의 은신처였을지 알 수 없었다. 이곳이라면 밤을 보낼 수 있을 것 같았다. 율은 휘청거리며 기의 뒤를 따라왔다.

기는 손전등을 켜고 곰덫이 물고 있는 자신의 발목을 살폈다. 날 사이에 군용 칼을 밀어 넣고 발목을 빼내 보려 애를 썼다. 덫은 꼼짝하지 않았다. 도끼날도 덫을 밀어내지 못했다. 기는 칼을 멀리 내던졌다. 칼이 건너편 벽에 부딪힌 뒤 떨어졌고 피가 방공호 바닥에 점점이 찍혔다. 기는 바닥에 주저앉아 브로커의 편지를 읽었다. 지도를 테이블 위에 펼쳐 두고 나침반과 시계를 번갈아 확인하며 현재 위치를 가늠했다. 기의 손가락은 늑대의 늪을 맴돌기만 했다. 이내 방공호의 문을 열고 나가 끝없이 이어진 어둠을 지켜봤다. 먼 곳에서 늑대 울음소리가 들렸다.

율은 꿈을 꿨다. 익숙한 그림자가 나왔다. 그는 자신의 발목을 가리키며 말했다. 여기를 자르십시오. 걷기 위해서는 잘라야 합니다. 율의 손에는 어느새 도끼가 들려 있었다. 율은 머뭇거렸다. 도끼를 바닥에 떨어트렸다. 그림자는 율의 어깨를 조심스럽게 디딘 후 도끼를 쥐어 주었다. 한 줄기 빛이 도끼날이 향할 곳을 비추고 있었다. 율은 자루를 거머쥐고 빛을 향해 내리쳤다. 자신이 자르는 것이 나무가 아니라 발목이라는 걸 알고 있었다. 수없이 되풀이되던 꿈이었다. 살점과 핏덩이가 사방으로 튀어 올랐다. 도끼질을 할수록 마음이 평온해지는 것을 느꼈다. 도끼가 방공호 바닥에 부딪치며 둔탁한 소리를 냈다. 율은 손끝에 진동을 느끼고 나서야 도끼를 놓았다. 자리에서 일어난 그림자가 말했다. 이제 형벌은 끝났으니 당신의 삶을 사십시오. 당신은 그럴 자격이 있습니다. 그림자가 말했다. 그림자는 점점 작아졌고 마침내 붉은 점이 되어 사라졌다. 율은 완전한 암흑이 찾아오고 나서야 기가 떠났다는 걸 알았다. 방공호에 남은 건 엽총 한 자루와 곰덫에 물린 기의 발목뿐이었다.

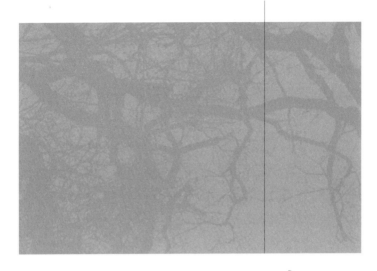

만
화
경

1

　니콜라이 바실리예비치 고골은 1809년 우크라이나 소로친치에서 태어났다. 고골에게는 열한 명의 동생들이 있었지만 대부분 건강히 자라지 못하고 병사했다. 어린 고골은 동생들이 남기고 간 물건을 만지며 상념에 잠기곤 했는데, 그 물건에서 죽은 동생의 목소리를 듣거나 얼굴의 윤곽을 보는 등 환각에 빠지는 일도 있었다. 건강하게 자란 동생은 넷뿐이었다. 그 자신도 잦은 병치레를 했고 죽을 고비도 여러 번 넘겼다. 건강을 회복하면 그는 마을을 돌아다니면서 가능한 한 많은 것을 눈에 담았다. 마을 사람들은 그가 곧 죽게 될 가엾은 아이라고 생각하여 자신들이 알고 있는 이야기를 그에게 해 주었다. 감수성이 예민한 아이로서는 이해하기 힘든 종류, 그러니까 치정이나 불륜,

돈과 추문 따위로 뒤얽힌 이야기도 있었다. 고골은 턱을 괸 채 마냥 듣기만 했다. 도통 납득할 수 없는 인물들도 상상 속에서는 살아 움직였다. 머지않아 고골도 자신의 이야기를 들려주고 싶었으나 들으려는 사람은 많지 않았고 듣던 이들도 금방 싫증을 느끼며 제 갈 길을 갔다. 고골은 집으로 돌아와 입가에 빵 부스러기처럼 남아 있던 이야기를 종이에 흘려 적었다. 유년 시절 내내 작가의 꿈을 키운 그는 마을 사람들의 예상과는 달리 죽지 않았고 스무 살이 되던 해, 페테르부르크로 상경했다.

페테르부르크의 하숙집에서 전원시풍의 시집 『한스 큐헬가르텐』을 엮어 낸 고골은 화려한 문단 입성을 기대했다. 그러나 문단의 평가는 냉혹했다. 그저 젊은 감수성에 기대어 머리로만 쓴 작품이라는 평과 함께 병약한 문학 소년은 외면당했다. 지인에게 혹평을 전해 들은 고골은 페테르부르크의 온 서점을 돌아다니며 책을 수거했다. 특히 넵스키 거리의 작은 서점에서 자신의 작품이 창고에 처박혀 있는 것을 목도하고는 괴이한 소리를 내며 웃었다. 서점 주인은 개의치 않고 매대에 올라앉은 분진을 털어 냈다. 하숙집으로 돌아온 고골은 주인에게 허락을 구하고 헛간에서 시집을 모조리 불태웠다. 200권이 넘는 시집을 한 권씩 불쏘시개로 밀어 넣으며 절치부심했다. 글이 통 써지지 않는 날이면 온종일 넵스키 거리를 쏘다니며 사람들을 관찰했다. 고골에게는 무언가를 골똘히 바라볼 때 오랫동안 두 눈을 깜빡이지 않는 습관이 있었다. 그 때문에 거리의 불량배와 매춘부에게 오해를 사기도 했지만 개의치 않았다. 그의 두 눈은 모든 것을 기록하겠다는 듯 거침없이 움직였다.

그로부터 3년 후, 그는 동슬라브 지역 민담과 설화를 바탕으로 한 소설집 『지칸카 근교의 야화』를 출간했다. 자신의 고향 마을에서 들었던 이야기를 원형으로 삼았다. 잉크 대신 눈물을 찍어 썼다고 해도 좋을 만큼 집필 기간 중 그는 숱한 눈물을 쏟아 냈다. 그동안 글을 쓴다는 것이 어떤 의미인지 조금은 알게 되었노라고 생각했다. 스스로를 치유하는 기술이로구나. 젊은 고골에게 글은 의술과도 같았다. 그렇게 병약한 문학 소년은 패기에 찬 청년으로 변모했고 첫 소설집으로 비로소 문명을 얻었다.

여러 출판사에서 원고 청탁이 이어졌다. 그는 무엇을 쓸 것인지 숙고했으며 생각이 흐트러지면 예전처럼 거리에서 시간을 보냈다. 책상과 의자가 고문 도구처럼 느껴졌고 길 위에서의 시간은 점차 길어졌다. 그는 한 줄도 쓰지 못했다. 마감일이 지났지만 보낼 수 있는 원고는 단 한 장도 없었다. 백지를 앞에 두고 펜에 달린 깃털만 헤아리는 숱한 밤들이 고골을 괴롭혔다. 그는 수개월 만에 자신의 생각을 정정했다. 글을 쓴다는 것은 인간을 병들게 하는 중노동이구나. 마치 막장으로 들어간 광부처럼 마른기침을 멈출 수 없었다. 캐낼 수 있는 것은 한 줌도 없었다. 그의 낯빛이 점점 어두워졌다. 끝내 원고를 보낼 수 없겠다는 한 줄짜리 전보를 출판사에 남겼다. 어렵게 기회를 잡은 그는 불안에 떨었다. 지독한 슬럼프에 빠진 것이 생계를 위해 탐탁지 않은 일을 하고 있기 때문이라고 생각했다. 당시 그는 내무부 하급 관리직을 맡고 있었다. 하숙집의 세를 치르기 위해 어쩔 수 없이 시작한 일이었다. 공무원 사회는 고골과 맞지 않았다. 조직에 대한 불신과 관료 체계의 부조리함을 동료들에게 토로하곤 했지만 동료들은 무응답으로 일관하거나 "왜 날 못살게 구는 거요?" 하고 반문했다. 고골은 일을 그만두었다.

소식을 들은 한 선배 시인이 고골에게 새로운 일자리를 소개해 주었다. "이곳이라면 글을 쓰면서도 밥벌이를 할 수 있을 거라네." 페테르부르크 대학의 부교수직이었다. 고골은 단호히 거절했다. 아직 작가로서 문장이 영글지 않았고 선생으로서도 듣고 읽고 보아야 할 것이 많은 것은 물론이며 강단에 서게 되면 글을 쓸 시간이 부족할 것이라는 이유에서였다. 선배는 다 알겠다는 표정으로 고골의 말을 묵묵히 듣고는 그렇다면 관리직을 그만둔 뒤 3개월 동안 쓴 글을 내놓아 보라고 일렀다. 할 말도, 보여 줄 수 있는 원고도 없었다. 이듬해 고골은 역사학과 부교수로 취임했다. 학생들을 가르치는 일에 보람을 느끼기도 했지만 글을 쓸 수 없기는 매한가지였다. 취임 1년이 되기도 전에 교수직마저 버렸다. 방학을 맞아 모스크바에 다녀온 직후였다. 돌연히 강단을 떠난 고골은 지인들에게조차 입을 다물고 자신의 하숙집에 칩거하며 창작에 전념했다.

고골의 은둔 기간은 그리 길지 않았다. 한동안 집필에 골몰

하던 고골은 「코」와 「외투」 같은 당대 최고 작품을 연이어 발표했다. 그의 하숙집 주인 아카키 아카키에비치는 당시를 회고하며 이렇게 말했다. "매일 밤 그의 방에서 이상한 소리가 났습니다. 종이를 찢거나 후추나 소금 따위가 들어 있는 양념 통을 흔들 때 나는 소리였지요. 저는 그가 악령을 불러 모으는 소리라고 생각했습니다. 「비이」라는 소설에 등장하는 못생긴 괴물 있지 않습니까. 코가 큰 괴물 말입니다. 어쨌든 「외투」 같은 훌륭한 작품이 저희 집에서 탄생하게 될지는 몰랐습니다. 저는 그가 사용했던 방을 '고골의 방'이라 이름 붙였습니다. 물론, 문인들에게만 방을 내어 주고 있지요." 고골은 「외투」를 발표한 직후 하숙집을 떠났다. 세를 받지 않겠다는 아카키에비치의 제안을 뒤로하고 프랑스 파리로 적을 옮겼다. 그리고 다시 독일과 체코, 이탈리아 등지로 외유하며 「검찰관」, 「결혼」 그리고 「죽은 혼」 1부를 탈고했다. 그가 러시아로 돌아온 건 12년 뒤였다.

2

모스크바 역을 통해 귀국한 그를 알아본 이는 아무도 없었다. 러시아 문인 협회는 고골의 행방을 쫓던 중 로마-모스크바 기차 편 탑승자 명단에서 고골의 이름을 확인하고 환영 인파를 꾸렸지만 헛수고였다. 고골은 비이처럼 기괴하고 흉측한 모습으로 변해 있어서 협회 회원들은 그를 알아보지 못했다. 심지어 고골이 그들 무리 옆을 지나칠 때, 협회장은 코를 틀어막고 인상을 구겼다. 고골은 친애하는 후배 도스토옙스키를 만났다. 그가 비밀리에 먼저 연락을 취했던 것이다. 약속 장소는 모스크바 시내의 한 선술집이었다.

모스크바의 추위는 고골의 쇠약해진 심장을 더욱 세게 옥죄었다. 그는 가느다란 입김을 내뿜으며 서둘러 보드카를 주문했다. 여남은 명의 노인들이 쏟아지는 눈을 헤아리듯 말없이 창가 자리를 차지하고 앉아 있었다. 그들은 무슨 일이든 일어나기를 기다리고 있었다. 나방의 날갯짓조차 그들에게는 중요한 볼거리 가운데 하나였다. 고골은 그제야 고향 땅을 밟았다는 것을 실감했다. 그는 십수 년 전 자주 가던 넵스키 거리의 한 선술집을 떠올리며 잔을 비웠다. 얼어붙은 심장이 서걱서걱 녹는 듯한 기분을 느끼며 보드카 병에 비친 선술집 풍경을 감상했다. 노인들과 시선이 겹치면 황급히 고개를 숙였다. 도스토옙스키가 선술집 문을 열고 들어왔다.

"대체 무슨 일입니까?"

도스토옙스키는 불과 몇 해 사이 노쇠한 고골의 몰골을 보고 어리둥절해했다. 말없이 연거푸 보드카를 들이켠 고골은 작심한 듯 입을 열었다.

"자네에게 고백할 것이 있네."

고골은 외투 주머니에 깊숙이 손을 찔러 넣었다. 그는 떨리는 손으로 무언가를 꺼내 테이블 위에 올려놓았다.

"그게 뭡니까?"

도스토옙스키는 한 손으로 검은 턱수염을 매만지며 고골이 내놓은 물건에 주목했다.

"자네도 알겠지……. 13년 전인가, 14년 전인가. 나는 페테르부르크 대학에서 역사를 가르쳤네. 간혹 자료를 열람하기 위해 모스크바 대학에 방문할 일이 있었지. 모스크바 대학가는 골동품 골목으로 유명하지 않나. 그 길을 그냥 지나칠 수가 없더군. 어느 날 한 가게에서 이 만화경을 발견한 거야. 지금과 같은 모양이었네. 외관상으로는 특별한 점을 찾을 수 없었지. 다른 점이라면 만화경 내부에 뭔가를 넣을 수 있다는 거였어. 만화경에 딸린 작은 서랍이 그 역할을 하더군. 페테르부르크에서 하급 관리로 일하던 시절에 목격한 관료 세계의 부조리한 작태를 몇 개의 단어와 문장으로 기록한 뒤 이 만화경에 넣었지. 왜 그랬는지는 모르겠네. 본능이란 것이 존재한다면, 그런 것이 작용한 게 아닐까 짐작할 뿐이지. 아니, 몸에 익은 습관 때문이었는지도 모르겠어. 나는 하루에도 몇십 통씩 내무부로 투서한 민원 문서를 분쇄하여 버리는 일을 했으니까. 그래, 자네가 알고 있는 「코」와 「외투」는 이 만화경이 만들어 낸 이야기일세."

"선배, 무슨 소릴 하는 겁니까?"

"지금 한 말 그대로일세."

"그러니까, 이 물건이 소설이라도 써 준다는 겁니까? 장난감

같이 생긴 이따위 것이?"

도스토옙스키가 오른손으로 만화경을 건드리며 물었다.

"그렇다네. 내가 발표한 소설은 모두 이 만화경을 통해 본 이야기를 받아 적은 것에 지나지 않아. 자괴감에 타국을 방랑했으나 더 이상 나 자신을 속일 힘이 없구먼."

도스토옙스키는 혼란스러웠다. 존경해 마지않는 작가가 10여 년 만에 나타나 자신이 쓴 작품을 부정하다니. 도스토옙스키는 거칠게 얼굴을 쓸어내렸다.

"그렇다면, 내가 알고 있는 고골 선배가 한낱 필경사에 지나지 않는다는 겁니까?"

"필경사라…… 그런지도 모르지. 「외투」 속 구등관처럼 말이야. 정서하고 또 정서했으니까. 한때는 내가 생각한 단어 몇 개와 문장 몇 줄이 이야기의 처음이자 끝이라고 생각했네. 하지만 그게 아니었던 거야. 나는 만화경에 두 눈과 심장마저 빼앗겼네. 순식간이었어. 오래지 않아 지옥 불에 떨어질 테지."

도스토옙스키는 반들반들 윤이 나는 만화경을 보며 그가 이 물건을 얼마나 애지중지해 왔을지 짐작했다.

"선배가 광신도들 틈에서 놀아나고 있다는 풍문은 들었습니다만…… 사실이었군요. 이 정도일 줄은 몰랐습니다. 이따위 애들 장난감을 가지고."

도스토옙스키는 오른손으로 만화경을 부술 듯 움켜잡았다. 그리고 건너편 벽면으로 집어 던졌다. 만화경이 마룻바닥에 나뒹굴었다. 노인들의 고개가 만화경을 따라 움직였다. 그들은 누런 치아를 드러내며 웃었다. 고골은 흐리멍덩한 낯빛을 한 채 만화경이 떨어진 곳으로 무거운 걸음을 뗐다. 만화경은 멀쩡해 보였다. 고골은 저도 모르게 안도의 한숨을 내쉬었다.

"러시아 문학은 내가 아니라 이 만화경을 믿어야 할 거야."

고골은 잿빛 먼지가 묻은 만화경을 외투의 안감으로 닦아내며 작은 목소리로 말했다. 도스토옙스키는 한동안 아무 말도 하지 않았다. 손에 든 술잔만이 미세하게 떨렸다.

"러시아 작가는 모두 선배의 외투에서 나왔다는 말은 오늘부로 취소하겠습니다. 아니, 정정해야겠군요. 외투가 아니라 만화경으로. 선배에게 몹시 실망했습니다."

도스토옙스키가 열뜬 목소리로 말했다. 그의 윗입술이 파리하게 떨렸다. 고골은 아무런 대꾸도 할 수 없었다. 도스토옙스키는 그대로 자리를 박차고 일어났다. 도스토옙스키가 나간 뒤에도 고골은 한동안 자리를 지켰다. 그날 저녁, 도스토옙스키는 자신의 노트에 다음과 같은 말을 남겼다. '정말 잘 들어 두어라. 밀알 하나가 땅에 떨어져 죽지 않으면 한 알 그대로 남아 있고 죽으면 많은 열매를 맺는다.' 요한복음서 12장 24절을 인용한 문장이었다. 훗날 그는 『카라마조프 가의 형제들』 첫 장에 이때의 기록을 남겨 두었다. 도스토옙스키에게 고골은 이미 '죽은 혼'이었다. 그는 동이 틀 때까지 서재에 꽂힌 고골의 책을 모조리 땔감으로 사용했다.

이튿날, 고골은 페테르부르크 넵스키 거리에 위치한 하숙집으로 돌아왔다. 하숙집 주인 아카키에비치는 그를 알아보고도 놀란 기색 없이 살뜰히 맞이했다. 아카키에비치는 그를 '고골의 방'으로 안내했다. 물론 투숙비는 받지 않았다. 고골은 아카키에비치에게 몇 달간 중요한 작품을 집필할 예정이므로 방해하지 말아 달라고 부탁했다. 아카키에비치는 일찍이 그의 집필 습관을 알고 있었기에 걱정하지 말라고 대꾸했다.

자멸감이 극에 달한 고골은 자신의 발목을 책상다리에 묶었다. 그리고 만화경을 창밖으로 내던졌다. 다시는 찾지 않으리라는 굳은 의지였다. 그는 밤낮없이 원고를 휘갈겨 썼고, 정확히 열흘 뒤 죽음이 그의 방문을 두드렸다. 만화경의 도움을 받지 않고 쓴 「죽은 혼」 2부의 원고를 모두 불태운 다음 스스로 목숨을 끊은 것이다. 그의 시신을 발견한 이는 아카키에비치의 아들이었다. 그는 방 문틈에서 계속 연기가 새어 나왔고, 문을 열었을 때는 이미 불길이 멎은 상태였다고 진술했다. 시신은 불길에 그을려 있었고, 타다 만 원고는 내용을 알아볼 수 없었다. 책상위에는 고골이 죽기 직전에 남겼을 것으로 추정하는 문장 몇줄이 있었다. 그 마지막 문장이 묘비에 남았다.

니콜라이 고골. 1809 — 1852
쓰디쓴 언어로 나는 웃음 짓네.

3

만화경이 새 주인을 찾은 것은 1879년 12월이었다. 모스크바 대학 의학부 2학년생 안톤 체호프는 가족의 생계를 위해 모스크바 시내의 한 잡화점에서 일했다. 그에게는 허약한 남동생 셋과 여동생 둘, 그리고 그들을 간호하는 심약한 어머니가 있었다. 그는 동생들을 직접 치료하리라는 꿈을 품었다. 현실은 녹록지 않았다. 당장 약이 궁했고 허기를 달랠 빵도 필요했으므로 수업이 없을 때는 잡화점으로 왔다. 틈틈이 돈이 될 만한 소설도 썼다.

지하 창고에서 물건을 정리하던 체호프는 만화경을 발견했다. 겉칠이 군데군데 벗겨지고 색이 바랜 만화경이 잡화점 창고 후미진 곳에 처박혀 있었다. 체호프에게는 소설에 등장시킬 수 있는 물건이라면 무엇이든 손아귀에 넣고 보는 도벽이 있었다. 게다가 그 물건의 쓰임을 도통 짐작할 수 없을 때에는 더욱 그랬다. 만화경은 어느새 오른쪽 호주머니 안으로 들어가 있었다. 왼쪽 호주머니에는 잡지사에서 온 우편물이 들어 있었다.

그는 여러 주간지에 단편소설을 보냈으나 수록되지 못하고 번번이 되돌아왔다. 이번에도 봉투에는 '낙선' 도장이 선명하게 찍혀 있었다. 몇몇 문장에는 줄이 그어져 있었고 그 위에는 낙선의 이유가 적혀 있었다. 호흡이 빠르다, 핍진성이 떨어진다, 사유가 부족하다, 생각 좀 하고 써라……. 거듭되는 낙선으로 근심이 깊어졌다. 등록금은 올랐지만 잡화점의 시급은 그대로였다. 가족을 부양하기 위해서는 어떻게든 글을 팔아야 했다. 체호프는 의자에 앉아 반송된 원고를 갈기갈기 찢었다. 그리고 서랍에서 가계부를 꺼냈다. 잡화점에서 받은 급여와 오전에 구입한 식료품, 그리고 동생의 약값을 기록했다. 책상에는 잡화점에서 가지고 온 만화경이 놓여 있었다. 체호프는 자세를 가다듬고 만화경을 살폈다. 무엇에 쓰는 물건일까, 동생을 시켜 다른 잡화점에 되팔 수 있지 않을까, 궁리하던 찰나 무언가 바닥에 떨어졌다. 그는 얄궂은 장난을 치다 걸린 아이처럼 화들짝 놀랐다. 의자 밑에는 본체에서 빠져나온 작은 서랍 형태의 부속물이 있었다. 체호프는 물건의 쓰임을 알아챘다. 모든 문양을 대칭으로 보여 주는 진기한 물건. 그는 서랍에 들어갈 만한 작은 물건을 찾았다. 책상 위에서 조각난 글자들이 나풀거렸다. 종잇조각을 서랍에 넣고 만화경 입구에 왼쪽 눈을 갖다 댔다. 렌즈에 글자가 맺히기 시작했다. 그때까지만 해도 체호프는 당연한 일이라고 생각했다. 그러나 만화경은 글자를 대칭으로 보여 주는 대신 완성된 문장 형태로 보여 주었다. 체호프는 그 문장을 읽어 내려갔다. 그는 그 문장이 자신이 쓰고자 했던 문장이라는 걸 깨달았다. 문장은 계속해서 이어졌다. 그것은 진짜 「카멜레온」이었다.

체호프는 그간 쓴 작품을 잘게 찢어 만화경에 옮겨 담았다. 그리고 자신의 노트에서 글감이 될 만한 내용을 종이에 옮겨 적었다. 종잇조각은 어김없이 만화경의 작은 서랍으로 들어갔다. 십수 개의 문장이 깨알만 한 크기로 이어졌다. 체호프는 만년필을 쥔 손을 날래게 움직였다. 구두점을 찍을 때까지 멈추지 않고 써 내려갔다. 그렇게 완성된 소설을 유머지와 문예지 등 다양한 분야의 잡지사에 보냈다. 매주 새로운 작품을 투고했고 소설은 여지없이 수록되었다. 원고료로 어머니와 어린 동생들의 생활비를 댈 수 있었다. 더는 가계부를 쓸 필요가 없다는 걸 알았다. 이후 체호프는 페테르부르크와 사할린, 블라디보스토크 등지를 돌며 「귀여운 여인」, 「약혼녀」, 「개를 데리고 다니는 여인」 등을 집필했다. 이때 쓴 작품만 700편이었다. 체호프에게 만화경은 만년필과 짝을 이루는 필기구일 뿐이었다. 만화경에 넣는 몇 개의 단어와 문장만으로도 이미 소설은 완성된 것이며 만화경은 단어와 문장을 부풀려 주는 도구에 지나지 않는다고 믿었다. 빵을 굽기 위해 밀가루 반죽에 이스트를 넣을 때마다 만화경을 떠올렸다. 빵이 부풀어 오르는 모습을 보면서 소설을 구상하는 것이 체호프의 새로운 집필 습관이었다. 고소한 냄새와 함께 또 한 편의 근사한 소설이 탄생하곤 했다. 이제 가족의 생계는 그의 걱정거리가 아니었다.

체호프는 1892년 모스크바로 돌아와 정착했다. 이 시기에 그는 「세 자매」와 「벚꽃 동산」 등 일련의 희곡 작품으로 명예까지 거머쥐었지만 건강을 잃었다. 지병이었던 결핵이 악화된 것이다. 건강한 폐만 있다면 더 많은 작품을 써낼 수 있을 텐데.

체호프는 글을 쓰다 말고 비탄에 잠기곤 했다. 그는 여생을 보낼 요양지를 알아보고 있었다. 그러던 와중에 알렉세이 페쉬코프가 체호프를 찾아왔다. 그가 바로 지금까지 만화경의 마지막 소유자로 알려진 막심 고리키이다.

4

고리키는 「마카르 추드라」로 문단의 주목을 받으며 등장했다. 그는 하층민의 삶을 묘사한 희곡 「밑바닥에서」를 통해 프롤레타리아문학의 선구자로 꼽혔다. 그러나 이내 악몽이 찾아왔다. 문장을 종결지을 수 없게 된 것이다. 처음에는 구두점을 찍을 수 없게 된 까닭이 자유와 정의가 사라진 암울한 시대 상황에 있다고 생각했다. 수많은 작가가 스탈린 체제를 비판하는 글을 쓰다가 수용소로 끌려갔기 때문이다. 고리키 주위의 동료 문인도 하나둘 사라지고 있었다. 끌려가는 동료들을 보며 고리키는 글보다 힘이 센 것을 찾았다. 빵인가? 아니면 총인가? 결국은 혁명인가? 자신의 나약함을 저주하며 술을 마셨다. 소설과 희곡으로 구원할 수 있는 것은 아무것도 없다는 비관이 그를 할퀴고 갔다. 정부 부처에 탄원서를 내보려고 했지만 그 역시 쓸 수 없었다. 신문사에 보내려던 구호도 찢어 버렸다. 시간이 지나면서 그는 글을 쓸 수 없게 된 이유가 온전히 자기 자신에게 있다는 걸 알았다. 자신 안에 끔찍한 한 마리 검열관이 웅크리고 앉아 그를 지켜보고 있었다.

절망한 고리키는 선술집을 전전했다. 수행하듯 방탕한 생활을 이어 갔다. 급기야 알코올중독으로 착란 상태를 겪던 고리키는 문단의 선배이자 의과대학 출신의 체호프를 찾아갔다. 체호프는 먼저 고리키에게 갓 구운 빵을 권했다. 고리키가 빵을 먹는 동안 체호프는 부엌과 응접실을 서성였다.

"더 먹을 텐가?"

체호프가 물었다. 고리키는 고개를 가로젓고는 입가에 묻은 소금을 털어 냈다. 체호프는 다시 부엌 쪽으로 걸음을 옮겼다. 고리키는 소파에 떨어진 빵 부스러기를 빈 접시 위에 쓸어 담으며 골똘히 생각에 잠긴 체호프의 뒷모습을 곁눈질했다. 체호프의 어깨가 들썩이기도 했고 축 늘어지기도 했다. 마침내 체호프가 고리키 앞에 섰을 때, 그는 자신이 입고 있던 두꺼운 갈색 외투 주머니에서 만화경을 꺼냈다.

"이제 자네 차례일세."

그 무렵 체호프는 얼마 남지 않은 생을 예감하며 만화경을 건넬 젊고 유능한 작가를 찾고 있었다. 체호프는 고리키의 데뷔작을 읽고 깊은 감명을 받았으며, 「밑바닥에서」를 무대에서 본 뒤로 머지않아 그를 만나게 될 운명임을 직감했다.

고리키는 처방전 대신 만화경을 들고 집으로 돌아왔다. 체호프의 말을 곧이곧대로 믿는 건 아니었다. 하지만 그가 일러 준 방법을 한 번은 따라 봐야 한다고 생각했다. 고리키는 널브러진 술병을 정리하고 찢긴 원고를 한데 모았다. 그중 신문사에 기고하려던 원고 조각을 골라내 만화경 서랍 안에 넣었다. 렌즈에 눈을 갖다 대는 순간 고리키는 선득함을 느꼈다. 그는 렌즈를 들여다보는 동작이 문에 나 있는 작은 구멍을 들여다보는 것과 유사하다고 생각했다. 렌즈 맞은편에서 누군가 자신을 바라보고 있는 것 같았다. 고리키는 질겁하며 만화경에서 눈을 뗐다. 방법을 바꿔 보기로 했다. 이번에는 눈을 감은 채 렌즈에 갖다 댄 뒤 천천히 눈을 떴다. 글자가 보였다. 혁명을 갈구하는 수많은 인물의 실체가 만화경 안에 있었다. 그들은 문장으로 존재했다. 주체할 수 없는 힘을 느꼈다. 첫 줄을 받아 적었다. 창조는 혁명이며 혁명은 곧 창조이다.

만화경을 손에 쥔 그는 희곡 「밤 주막」과 소설 「어머니」를 발표했다. 소비에트작가동맹의 의장으로 선출되면서 신문사에 논평을 기고하고 노동자를 위한 글을 거리 곳곳에 써 붙였다. 정부를 비판하고 체제의 종속을 위해 일하는 이들을 각각 호명했다. 고리키의 글에 노동자들의 마음이 움직일수록 거리에는 냉혹한 바람이 불었다. 의장직을 맡은 지 6개월 만에 그는 동료들을 대신해 수용소로 끌려갔다. 그가 잡히기 전 마지막으로 한 일은 만화경을 가장 은밀한 곳에 숨기는 것이었다. 기약 없는 수용소 생활 중 그는 여러 가지 기술을 익혔다. 톱니바퀴가 즐비한 커다란 기계를 만지기도 했다. 손에 푸른 잉크 대신 검은 기름이 묻었지만, 손끝에서 꿈틀거리는 생명력을 느꼈다. 손재주가 탁월했던 고리키는 수용소 관리들의 시계와 라디오를 고쳐 주기도 했다. 그러던 어느 날, 고리키는 장문의 서신 한 통을 전해 받았다. 체호프가 보낸 것이었다. 곧장 짤막한 답장을 썼다. 답장이기보다는 질문에 가까웠다. 답을 기다렸으나 출소하기 전까지 체호프의 답신을 받을 수 없었다. 그는 수용소에서 나온 뒤에야 체호프가 죽었다는 사실을 알았다.

체호프는 고리키에게 만화경을 건넨 뒤 기근 구제와 콜레라 방역 사업, 그리고 학교 설립 운동을 활발히 펼치는 등 이전과는 다른 삶을 살기 위해 노력했다. 연극 「갈매기」에서 이리나 역을 맡은 배우 올리가 크니페르와 결혼도 했다. 사랑이 자신을 구원할 것이라는 기대와 달리 결혼과 동시에 체호프의 지병은 악화되었다. 진통제를 복용하며 버텼지만 환각이라는 부작용이 나타났다. 체호프의 환각은 그의 작품 속에 등장하는 인물들이 그 주위를 맴돈다는 점에서 유례가 없었다. 의사와 경찰, 못된 지주와 가난한 여인, 그리고 괴팍한 상인이 체호프의 곁을 떠나지 않았다. 그들은 저들끼리 속삭일 뿐이어서 체호프는 그들이 무슨 말을 하는지 알아챌 수 없었다. 혼자 길을 걷거나 책상에 앉아 있을 때, 그리고 귀여운 여인 올리가 크니페르와 함께일 때도 환각은 계속됐다. 병증이 악화되어 뜬눈으로 밤을 지새우기 일쑤이던 1904년 7월 어느 날, 체호프는 도스토옙스키를 만났다. 그리고 다음 날 아침, 황급히 고리키에게 서신을 작성했던 것이다.

친애하는 고리키 군에게.

그곳 수용소의 겨울은 견딜 만한가? 자네 소식은 올리가의 극단 동료들을 통해서 들었네. 참혹하더군. 곧 대규모 사면이 있을 거란 소문을 들었는지 모르겠네. 여론이 급박하게 돌아가는 모양이야. 자유가 머지않았어. 조금 더 힘을 내게.

그렇지. 자유가 필요한 건 자네만이 아닐세. 최근에 나는 지난 24년간 너무 많은 작품을 쓴 게 아닌가 생각하고 있네. 환각을 겪으면서 그런 생각을 품게 되었지. 나는 언젠가 이런 말을 한 적이 있다네. 작가의 역할은 상황을 진실하게 묘사하는 것이다, 독자가 그 상황을 피해 갈 수 없도록. 돌이켜 보니 인물과 끝내 마주해야 하는 건 여러 명의 독자가 아니라 한 명의 작가더군. 그들이 조물주인 나를 원망해서 내 앞에 모이는 게 아닐까 하는 두려움이 컸다는 걸 부정하진 않겠네. 내가 정확하게 쓰지 못한 탓이겠지. 지금은 나를 못 본 척하고 있지만 언젠가는 말을 걸겠지. 자신을 왜 이렇게 만들었느냐고 물으면 어떻게 답해야 할까. 내 멱살이라도 잡고 흔들면 어쩌나. 이따금 걱정도 된다네. 지금은 답해 줄 수가 없지 않나. 그래서 나는 이들을 자네에게 보낼 작정이네.(물론 농담이라네. 그들을 무슨 수로 자네에게 보낸단 말인가.)

그것에 대해서 말하려고 하네, 만화경 말일세. 만화경은 계속해서 새로운 작품을 보여 주었고 나는 의자에 앉아 정서하고 또 정서했지. 지난 24년간 그랬어. 그런 점에서 자네에게 만화경을 준 것이 옳은 결정이었는지 생각해 보았네. 자네도 건강을 해치게 되지나 않을까 염려했지. 그런데 마침 자네가 수용소에 있다는 이야기를 듣고 한편으로 안도했지 뭔가.

그동안 만화경에 대해서 의심한 적은 한 번도 없었어. 이제야 의구심이 생기네. 무엇이 만화경으로 하여금 계속해서 이야기를 생성하게 하는 것일까. 의학이란 본래 의심에서 시작해 관찰하고 탐구하는 학문일진데, 의사라는 작자가 만화경을 의심하지 않고 들여다보고만 있었던 거야……. 서두가 길어졌네. 내가 편지를 쓰는 것은 어젯밤 일 때문이라네. 그를 만났어, 도스토옙스키를 말이야. 내 기억이 맞는다면 자네는 그를 이렇게 표현했었지. 러시아가 낳은 악마적인 천재. 도스토옙스키는 다짜고짜 오래전 일을 나에게 들려주더군. 모스크바에 있는 어느 허름한 선술집에서의 일화였지. 상대는…… 놀라지 말게. 고골이었어. 고골이 직접 자신을 찾아왔다고 도스토옙스키가 말했다네. 물론 나도 깜짝 놀랐지. 더 놀라운 이름이 등장하더군. 만화경이었어. 그 이야기 속에는 만화경이 있었던 거야. 도스토옙스키에 따르면 고골은 자신이 살해한 것이나 다름없다는 걸세. 그날 자신이 고골에게 함부로 지껄인 걸 후회하더군. 고골이 만화경을 사용해 소설을 쓴다고 하여 도스토옙스키는 고골에게 불경스러운 말을 마구 퍼부었고 그 말이 저주가 되었을 거라는 거야. 이 대목에서 생각했지. 그럼 나는? 우리는? 기분이 좋지는 않더군.

그런데 말이야. 도스토옙스키는 고골의 말을 사실로 받아들인 점을 후회하더란 말이지. 선배에게 지병이 있다는 걸 뒤늦게 알았다는 거야. 고골을 만나고 며칠 후 도스토옙스키는 간염 증상으로 병원을 찾았는데 우연히 간호사들의 대화를 엿듣게 된 거지. 허름한 행색의 환자가 의사에게 환각 증세를 호소했고 웬 장난감을 하나 가지고 왔는데 그것은 그저 값이 조금 나가 보일 뿐이지, 환자가 설명하는 어떠한 진기함도 찾을 수 없었다는 거야. 그래서 의사는 환자에게 다량의 진정제를 처방했다는 걸세. 도스토옙스키가 말했지. "뭐든지 넘치면 모자라는 것만 못하지 않겠나. 선배는 그날 약을 너무 많이 먹었어. 늘 약을 너무 많이 먹는다는 게 문제였겠지." 고골의 환각 증세는 그저 유년 시절 그가 겪었던 숱한 죽음 때문일 가능성이 짙다는 거야. 그의 집안은 본래 약골 체질이라는 거지. 도스토옙스키는 고골이 자신에게 했던 말은 고백이 아니라 병증이었고 자신이 너무 쉽게 그날, 그 자리, 그 테이블에서 단정해 버리고 만 걸 일생 동안, 아니 일생 이후에도 후회하고 있다는 걸세.

그러고는 단도직입적으로 묻더군. 오래전부터 내 소설을 읽으며 혹시 고골의 만화경을 손에 넣은 것은 아닌지 의문을 품고 있었다고 말이야. 깜짝 놀라 되물었지. 그가 고개를 끄덕이더군. 그러면서 내 소설에서 어떤 대목이든 떠올려 보라고 했지.

나는 「카멜레온」의 첫 문장을 떠올렸어. 데뷔작이었으니까. 자네도 기억할지 모르겠네. 그래, '외투'가 등장하지. 나는 적잖이 충격을 받았고 정신을 차렸을 때는 도스토옙스키의 형체가 사라지고 목소리만 남아 있었네. 그 목소리가 말했지.

"그렇단 말이지?"

맞아. 두말해 무엇하겠나. 그건 확실히 꿈이었어. 도스토옙스키는 스무 해도 더 전에 죽었으니까. 아무래도 내가 죽을 때가 된 모양이네. 이웃 나라에서는 꿈이 무의식의 부산물이니 어쩌니 하는 연구를 하고 있다지만 나는 이 서신에서 자네에게 꿈을 현실인 양 말하려고 하는 건 아닐세. 다만 자네가 가지고 있는 만화경은 본래 고골의 것이었을지도 모른다고 말해 주고 싶은 것뿐이야. 이 늙은이의 추측이 수용소에 있는 자네에게 혼란만을 가져다주는 것은 아닌지 모르겠네. 이해해 주길 바라네. 나는 이제 정말 아무것도 모르겠네. 글을 쓴다는 건 무엇보다 세상을 보는 작가 고유의 눈을 가지는 것이라고 생각했네만…… 내가 본 것이, 정말 내가 본 것일까? 진짜 글을 쓴 건 누구일까?

— 메리호보에서 안톤 체호프

고리키는 글을 쓴다는 것이 무엇보다 세상을 보는 작가 고유의 눈을 가지는 것 아니겠느냐는 구절을 반복해서 읽었다. 체호프의 말에 감명을 받아서라기보다는 처음 만화경을 들여다 볼 때 느꼈던 선득함이 다시 떠올랐기 때문이었다. 분명 그것은 누군가의 시선이었다.

고리키는 출소를 앞둔 전날 밤, 한 노인으로부터 고골과 관련된 기묘한 이야기를 전해 들을 수 있었다. 고골의 시신을 수습하는 자리에 있었다는 그 노인은 고골의 두 눈이 비어 있었다고 증언했다. 노인은 자신의 어린 시절을 회상하며 쓴웃음을 짓다가 고골의 처참한 시신을 본 대목에서는 어린아이처럼 칭얼거리듯 말했다. 노인의 이름은 아카키에비치, 고골이 오랫동안 기거했던 하숙집 주인의 아들이었다. 출소 당일 고리키는 소비에트작가동맹의 환영을 받았지만 쉬고 싶다는 말을 남기고 자신의 거처를 향해 묵묵히 걸어갔다. 한시바삐 확인하고 싶은 것이 있었다.

만화경은 갈라진 마룻바닥 사이에 그대로 있었다. 고리키는 수용소에서 배운 기술을 활용해 보기로 했다. 먼저 만화경의 홈과 나사 모양을 확인하고 작은 끌개와 십자드라이버를 준비했다. 서랍에서 오랫동안 잠들어 있던 원고지와 만년필, 그리고 잉크병을 꺼냈다. 분해 순서를 적기 위해서였다. 고리키는 만화경을 천천히 분해하기 시작했다. 세로축을 중심으로 만화경의 왼쪽 판과 오른쪽 판을 분리하는 데 집중했다. 부러지거나 금이 가지 않도록 조심했다. 창문을 두드리던 햇빛이 물러난 뒤에도 작업을 계속했다. 초에 불을 붙인 건 방이 완전히 암흑천지로 바뀐 뒤였다. 추운 날씨임에도 고리키의 콧잔등과 목덜미에서는 땀이 배어 나왔다.

그는 간헐적으로 부패한 동물의 사체 냄새를 맡았는데 그때마다 자신이 해부를 목전에 둔 수의사이고 탁자 위에는 종을 알 수 없는 들짐승이 웅크리고 있는 것 같다는 착각에 빠지곤 했다. 녹슨 나사를 제거하고 만화경의 겉판 사이에 끌개를 밀어 넣자 먼지가 일었다. 커다란 성문이 열릴 때 날 법한 음험한 소리가 나며, 틈이 벌어졌다. 고리키는 양손을 이용해 만화경의 왼쪽 판과 오른쪽 판을 그러잡았다. 그리고 조심스럽게 둘을 떼어 냈다. 겉판의 틈이 벌어질수록 축축한 기운이 그의 손가락과 손목을 휘감았다. 만화경 내부의 모든 부속물은 왼쪽 판에 붙어 있었다. 그리고 그 판 가운데

두 개의 눈

이 붙어 있었다. 눈꺼풀이 될 만한 살점은 없었고 흰자와 검은자, 그리고 가는 선 여러 가닥만이 오른쪽 판에 닿아 있었다. 눈알 하나는 만화경의 입구를 향해 있고 다른 하나는 반대편을 보고 있었다. 종이를 넣는 서랍이 위치한 곳이었다. 서랍에 새끼손가락을 들이밀자 서랍 쪽을 향한 눈알의 동공이 수축했다. 동시에 입구 쪽을 향해 있던 눈알이 움직였다. 동공이 점점 커지며 뭔가 맺히기 시작했다. 고리키는 만화경 렌즈에 자신의 눈을 갖다 댔다. 그리고 그 커다란 동공에 맺힌 상을 꾸역꾸역 받아 적었다.

5

이 소설의 일부는 《세계의 문학》 2015년 봄호에 「고골의 만화경」이란 제목으로 발표된 바 있다. '나는 왜 쓰는가'라는 주제로 40매 내외의 콩트를 청탁받아 쓴 글이었다. 일찌감치 완성한 작품은 단편소설에 맞춤한 분량이라 40매 가까이 원고를 쳐내야 했다. 결말도 지금과는 달랐다. 10월 혁명에 가담하여 투옥된 고리키는 출소와 함께 러시아를 떠나면서 종적을 감추었고, 그가 소지하고 있던 만화경도 외투 속 유령처럼 밤의 어둠 속으로 완전히 소실되고 말았다는, 다소 김빠지는 결말이었다. 나는 이 소설을 쓰기 위해 러시아 아마존에서 330달러짜리 만화경을 구입했다. 고급 마트료시카를 제작하는 업체에서 한정판으로 제작한, 전나무 재질의 만화경이었다. 그즈음 만화경을 외투 안주머니에 소지하고 다녔다. 술자리가 길어지면 같은 테이블에 앉은 사람들에게 꺼내 보이기도 했다. 반응은 대수롭지 않아서, 비슷한 크기의 닭봉보다 주목받지 못했다.

「고골의 만화경」을 개작하여 발표하는 이유는 마감을 앞두고 신작을 집필하지 못해서가 아니다. 그렇다고 잘려 나간 부분을 복원하고 말겠다는 작가적 야심이나 고고학적인 동기가 있어서도 아니다. 소설을 발표한 이듬해 겨울, 연희문학창작촌에서 일어난 불미스러운 사건 때문이다. 당시 나는 연희에 입주해 있었는데 신작 집필보다는 출판사에서 마련한 술자리란 술

자리는 모두 쫓아다니며 공짜 술을 들이켜는 데 재미를 붙이던 참이었다. 문제의 사건이 일어난 건 한 신문사가 주최하는 통합 시상식이 있던 날이었다. 자정이 지나 정신을 차리고 보니 관계자들은 모두 돌아가고 이제는 이름조차 기억나지 않는 한 선배 시인이 맞은편 자리에 앉아 졸고 있었다. 나는 그를 깨워 택시에 태웠다. 택시는 좀처럼 출발하지 않았다. 그가 조수석 창문 바깥으로 고개를 내밀고 창백한 얼굴로 중얼거렸다. 뒤차의 연이은 경적 탓에 그는 말을 맺지 못했고 이번에는 뒤차를 향해 욕설을 내질렀다. 이윽고 택시는 매연과 몇 마디 단어만을 남기고 사라졌다. 떨어진 단어는 금방 조합이 가능했다. 연희에 귀신이 산다는데, 조심하는 게 좋을 거야.

연희에 유령이 출몰한다는 소문이야 이미 문인들 사이에서 심심치 않게 회자되던 참이었다. 시와 소설의 소재로 삼는 것도 모자라, 공포 체험 수기 형태로 발표된 글도 있었다. 나 역시 모르는 바가 아니었다. 하지만 그것은 환각이나 노안에 의한 착시에 지나지 않았다. 오로지 존재만이 존재한다. 일찍이 체호프가 말했듯 공포는 현실의 삶이 자신을 짓누르기 때문에 느끼는 것이며, 무거운 삶의 반영(反影)을 보는 것이다. 공포는 반응하는 자에게 반응한다. 삶이 무겁고 무섭다면 그 삶을 부숴 버리면 그만이다.

그날 나는 취기가 오른 탓에 연희의 완만한 비탈길에서조차 숨을 헐떡이며 걷고 있었다. 오후 나절 눈까지 내려 길은 대체로 미끄러웠다. 1동과 2동 사이의 가로등은 고개를 푹 숙이고 제 몸만 비추고 있었다. 걸음마다 눈을 부수는 소리가 났다. 머리칼이 곤두선 건 2동을 등지고 집필실이 있는 3동으로 향하는 길의 초입에서였다. 야외무대 객석 끝에 누군가 앉아 있는 것이 보였다. 어둠 속 사내는 자리에서 일어나 내 쪽으로 다가왔다. 그 자리에서 오랫동안 나를 기다렸다는 듯 거침없었다. 그곳에는 사내와 나, 단둘뿐이었다. 사내가 말했다. 지금도 그 말만은 똑똑히 기억한다. 「외투」 속 유령의 대사와 흡사했기 때문이다.

"이놈! 멀리도 왔구나. 드디어 네놈을 만났다. 마침내 네놈의 발목을 잡았어. 난 네놈의 만화경이 필요해. 이젠 네놈의 것이 필요해."

비스듬히 고개를 들고 사내의 얼굴을 봤다. 야구 모자를 눌러써서 희번덕거리는 눈만 보일 뿐(두 눈이 지나치게 새하얘서 유리로 만든 의안으로 보일 정도였다.) 하관으로 짙은 그림자가 드리워져 생김새를 알아보기 힘들었다. 사내는 어깨가 비정상적으로 넓은 모직 재질의 코트를 입고 있었다. 그가 검은색 가죽 장갑을 낀 손을 내밀었다. 나는 입고 있던 외투에서 닭기름이 묻어 반질거리는 만화경을 꺼냈다. 사내는 만화경을 재빨리 챙겨 들었다. 그리고 내 배를 걸어차고 뒷주머니에서 지갑까지 빼냈다. 사내의 또 다른 손에는 벽돌이 들려 있었는데 그걸로 내 뒤통수를 갈기고는 어둠 속으로(전두환의 사택 방향으로) 미끄러져

갔다. 다음 날 아침, 나를 발견한 사람은 연희의 시설을 담당하는 젊은 남자 시인이었다. 묵직한 뒤통수에서 피 대신 누군가의 토사물이 만져졌다. 며칠간 나는 지독한 몸살을 앓았다.

그날 이후로 종종 뒤통수가 묵직하고 뻐근할 때가 있다. 날씨가 찌뿌듯하거나 일교차가 큰 날에는 쑤시기까지 한다. 주벽도 하나 늘었다. 글을 쓰는 후배들을 만나면 흉터가 보이도록 뒤돌아 앉아 연희문학창작촌 야외무대에서 만났던 검은 사내에 대해 말하는 일이었다.

고백하자면 그날 밤 괴한을 만나 만화경을 도둑맞은 뒤로는 신작을 발표하지 못했다. 새로운 이야기가 떠오르지 않았다. 삶이 무섭고 더러웠다. 그래서 기회가 있을 때마다 삶을 부숴 버릴 기세로 술을 마셨다. 술잔이 돌 때마다 나는 그때의 일과 잃어버린 만화경에 대해 떠들었다. 그리고 다음 날 출근은 개의치 않고 인사불성으로 취하곤 했다. 지금은 출판계를 떠난 한 편집자에 의하면 술자리에 있던 이들 중 가장 잘나간다는 작가의 멱살을 잡고 이렇게 지껄이는 모양이었다.

"너구나, 이 도둑놈. 이젠 네놈의 것이 필요해. 네 것이 필요해."

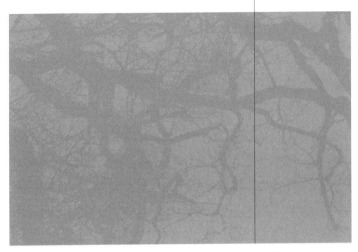

똥

김 피디는 똥을 싸고 있다. 똥은 단번에 나오지 않았다. 그는 괄약근에 힘을 주는 것만이 능사가 아님을 잘 알았다. 뇌 속부터 비우겠다는 심정으로 몸에 힘을 뺐다. 조금씩 밀어낸다는 느낌에 집중했다. 두루마리 휴지를 한 움큼 쥐고 쾌변만을 생각했다.

김 피디는 4년 전, 똥에 관한 다큐멘터리를 찍었다. 그는 먼저 다양한 이유로 변비를 앓고 있는 사람들을 만나 증상을 관찰했다. 변비 환자들의 고통은 화장실에서 일상으로 이어졌다. 그들과 함께 내과의부터 비뇨기과, 항문외과 전문의를 만났다. 장에 좋은 음식도 찾았다. 자치단체장의 협조를 구해서 분뇨차를 쫓아다녔고, 전국 각지 수세식과 재래식 화장실을 조사하는 것도 모자라 이른바 자연식 화장실을 쓴다는 이공계 교수도 만났다. "똥을 싸고 왕겨로 덮으면 냄새도 나지 않을뿐더러, 인분에서 나오는 유해 물질들을 모두 잡아 줍니다. 물론 냄새는 조금 납니다. 하지만 술 익는 냄새에 비견할 정도로 은은할 따름이지요." 인터뷰 중 김 피디는 교수의 입에서 묘한 냄새를 맡았다. 단순한 구취가 아니었다. 냄새는 단숨에 장을 자극했다. 갑작스럽게 변의를 느낀 김 피디는 교수에게 양해를 구하고 자연식 화장실을 체험했다. 교수가 손수 제작한 변기는 재래식 화장실과 비슷한 생김새였다. 변기 앞쪽에는 왕겨가 잔뜩 쌓여 있었다. 변이 들어갈 구멍을 확인한 뒤, 나무판자를 밟고 쪼그려 앉았다. 데운 막걸리 향이 아래쪽에서 엉덩이 골을 타고 정수리까지 올라왔다. 이내 별다른 힘을 주지 않았음에도 모든 걸 아래로 쏟아 낼 수 있었다. 순식간의 일이었다. 알싸한 사정의 쾌감과는 달랐다. 김 피디는 그날의 쾌변을 잊지 못했다.

다큐멘터리는 촬영 기간만 400일이 넘었다. 모자이크와 컴퓨터 그래픽을 덧씌우는 작업이 예상보다 길어지면서 편집에도 석 달이 걸렸다. 똥을 관찰하면서 김 피디는 한 가지 의문이 생겼다. 사람은 누구나 똥을 싸는데, 왜 방송에 그대로 내보내지는 못할까. 김 피디는 다종다양한 똥을 보며 세상에는 예쁜 똥도 무수히 많다는 걸 깨달았다. 꽃잎 모양 설사도, 하트 모양 된똥도 모자이크로 덮으면 그냥, 똥이라는 게 안타까웠다. 김 피디는 시청자의 볼 권리와 알 권리를 언급하며 편집 기사에게 형태는 남기자고 제안해 보았지만, 기사는 '방송은 국민의 윤리 의식과 건전한 정서를 해치지 않도록 하여야 한다'는 방송

통신심의위원회의 방송 심의에 관한 규정 1장 7조를 읊조리며 블러 처리를 계속해 나갔다.

완성된 편집본은 '똥'이라는 타이틀을 달고 주말 프라임 시간대 2부작으로 편성됐다. 다큐멘터리로서는 파격적인 배치였다. 편성은 성공적이었다. 교양 프로그램치고는 보기 드문 시청률이 나왔다. 온 가족이 둘러앉아, 저녁 식사를 하며 「똥」을 봤다. 인터넷에서도 단연 화제였다. 유튜브에 게시된 하이라이트 버전은 한 달 만에 500만 뷰를 기록하며 9시 뉴스에 보도되기도 했다. 김 피디는 그해 뉴욕에서 열린 국제 다큐 페스티벌에서 상도 받았다.

그는 과거의 영광을 복기하며 최근 자신이 연출한 프로그램이 고전을 면치 못하고 있음을 객관적 — 시청률 — 으로도, 주관적 — 주위의 반응 — 으로도 인정했다. 성인 남녀의 짝짓기 프로그램인 「더 커플」을 연출하면서 없던 변비가 생겼다. 펜션이나 별장 혹은 모델하우스 등지의 촬영 현장에는 늘 화장실이 부족했다. 화장실 앞을 서성일 때마다 연출직을 내놓아야겠다고 생각했지만, 그 말 역시 똥처럼 쉽게 뱉어지는 게 아니었다. 달마다 물어야 할 양육비가 얼마인가. 화장실에 앉아서 신세를 한탄하는 일이 잦아졌다. 그는 불쑥 떠오른 기억을 지워 내며 바닥에 침을 뱉었다. 다시 장에서부터 항문까지 똥이 미끄러져 내려오는 상상을 했다. 무언가 점점 다가오는 것을 느꼈다.

"김 피디님, 계십니까?"

조국현이 화장실 문을 두드렸다. 좌변기라고는 달랑 두 칸뿐인 작은 화장실이 울렸다. 조국현은 「더 커플」의 목청 좋은 조연출이었다. 180이 넘는 훤칠한 키에 짧은 머리를 고수하는 청년으로 고등학교 때 얻은 흉터 탓에 입을 닫고 있으면 험악한 분위기를 자아냈다. 흉터는 이마 왼쪽에서 콧등까지 이어졌는데, 그는 긴장하거나 어색한 기류가 흐를 때면 흉터 자국을 만지는 버릇이 있었다.

"무슨 일인데?"

"국장님이 찾으십니다."

김 피디는 아직도 스스로를 국장이라고 부르는 박 사장이 못마땅했다. 김 피디가 속한 외주 제작사는 엠비에스의 전 교양국장이 차린 프로덕션이었다.

"금방 갈게."

김 피디는 휴지를 뜯어 손바닥에 여덟 겹 감았다. 그는 늘 여덟 겹을 고집했다. 변기가 막히고 쓰레기통이 넘치더라도 잔여물을 손에 묻힐 수는 없었다. 적당히 힘을 주고 항문을 문질렀다. 갈색 대신 붉은색이 묻어 나왔다. 항문 아래쪽, 부풀어 오른 치핵이 느껴졌다.

김 피디는 사장이 자신을 찾는 이유를 짐작했다. 문제는 시청률이었다. 공중파 방송에서 포맷이 비슷한 프로그램을 방영한 후에 시청률은 매주 폭락했다. 처음부터 「더 커플」이 엉망이었던 건 아니었다. 달콤한 시절도 있었다. 옛 영광을 찾기 위해

고군분투할수록 시청률은 가파른 곡선을 그리며 떨어졌다.

"0.6프로가 뭐냐."

그가 사장실 문을 닫기도 전에 사장이 쏘아붙였다. 김 피디도 화장실에 들어가기 전 확인한 바였다. 엠비에스 시절에는 상상도 할 수 없던 스코어였다. 시력 측정이나 음주운전 단속 때 보았던 수치. 정확히는 0.64였다. 그는 사장의 말을 바로잡을까하다 그만두었다. 반올림을 하더라도 올릴 수 없었다. 케이블이라고는 하지만 암담한 시청률이었다. 금요일 밤 11시라는 점을 생각하면 참담한 숫자였다.

"아니, 경쟁사 프로그램이랑 시간대가 겹치는 것도 아니고. 김 피디 이거밖에 안돼?" 사장의 검지 끝이 0.64가 적혀 있는 종이를 찔러 댔다. "에스티브이에서 다음 달까지 그 모양이면 당장 폐지하겠단다. 다음 주 촬영, 신경 좀 써 봐."

김 피디는 사장이 새 담배에 불을 붙이기 전에 고개를 숙인 채 문을 열었다. 에스티브이 개국 초기에 그나마 광고를 붙여 주고 이런저런 논란을 불러일으키며 고정 시청층을 꽂아 준 대가는 오래가지 못했다. 김 피디는 시청률 10퍼센트 돌파 기념으로 에스티브이 교양국장이 따라 준 발렌타인 30년산의 진한 몰트 향을 떠올리며 입맛을 다셨다. 김 피디도 사장의 심정을 이해 못 하는 바는 아니었다. 이제 프로덕션의 남은 밥줄은 「더 커플」 하나뿐이었다. 엠비에스 교양국에서 다큐멘터리를 찍던 김 피디를 프로덕션으로 끌어온 이도 사장이었다. 아내와의 이

혼으로 위자료를 지불해야 했던 김 피디는 사장의 제안을 뿌리치기 어려웠다. 사장은 그의 처지를 생각해 서류에 남지 않는 돈도 약속했다.

김 피디는 아래층 회의실로 향했다. 그는 지난 아이디어 회의 때 돌싱 특집을 제안했다. 작가들의 반응은 신통치 않았다. "경쟁사에서 한 달 전에 방송한 아이템을 따라 하면 게네들이 가만히 있겠어요?" 어차피 국내에 이 포맷을 들여온 건 우리가 최초였으니 그 정도로 상도를 운운하는 놈들은 양아치라고, 김 피디는 작가들을 설득했다. 여차하면 배우도 한 사람 투입해 갈등을 조장할 작정이었다. 모든 프로그램에는 대본이 있고, 방송가에 있는 사람이라면 누구나 드라마를 찍을 줄 안다. 김 피디는 작가들을 믿었고 그가 제안한 아이템은 곧장 채택되었다. 회의실에는 최인영과 윤지원이 있었다. 최인영은 다큐멘 버라이어티에 시트콤까지 다방면으로 능력을 인정받은 작가였다. 10년간 시사 프로그램을 담당하며 굵직한 시국 사건을 다뤘고, 미궁에 빠졌던 살인 사건을 브라운관으로 건져 올려 범인 검거에 지대한 공을 세운 이력이 있었다. 「더 커플」도 그녀의 안목이 없었다면 주목조차 받지 못했을 거라는 걸 김 피디도 모르는 바가 아니었다.

"조연출 어디 갔어?"

"외근 나갔습니다. 결혼 정보 업체 둘러보신다고요."

막내 작가인 윤지원이 말했다. 경쟁 프로그램이 인기를 끌면서 출연진 섭외도 어려워졌다. 다방면으로 영업이 필요했다.

"출연자 섭외 마무리해야지?"

김 피디는 최인영이 작성한 대본을 들여다봤다. 대본에는 남성 출연자와 여성 출연자의 직업군과 외모, 성격 등이 구체적으로 적혀 있었다. 김 피디는 결혼 정보 업체에서 받은 서류와 방송사에 들어온 신청서를 대본의 프로필과 대조했다. 두 배수로 인원을 좁히고 섭외 전화를 돌렸다. 남성 출연자 네 명은 의사와 대기업 중역, 그리고 젊은 사업가와 학원 강사로 결정했다. 나이는 30대부터 40대 중반까지 다양했다. 문제는 여성 출연자였다. 여성 출연자는 세 명이었으나 대학원생과 펀드매니저가 가려진 상태에서 마지막 한 명을 고르지 못하고 있었다. 전문직 여자, 전형적인 문과 스타일이어야 한다. 평상시에 문어체 문장을 구사하고 너무 예뻐서도, 그렇다고 못생겨서도 안 된다. 김 피디의 머릿속에 떠오르는 여자가 있었다. 전처였다. 김 피디의 안색을 살피던 최인영이 대뜸 그의 표정을 읽어 내려갔다.

"연락해 보죠."

"누구?"

"사모님이요."

"미쳤냐?"

"사모님이면 미모도 되고, 리딩도 되고. 화제 좀 될걸요? 제가 연락드릴까요?"

김 피디는 곤란하지만 옳다는 판단이 들면 항상 뜸을 들였다. 피디의 덕목은 짧은 시간 내 의사 결정을 하는 것이다. 그것이 잘못된 선택이라 하더라도. 김 피디는 입사 면접에서 당시보도국장에게 들었던 그 말을 악마가 자신에게 내린 저주라고생각했다.

"아냐. 내가 할게."

그렇지 않아도 전처에게 묻고 싶은 게 있었다. 김 피디는 주머니에 손을 찔러 넣고 회의실을 나왔다. 그는 전처의 번호를아직 외우고 있었다.

"왜?"

"오랜만에 전화했는데 첫마디가 그게 뭐냐."

"사무실이라서 그래, 안 그러면 더 심한 말을 했을 텐데…….무슨 일인데?"

"요즘 만나는 사람 없지?"

"어이구, 그게 궁금해서 전화했어?"

김 피디는 대꾸하지 않고 잠시 사이를 둔 뒤 말을 이었다.

"방송 출연 안 할래?"

"방송?"

"내가 연출하는 거 있잖아. 더커. 이번에…….""

더커는 시청자들이 붙여 준 「더 커플」의 약칭이었다. 매회여성 출연자들의 가슴 사이즈가 더 커진다는 의미의 줄임말이었다.

"야, 너 드디어 미쳤구나?"

"돌싱 특집인데, 네가 딱일 거 같아서 그래. 출연료도 꽤 되고. 남성 출연진도 괜찮아. 너도 이제……."

"진짜 돌았구나?"

"그럼 같이 일하는 사람 중에 소개해 줄 만한 사람 없어? 한 번 다녀온 사람으로. 아니, 그건 상관없고. 우리가 잘 만들면 되니까."

김 피디는 달궈진 강철처럼 점점 단련된 목소리로 말했다. 전처의 목소리가 대장장이가 휘두르는 망치 같다고 느꼈다.

"이 새끼야. 내가 너한테 여자를 소개해 줄 거 같니?"

"왜 이렇게 공격적이실까. 하여튼 당장 결정해야 하는 건 아니니까, 천천히 생각해 봐."

"생각? 너야말로 머리가 있으면 생각이라는 걸 좀 하고 살아라."

"그러니까, 내가 다 너 생각해서 전화……."

전화는 거기에서 끊겼다. 김 피디가 통화하는 모습을 지켜보던 최인영이 재빨리 반대쪽 문을 열고 자리를 피했다.

"최 작가 어디 갔어?"

김 피디가 통화를 마치고 회의실로 들어와 윤지원에게 물었다.

"조금 전에 나가셨는데요."

"최 작가한테 전해. 세 번째 여자, 최 작가가 책임지고 물어 오라고."

김 피디는 엠비에스에 다녀오겠다는 말을 남기고 회의실을 나섰다.

김 피디가 전처에 관한 소식을 들은 건 일주일 전이었다. 흔하다면 흔한 목격담이었다. 그에게 소식을 전한 건 「똥」의 조연출을 맡았던 후배였다. 잔뜩 취한 녀석이 밤늦게 전화를 걸었다.

"형, 그러면 안 되는 거잖아요."

"그게 무슨 말이야." 김 피디는 자신이 저지른 수많은 악행을 분류하기 시작했다. 짐작 가는 일이 순식간에 한두 가지 걸려 나왔지만 섣불리 토해 내고 싶지 않았다. 이 새끼 뭔 꿍꿍이야. 김 피디는 하품 뒤로 혼잣말을 감췄다. 상품 가치가 떨어진 피디는 주변에서 먼저 냄새를 맡는 법이었다. 고해성사라도 해야 하나. 그는 입안에 고인 침을 삼켰다.

"내가 너한테 뭘 그렇게 잘못했냐?"

"아니, 그게…… 아니고요……."

후배는 혀가 잔뜩 꼬여 있었다. 꼬인 혀를 풀어내는 시간만큼 말이 느렸다.

"아니요. 형…… 말고요. 형 동기요. 그 새끼가…… 형수님이랑 모텔에 들어가는 걸…… 좀 전에…… 자, 잠깐만."

전화는 후배의 토악질 소리와 함께 끊겼다. 김 피디는 다음 날 후배에게 전화했다. 그는 애써 대답을 피했다. 그렇지만 김 피디가 알고, 김 피디의 후배가 아는 남자가 전처와 모텔에 들어간 사실은 부정하지 않았다. 그녀가 누굴 만나든 상관은 없었지만, 문제는 김 피디의 동기들이 죄다 유부남이라는 점이었다. 뭐, 그럴 수도 있지, 하다가도 까닭 없는 분노가 일었다. 변비가 심해진 건 그날부터였다.

「똥」은 김 피디에게 각별했다. 그맘때 추가된 이력은 트로피에 적힌 수상 내역만이 아니었다. 이혼 이력을 쌓은 것도 「똥」덕분이었다. 뉴욕 국제 다큐 페스티벌 참가 후 귀국 축하연이 벌어진 자리에서 김 피디는 당시 취재차 만났던 한 일간지의 기자를 집으로 불러들였다. 당시 임신 6개월이었던 아내는 지방 출장 중이었다. 김 피디는 아내의 출장일을 잘못 계산하는 대신 기자의 배란 주기를 정확히 가늠했다. 밤은 짧았다. 이른 아침 귀가한 아내는 난장이 된 거실을 봤다. 식탁 위에 쌓여 있던 사과가 거실 바닥에 뒹굴었고 옷가지가 침실로 이어지는 징검다리를 만들었다. 허술한 다리 끝 침대 위에는 두 남녀가 고단한 표정으로 누워 있었다. 김 피디는 아내가 현관문을 닫는 소리에 눈을 떴다. 등을 드러낸 채 엎드려 있던 기자는 뭐라고 중얼거렸다. 김 피디는 숙취와 함께 찾아든 두통 때문에 상체를 일으키고서야 기자가 중얼거리는 세 글자를 알아들을 수 있었다. "좆 됐다."

아내가 변호사를 선임한 덕분에 이혼은 신속하게 진행되었다. 김 피디는 자신을 정중하게 대하는 변호사가 때때로 고마

웠지만 수속이 마무리 단계에 이를 즈음, 변호사 선임 비용까지 자신이 모두 지출해야 한다는 걸 깨달았을 때는 배신감을 느꼈다. 위자료 문제는 큰 다툼 없이 합의를 봤다. 김 피디는 여의도에 작은 오피스텔을 얻었다. 그로부터 4년이 지났다. 김 피디는 양육비의 대가로 아이의 소식을 들었다. 그가 받아 보는 사진은 3개월, 6개월 전 것들이었는데 사진을 볼 때마다 아이가 전처와 닮아 간다고 생각했다. 김 피디와 하룻밤을 보냈던 기자는 이듬해 같은 신문사 동료와 결혼했다. 그는 결혼식장에 가는 대신 동료들과 단란주점을 찾았다. 김 피디는 내리 술만 마시면서 '나라는 인간은 내가 저주하고 욕하고 가벼이 여긴 것의 총합'이라는 결론에 도달하고는 헐벗은 아가씨의 젖무덤에 속절없이 얼굴을 묻었다.

김 피디는 택시를 타고 방송국 정문을 지나쳐 후문으로 진입했다. 정문을 기점으로 엠비에스 사장의 퇴진을 요구하며 집회가 열리는 중이었다. 사측에서 로비 진입까지 막아 세우자 노조 측 반발이 거세지던 참이었고 노조 소속 직원들에게 대규모 징계가 내려질 참이었다. 퇴진의 대상은 그에게 저주를 내린 전 보도국장이었다. 김 피디는 소식을 듣고 엠비에스로 돌아갈 수 있는 절호의 기회라고 생각했다. 승자가 누구든 중요치 않았다. 전쟁이 끝나면 기회가 득세하는 법. 「더 커플」이 종영될지 모르는 판국에 가만히 손을 놓고 있을 수는 없었다. 지하 1층

구내식당에서 동기 둘을 만났다. 아침 프로그램을 연출하는 장 피디와 오디션 프로그램을 총괄하는 최 피디였다.

"김 피디, 여기야."

최 피디가 손을 들었다.

"나가서 먹자니까."

"어딜 또 나가. 이 정도 나오면 됐지."

김 피디가 프로덕션으로 적을 옮기면서 그리웠던 것 중 하나 가 구내식당이었다. 늘 동료들이나 동종 업계 사람들로 복작복 작한 분위기가 자신에게 그리 큰 동기부여가 되고 있다는 사실 을 당시에는 미처 알지 못했다. 그는 방송국 견학을 온 피디 지 망생처럼 주위를 둘러보며 식판에 밥을 담았다. 건물 내부는 평화로웠다. 동기들은 각각 교양국과 예능국에서 한자리씩 차 지하며 중역이 되어 있었다.

"프로덕션은 요즘 어떠냐?"

"조용해." 김 피디는 턱짓으로 위층을 가리켰다. "어떻게 된 대?"

"어떻게 되긴, 몇 명 솎아 내겠지."

"사람 뽑는다는 얘기는 없고?"

"여론이 안 좋아."

"여론이 왜?"

"정말 몰라서 묻냐?" 최 피디가 입꼬리를 슬쩍 올리며 물었 다. "당분간 비상이야. 빈자리는 남은 사람들이 채우란다."

"그걸 어떻게 채워?"

"그러게 말이다."

"그래서? 다시 들어오려고?"

장 피디가 물었다.

"그냥. 물어보는 거야."

"그냥은 무슨……. 그건 그렇고 국장이 너네 포맷으로 프로그램 하나 기획해 보란다."

"뭐?"

"그게 요즘 머니 포맷이래. 음악에 머니 코드가 있다면, 방송에는 머니 포맷이 존재한다. 있잖아, 그 레퍼토리. 트렌드 분석이 참 빠르기도 하지. 유행 지난 지가 언젠데."

"그냥 오디션 프로그램이나 잘하라고 그래. 그거 요즘 시청률도 안 나온다며?"

"그러니까 이 난리지."

김 피디는 머릿속 리모컨을 꺼내 어슷비슷한 프로그램의 오프닝을 돌려 보았다.

"쟤 어떠냐?"

장 피디가 옆을 흘끔 돌아본 뒤 목소리를 내깔았다.

"누구? 쟤? 신인이야? 소속사가 어딘데?"

최 피디가 단번에 알아봤다.

"신인은 아니고, 플랜와이 쪽 애라던데. 맛있게 생기지 않았냐?"

"이 새끼는 요리 프로그램 맡더니, 만날 먹을 궁리만 하냐? 누군데?"

김 피디는 그제야 동기들이 눈짓하는 곳을 슬며시 바라봤다. 「더 커플」을 통해 데뷔한 배우였다. 얼마 전 양악 수술과 리프팅 시술을 하고 나타나면서부터 뭔가 묘하게 전처를 떠올리게 하는 표정을 짓고는 했다. 김 피디는 그녀를 전처와 겹쳐 보고 있었다.

"제수씨랑은 가끔 만나냐?"

장 피디가 시선을 거두며 지그시 물었다.

"만나서 뭐하게?"

"하긴, 편모 가정에서 자란 아이가 일반 가정에서 자란 아이보다 똑똑하다더라."

"그걸 네가 어떻게 알아?"

김 피디가 신경질적으로 받아쳤다.

"일반론을 얘기하는 거야."

"누가 그러든? 제수씨?"

장 피디가 웃으며 고개를 끄덕였다.

"축하해. 너도 곧 집에서 쫓겨날 모양이다."

가장 의심스러운 인물은 장 피디였다. 장 피디는 주기적으로 전처의 근황을 물었다. 그것도 모자라 전처와 비슷한 분위기의 배우를 보면 노골적으로 군침을 흘렸다. 이번이 처음이 아니었다. 인중 위로 흘러내린 장 피디의 흰 코털을 보며 김 피디는 쓴

웃음을 삼켰다. 한번 꽂은 칼날은 쉽게 빠지지 않았다. 장 피디, 저 새끼다. 김 피디는 생선가스를 썰며 확신했다. 자식이 셋이나 딸린 놈이었다. 범인을 찾아냈으니 이젠 어떻게 한다. 김 피디는 다음 단계를 고심했다. 제수씨에게 사실을 알린다, 가랑이를 걷어찬다, 뒤통수를 박살 낸다, 고통스럽게 죽인다. 죽인다? 선택지는 좁혀지지 않고 점점 늘어나기만 했다.

*

조국현은 김 피디를 찾고 있다. 그는 찾아야 할 사람이 많았다. 김 피디를 찾은 뒤에는 최인영을 찾고 최인영을 찾은 뒤에는 연락이 닿지 않는 세 번째 여성 출연자를 찾아야 했다. 그는 본래 찾는 것에 흥미가 없어서, 과거 소풍날 보물찾기를 할 때도 이리저리 초조하게 뛰어다니는 아이들을 구경하는 편이었다. 하지만 방송국에 들어오고 나서 사정은 달라졌다. 숨은 맛집을 찾아야 했고, 취향이 기이한 사람들을 쫓아야 했다. 어렵게 섭외에 성공했다 해도 경력을 속이는 프로 방송인과 사기꾼들이 많았다. 조국현은 프랑스 철학자 장 폴 사르트르를 존경했는데, 그 이유는 그가 '타인은 지옥'이라는 복음을 전파해 주었기 때문이다.

조국현은 자주 가위에 눌렸다. 악몽 속에서 대면하는 인물은 대개 아버지거나 자신이었다. 그때까지 조국현은 아버지를 찾을 생각이 없었다. 찾은들 이로울 게 없는 사람이었기 때문이다. 악몽 탓에 불면의 밤이 계속되자 꿈속에서 내보낼 수 없다면 우선은 찾아보기로 결심했다. 경찰서에 실종 신고를 접수했다. 이후 악몽을 꾸는 횟수는 줄었지만, 조국현의 걸음 뒤에는 예상치 못한 가정형 문장이 소름과 함께 쿵, 떨어질 때가 있었다. 만약 아버지에게 전화가 온다면. 만약 아버지가 초인종을 누른다면.

"버스 출발합니다!"

화장실에 있던 김 피디까지 탑승하고 조국현은 버스 기사에게 출발 신호를 보냈다. 촬영지는 경기도 양평의 펜션이었다. 이미 한 회분을 촬영한 곳이었기 때문에 제작진에겐 여유가 있었다. 카메라의 위치와 동선만 잡혀 있어도 촬영 시간은 훨씬 줄기 때문이었다. 제작진이 탄 버스는 조용히 앞으로 나아갔다. 어둠이 채 가시지 않은 새벽이었다. 김 피디는 좌석 위쪽 취침등을 켰다. 출연진들의 이력을 다시 한번 검토했다. 못 보던 얼굴이 눈에 들어왔다.

"이 여자, 최 작가가 섭외한 사람인가?"

김 피디가 세 번째 여자의 프로필 사진을 짚으며 물었다.

"네. 최 작가님 친구라던데요?"

김 피디가 뒷자리를 훑어보며 최 작가를 찾았다. 바로 뒷자리에는 윤지원이 앉아 졸고 있었다.

"최 작가님은 출연자들 메이크업하는 데 같이 있고요."

조국현이 말했다. 김 피디는 시원한 마스크의 여자가 마음에 들었다. 최인영의 인맥을 상찬하는 말을 늘어놓은 다음 조국현의 눈치를 살피며 여자의 전화번호를 휴대폰에 저장했다. 눈에 띄는 이력도 함께 적어 넣었다.

촬영지는 양평에서도 외곽에 위치해 인적이 드물었다. 펜션 건물 뒤쪽에는 야트막한 야산이 있고 마당이 앞뒤로 넓게 펼쳐져 있어 촬영에 적합했다. 펜션에 도착한 제작진은 카메라와 조명의 위치를 먼저 잡았다. 촬영에 쓰일 소품을 모두 설치한 후 카메라 테스트를 완료하자, 메이크업을 마친 출연자들이 도착했다. 남성 출연자가 넷, 여성 출연자가 둘이었다. 최인영이 난처한 표정으로 김 피디를 찾았다. 최인영과 김 피디, 그리고 조국현이 제작진 숙소로 들어갔다. 최인영은 여성 출연자 한 명이 미용실에서 사라졌다는 소식을 전했다. 김 피디의 휴대폰에도 저장되어 있는 세 번째 여성 출연자였다.

"전화해 봤어?"

김 피디가 소리쳤다.

"벌써 수십 번 했어요."

최인영이 상기된 목소리로 말했다.

"최 작가, 너 거짓말한 거 아니야?"

"경찰에 신고까지 했다니까요. 사전 취재도 세 번이나 했고요."

"경찰? 경찰에서는 뭐라는데?"

"이거로는 사건 접수도 안 된대요."

김 피디는 다시 세 번째 여자의 프로필을 들쳐 봤고 시간을 확인했다. 그사이 10분이 더 지났다.

"안 되겠다. 캐릭터 바꾸고, 네가 해라."

"제가요?"

"촬영은 해야지. 여자 두 명으로 가? 너 연기도 좀 하잖아. 결혼 생활은 3개월 정도 한 걸로 하고…… 아니다. 그냥 원래 대본대로 가자."

최인영은 사라진 여자에게 다시 전화를 걸었다. 받지 않았다. 그녀를 소개해 주었던 대학 동기도 전화를 받지 않기는 마찬가지였다. 최인영은 휴대폰 액정 화면에 비친 자신의 얼굴을 바라보며 생각했다. 대안이 없었다. 윤지원을 불러 대본 수정을 지시했다. 촬영 시작 두 시간 전이었다.

"메이크업 어땠어? 최 작가 좀 처리해 봐."

김 피디가 말했다. 최인영은 초조함을 지우고 메이크업을 받았다. 방송 출연이 처음은 아니었다. 방청객, 재연 배우, 인터뷰이 등 다양한 역할을 예고도 없이 소화해 낸 경험이 있었다. 그녀는 담담한 표정으로 윤지원이 수정한 대본을 확인했다. 최인영은 잠수를 탄 세 번째 여성 출연자 대신 낸시가 되었다.

이윽고 김 피디가 촬영 시작을 알렸다. 첫 촬영은 출연자들이 차례로 도착하는 장면이었다. 현장에 도착하는 순서대로 이틀간 불릴 이름을 정했다. 촬영 현장에 도착하는 순서도, 이름도 모두 대본에 적혀 있었다. 그 과정에서 두 번째 남자, 즉 찰스라는 이름으로 불려야 할 남자가 말썽을 부렸다.

"이름이 뭐 이따위입니까? 다른 거 없어요?"

찰스가 대본을 말아 쥐고는 카메라를 향해 쏘아붙였다.

"대본대로 가 주세요!"

조국현이 말했다. 촬영 현장에서 제작진과 출연자들 사이의 초반 기 싸움은 중요했다.

"그럼 애초에 대역을 갖다 쓰시든가요. 아니면 그냥 영화를 찍으시든가."

찰스가 말했다. 찰스는 조국현과 키는 비슷했지만, 몸집이 더 크고 다부졌다. 목소리도 굵고 거칠어서 위압감을 더했다.

"이게 어떻게 리얼입니까?"

옆에 있던 데이비드가 조용히 거들었다. 출연자 중 가장 연장자인 데이비드는 소아과 의사였다.

"저기요, 찰스면 어떻고 데이비드면 어때요. 사람 됨됨이가 중요하지. 빨리 진행하죠."

최인영이 데이비드와 찰스의 손을 한쪽씩 잡고 다른 출연자들이 서 있는 곳으로 갔다. 둘은 순순히 최인영의 뒤를 따랐다. 찰스가 뒤를 돌아볼 때마다 최인영은 찰스에게 말을 붙였다. 사전 취재와 리허설에서는 순순히 따르던 이들도 실제 현장에서 불만을 표시하는 경우가 있었다. 제작진은 다양한 방식으로 그들을 달랬다. 주로 출연료를 조정하는 선에서 타협이 이루어졌다. "이해해 주세요. 방송이잖아요." 출연 이유는 저마다 달랐지만, 방송은 방송이라는 데 이견이 없었다. 가장 손쉬운 방법은 자정 작용, 출연자들끼리의 합의였다. 최인영이 직접 출연자로 투입되면서 발생하는 순기능이 있었다. 김 피디는 안도하며 본격적인 촬영을 시작했다.

첫인상 파트너를 정하고 점심 식사를 마친 뒤 오전 촬영을 종료했다. 찰스만 지목받지 못했다. 규칙에 따라 그는 혼자 밥을 먹어야 했다. 낮 촬영은 출연자들이 한 명씩 1번 카메라 앞에 서서 속마음을 말하는 것으로 시작했다. 첫인상과 마찬가지로 남성 출연자와 여성 출연자들의 선택이 맞아떨어졌다. 남은 사람은 이번에도 찰스였다. 선택의 순간, 몇몇 스태프가 키득거렸다. 마지막으로 찰스가 카메라 앞에 섰다.

"저기, 단발머리 하신 분. 아, 맞아요. 수잔. 그분이요. 뭐랄까…… 이런 말 방송에다 해도 되는지 모르겠네. 육감적이고, 존나…… 잘하게 생기셨어요."

김 피디는 모니터로 입맛을 쩝쩝 다시는 찰스를 지켜봤다. 처진 눈에 커다란 코, 그리고 저 멀쩡한 허우대. 찰스가 누군가와 닮았다고 생각했다. 장 피디를 떠올렸다. 그리고 전처와 만나고 있는 건 엠비에스 교양국의 장 피디가 맞다고 확신했다.

"다시요. 단어 좀 바꿔 주세요."

김 피디는 윤지원을 불렀다. 윤지원이 찰스의 단어 선택을 도왔다. 오후 중간 점검에서도 찰스는 여성 출연자들에게 선택받지 못했다. 다른 세 커플에게 제작진이 커피를 비롯해 샌드위치와 치즈 케이크, 샐러드 등 간식을 제공했다. 선택받지 못한 찰스에게는 작은 페트병에 든 생수를 건넸다. 내내 표정이 좋지 않았던 찰스는 생수를 받자 더욱더 인상을 구겼다.

"정말 이것만 먹습니까?"

"네. 숙소로 들어가서서 4번 카메라 앞에서 드시면 됩니다."

조국현이 안내했다. 찰스는 맨땅을 발로 쑤시며 커플들이 앉아 있는 벤치를 차례차례 지나갔다.

"너 지금 뭐라고 했어?"

찰스가 데이비드와 수잔 앞에 멈춰 시비를 걸었다.

"맛있게 드시라고 했습니다. 근데, 왜 반말이세요?"

"이 새끼가, 누구 약 올리나……."

찰스가 대뜸 데이비드의 멱살을 잡았다. 조국현이 찰스에게 달려갔다.

"이거 놔! 안 놔?"

찰스는 조국현의 팔을 뿌리치고 숙소 안으로 들어갔다. 어린 아이마냥 씩씩거리며 가방에서 소주를 꺼내 병째 들이켰다.

"야, 4번 카메라 봐라. 쟤 술 마신다."

모니터를 확인하던 김 피디가 실소했다. 숙소로 가려던 조국현을 이번에는 김 피디가 잡았다.

"괜찮아. 그림 좀 나오겠는데."

더 큰 그림은 촬영 막바지에 완성됐다. 찰스가 제작진과 다른 출연자들 몰래 수잔을 불러낸 것이었다. 찰스는 본격적으로 수잔에게 지분거리기 시작했다. 앞마당에 설치한 2번 카메라에 둘의 모습이 잡혔다. 수잔이 곤혹스러운 표정으로 허리에 손을 짚었다. 모니터를 지켜보던 조국현이 김 피디를 불렀다.

"여기 2번 카메라…… 찰스 맞죠?"

둘 사이에서 점점 언성이 높아졌고 남녀 출연자들이 하나둘 숙소에서 뛰쳐나왔다. 찰스와 다른 남성 출연자들 사이에서 욕설이 오갔다. 조국현이 달려갔을 때는 가벼운 몸싸움이 벌어지고 있었다. 최인영이 수잔을 여성 출연자 숙소로 데려갔다. 조국현은 찰스의 팔을 잡고 무리로부터 떼어 냈다. 찰스가 몸을 비틀어 빠져나가려고 하자 조국현은 더 세게 잡았고 이때 찰스가 휘두른 주먹이 조국현의 얼굴을 가격했다. 우발적이지만 힘이 실린 주먹이었다. 조국현은 얼얼한 뺨을 문지르며 입안에서 이물질을 뱉어 냈다. 이였다. 정확히는 임플란트 조각. 그는 고등학교를 다니던 시절에도 이를 뱉어 낸 적이 있었다.

수능 시험을 며칠 앞둔 날이었다. 여느 날과 같이 만취해 집에 들어온 그의 아버지가 폭언을 퍼부으며 어머니를 때렸다. 발길질이 조국현에게도 이어졌다. 참다못한 조국현이 아버지의 오른발을 붙들었다. 그러자 아버지는 그를 향해 주먹을 휘둘렀다. 주먹이 조국현의 얼굴과 옆구리를 파고들었다. 조국현은 입안을 굴러다니던 조각 하나를 뱉어 냈다. 혀로 더듬어 보니 오른쪽 어금니 자리가 비어 있었다. 그는 저도 모르게 부엌으로 가서 식칼을 들었고 마구 휘둘렀다. 아버지는 조국현의 팔목을 비틀어 잡다가 어느 틈엔가 자신의 옆구리에 박혀 있는 칼을 봤다. 칼을 빼내면서 조국현의 손을 힘껏 쳐 냈다. 그 과정에서 칼끝이 조국현의 왼쪽 이마와 콧등을 훑고 갔다. 마룻바닥에 점점이 피가 흩뿌려졌다. 조국현은 무릎을 꿇고 얼굴을 감싸 쥐었다. 손마디에는 핏줄이 불거져 있었다. 아버지는 저도 모르게 뒷걸음질했다. 거실 한편의 핏자국은 오랫동안 지워지지 않았고 아버지는 돌아오지 않았다. 조국현은 묘한 감정에 휩싸였다. 이듬해 어머니마저 그를 떠나 새 가정을 꾸렸을 때 비로소 아버지를 완벽하게 미워할 수 있었다.

조국현이 뱉어 낸 피와 임플란트 조각이 그 모든 다툼의 화근이기라도 했다는 듯 일순 정적이 흘렀고, 저마다 옆 사람의 손을 잡고 자리로 돌아갔다. 출연자들 중에는 찰스만 남았다.

"씨발. 내가 간다, 가."

찰스는 출연자 숙소로 돌아가 짐을 꾸렸다. 그는 거친 숨을 몰아쉬며 이따금 고개를 들어 카메라를 째려봤다. 이번에는 김 피디가 직접 찰스를 설득했다.

"방송을 하다 보면 말입니다. 별일이 다 있어요. 카메라 앞에 서는 게 쉽지 않다는 거 저도 잘 압니다. 그런데 말입니다. 리얼 버라이어티라는 게 이런 거 아니겠습니까? 카메라가 있으면요, 다 돼요. 똑같은 싸움도 액션이 된다, 이 말입니다. 무슨 말인지 알죠?"

찰스는 가방을 든 채로 김 피디의 말을 듣고만 있었다. 김 피디가 찰스의 안색을 살피며 말을 이었다.

"어차피 오늘 촬영은 끝났고 내일 두어 시간만 찍으면 되니까요. 자리만 지켜 주시죠."

김 피디는 말이 막힐 때마다 찰스가 가지고 온 소주를 들이켰다. 둘은 나란히 앉아 소주를 나눠 마셨다. 한 병을 비운 다음 찰스는 김 피디의 부탁을 받아들였다. 김 피디가 나간 뒤 그는 숙소 거실에 홀로 앉아서 대본을 들여다보았다. 김 피디는 조국현에게 뒤처리를 맡기고 곧장 화장실로 갔다. 촬영장은 평온을 되찾았다. 조국현은 윤지원이 가지고 온 얼음 팩을 왼쪽 볼에 대고 문지르며 모니터를 확인했다. 입안 가득 고였던 화도 어느샌가 누그러진 채였다.

카메라는 모든 것을 찍었다. 펜션은 거대한 세트장이나 다름 없었다. 소동이 본격적으로 일어난 시점에는 카메라 한 대가 추가로 따라붙어 생생한 화면을 잡았다. 조국현은 이 정도 소동이라면 좋은 그림이 나올 수 있을 것이라고 생각했다. 욕설은 무음 처리하고 피나 물리적인 접촉은 모자이크로 처리하면 될 터였다. 그는 점점 이번 촬영에 애착이 생겼다. 인물이 있었고 상황이 있었다. 자신이 드라마를 하나 만들었다는 생각에 뿌듯함마저 느꼈다. 제작진은 밤사이 방전되지 않도록 카메라의 배터리를 점검하고 숙소로 들어갔다.

*

윤지원은 한방을 쓰는 스태프들이 모두 잠들고 나서야 찰스에게 내일 스케줄을 이야기하지 않은 것이 생각났다. 일정을 미리 고지하지 않아 펑크가 나는 경우가 더러 있었다. 그는 예정된 출연자가 나타나지 않은 것도 자신의 탓인 양 온종일 마음을 졸였다. 버스로 이동 중에 받지 못한 전화 한 통이 내내 마음에 걸렸다. 이전 회차 촬영에서는 남성 출연자 전원에게 소집시각을 잘못 안내해 곤욕을 치르기도 했다. 그럴 때마다 최인영으로부터 갖은 모욕을 받았다. "떨떨아, 생각 좀 하고 움직이랬지? 일하기 싫으면 말하라니까, 여러 사람한테 피해 주지 말고." 그가 처음부터 방송 작가가 되고자 했던 건 아니었다. 정신과 치료로 인한 이력 공백으로 몇 차례 기업 공채에서 낙방한 이후 눈을 돌린 분야가 방송 쪽이었다. 우연히 군대 내 의문사를 다룬 다큐멘터리를 보고 작가의 길을 택한 것이었다. 방송을 통해 사회적 약자의 이야기를 듣는 일이 가능하리라고 믿었다. 방송사에서 운영하는 아카데미를 찾아 관련 커리큘럼을 하나둘 이수했다. 최인영이 아카데미에서 일하는 동료 작가에게 추천을 의뢰했고 강사는 윤지원을 추천했다. 윤지원은 교양국에서 제작하는 프로그램이라는 말만 믿고 「더 커플」의 보조 작가로 들어갔다.

찰스는 남성 출연자 숙소에 없었다. 윤지원은 손전등을 들고 찰스를 찾아다녔다. 제작진 숙소를 살피고 화장실과 여성 출연자 숙소까지 들어가 보았다. 어디에도 찰스는 없었다. 앞마당과 펜션 앞 주차장 부지까지 살피고 난 뒤, 손전등으로 산등성이를 훑어보며 걸었다. 뒷마당 평상 옆 후미진 곳에 사람이 누워 있었다. 무성한 밤나무 가지 때문에 유독 어두운 곳이었다. 찰스였다. 그는 엎드린 채로 눈을 감고 있었다. 윤지원은 찰스를 불렀다. 꼼짝하지 않았다. 가까이 다가가 몸을 흔들어 보았지만 마찬가지였다. 바람이 불자 밤꽃 냄새에 다른 향이 섞여 들었다. 찰스의 머리맡에 고인 액체는 전날 내린 빗물이 아니라 피였다. 윤지원은 그 냄새를 분간할 수 있었다.

윤지원은 군 생활 중 초소에서 K2의 총구를 입에 물고 방아쇠를 당긴 이등병을 최초로 목격한 적이 있었다. 그는 윤지원의 동기였다. 부대 내 이등병들은 수시로 폭행과 추행에 시달렸다. 주된 가해자는 한 명이었지만 동조자는 여럿이었다. 그즈음 익명으로 가해자의 이름과 죄목을 명시한 투서가 사단 본부에 접수됐다. 이튿날 부대를 찾아온 헌병대 수사관은 가해자 대신 익명의 밀고자를 찾아 나섰다. 여러 날에 걸쳐 대면 조사가 이루어졌고 부대원 전체를 대상으로 정신교육이 실시되었다. 제보자로 몰린 이등병이 조사실과 부대 내 이슥한 곳으로 번갈아 불려 다닐 때 윤지원은 투서의 초안을 화장실 변기에 떠내려 보냈다. 얼굴이 반쯤 날아간 이등병을 처음 발견한 곳도 화장실 두 번째 칸이었다.

그는 김 피디를 찾아다녔다. 김 피디는 제작진 숙소가 있는 별채의 화장실 변기에 앉아 졸고 있었다. 화장실 문을 두드리는 윤지원의 손이 미세하게 떨렸다.

"피디님, 저기 좀 보셔야 할 게 있는데요."

윤지원은 군 시절 일직사관에게 "이 중사님, 초소로 좀 와주셔야겠습니다."라고 말했을 때처럼 침착함을 유지하려고 애썼다. 김 피디는 윤지원을 따라갔다. 그는 아직 잠이 덜 깬 상태로 몸을 웅송그린 채 팔짱을 끼고 걸었다. 윤지원이 손가락을 들어 어둠 속 한 점을 가리켰다. 김 피디는 팔짱을 풀고 윤지원이 가리킨 방향으로 몇 발자국 더 걸었다. 윤지원을 따라 시선을 떨어트리자 누워 있는 사람이 보였다.

"찰스잖아? 여기서 자는 거야?"

"그게…… 움직이질 않습니다."

"왜 안 움직여? 자는 거 아니야?"

"죽은 거…… 같습니다."

"죽어?"

"사람이 죽어도 그렇게 달라 보이진 않더라고요. 꼭 살아 있는 거 같죠."

윤지원은 일정한 톤으로 중얼거리듯 말했다.

"정신 차리고 똑바로 말해 봐. 누가 누굴 죽였다는 거야?"

"제가 그랬을까요?"

"뭔 소리야? ……진짜야?"

"모르겠습니다. 옛날에도 이런 비슷한 일이 있어서……. 찰스가 내내 그 병장 새끼랑 닮았다고 생각했거든요."

"너 이 자식, 정신 안 차려?"

김 피디는 윤지원이 제정신이 아니라고 생각했다. 약해 빠진 놈. 최인영에게 혼이 나면 윤지원은 화장실로 가 몰래 울었다. 김 피디는 변기에 앉아 윤지원이 흐느끼는 소리를 여러 번 들었다. 김 피디는 붙어 있는 잠을 털어 내듯 고개를 세차게 흔들었다.

"네가 어떻게 사람을 죽여. 그것도 저 큰 놈. 넌 잠깐 여기 있어 봐. 조연출 불러올게."

김 피디는 제작진 숙소로 들어가 조국현을 조용히 깨웠다.

"좆 됐다. 찰스가 죽었어. 카메라 좀 돌려 보자."

조국현이 남성 출연자 숙소에 있던 4번 카메라를 가지고 왔다. 카메라에 부착된 작은 화면으로 녹화된 영상을 보았다. 찰스는 혼자 거실에서 자고 있었다. 가만히 방문이 열렸다. 찰스가 누구냐고 물었으나 문 너머에서는 아무런 대답도 없었다. "김 피디님?" 찰스가 말했다. "씨발, 왜 날 불러." 김 피디가 혼잣말을 했다. 그다음 찰스는 윗옷을 입고 문밖으로 나섰다. 문을 나서기 전 그는 무슨 말인가 중얼거렸고, 곧이어 카메라의 시야에서 완전히 벗어났다.

"야, 잠깐 한 번 더 돌려 봐. 뭐라고 말한 거 같은데. 뭐라고 한 거야?"

해당 구간을 반복해서 플레이했다. 스피커 볼륨도 높였다. 세 사람은 끝내 자신이 듣고 싶은 걸 듣고 말겠다는 듯 화면을 지켜봤다. 찰스는 누군가의 이름을 부르는 듯했다. 윤지원은 그 소리를 윤 일병으로 들었고, 김 피디는 다시 한번 김 피디를 들었으며, 조국현은 자신의 이름을 부르는 아버지의 목소리를 들었다. 세 사람은 자신이 들은 소리를 굳이 설명하지 않았다.

"뭐야, 이 새끼 몽유병인가."

김 피디만이 중얼거렸다. 다른 카메라를 모두 돌려 봤지만, 찰스의 모습은 어디에도 남아 있지 않았다. 펜션 뒤편에는 카메라가 없었고 시시 티브이도 없었다. 그곳은 세트장 밖이었다.

"저 자식 누가 섭외했다고 그랬지?"

윤지원이 손을 들었다.

"쟤 어디서 섭외한 거야?"

"저희한테 직접 신청서가 들어와서……."

"서류 가지고 왔어?"

윤지원은 메고 있던 가방에서 서류철을 꺼냈고 클립에 끼워진 그의 프로필을 김 피디에게 주었다.

"부모 없고, 형제 없고. 하사관 출신에…… 배우 지망생? 뭐야, 프로필 잘못 가져온 거 아니야? 가만, 이 새끼 배우야?"

"최 작가님이 배우가 한 명 붙을 거라고는 했는데……."

"그런데 왜 우리한테는 얘기 안 했어? 배우 투입한다는 말 없었잖아?"

"아무도 모르게 하는 쪽이 더 잘 산다고 하셔서요."

"뭐? 피디한테도 얘기 안 하는 경우가 어디 있어!"

"최 작가님도 깨울까요?"

"아니야. 됐어. 우리끼리 해결해야 돼."

김 피디는 일이 커지는 걸 원치 않았다. 게다가 최인영은 호락호락 넘어갈 성격이 아니었다. 어떻게든 수습할 결심을 했다.

"묻자."

"네?"

조국현이 반문했다.

"파묻어 버리자고. 신청서 봤지? 이 새끼 하나 없어졌다고 해서 찾을 사람 아무도 없어. 이게 세상에 알려져 봐. 방송이고 뭐고 다 끝이라고. 우리 셋만 입 다물면 돼."

"……맞아요. 세상에 실종된 사람이 어디 한둘입니까."

조국현은 동의했지만 윤지원은 말없이 떨고만 있었다.

"촬영분은 어떻게 하고요?"

윤지원이 물었다.

"편집은 괜히 하나. 중간에 나간 걸로 처리하면 돼. 자막 한 줄이면 끝이야. 너도 어제 봐서 알잖아. 내일 촬영만 잘 마무리하면 시청률 되찾아 올 수 있다고."

조국현이 제작진 숙소에서 자신의 침낭을 가지고 왔다. 야전삽 두 자루도 챙겼다. 세 사람은 힘을 합쳐 찰스를 침낭 안에 넣었다. 침낭 지퍼를 끝까지 올렸지만 찰스의 얼굴까지 잠기진 않았다. 머리가 위치한 침낭 위쪽에 로프를 연결했다. 김 피디와 조국현이 로프를 함께 쥐었다. 세 사람은 펜션 뒤 밤나무가 무성한 경사를 오르기 시작했다. 지역 주민들만 간혹 오르내리는, 등산로도 없는 야산이었다. 윤지원은 양손에 삽을 나눠 들고 뒤따랐다. 이따금 침낭이 바닥에 북북 긁히는 소리가 났다. 나지막한 경사였지만 100킬로그램에 육박하는 시신을 끌고 오르기는 쉽지 않았다. 세 사람의 들숨과 날숨이 교차했다. 날짐승이 울 때마다 김 피디와 조국현은 뒤를 돌아봤다. 윤지원은 연신 주위를 두리번거렸다. 세 사람은 계속 걸었다. 아무리 걸어도 사람을 묻을 만한 곳은 나오지 않았다. 완만한 비탈길이 이어졌고 나무의 간격은 점점 촘촘해졌다. 김 피디는 산을 오르면서부터 변의를 느꼈지만 걸음을 멈출 순 없었다.

*

찰스는 남들보다 늦은 나이에 배우를 꿈꿨다. 처음 연기 학원 문을 두드린 게 서른네 살 때였다. 저녁엔 대리운전을 뛰며 학원비와 생활비를 충당했다. 틈이 나는 대로 공연장을 찾아가 선배들의 연기를 관람하며 디테일을 연구했다. 함께 학원에 다녔던 동기들은 1, 2년 사이 단역배우로 연극 무대에 팔리기 시작했지만, 찰스에게는 카메라 앞이나 무대 위에 설 기회가 좀처럼 생기지 않았다. 오디션에서도 그에게 주어진 시간은 늘 짧았다. 우악스러운 인상이나 적지 않은 나이, 어정쩡한 연기력으로 는 소화할 수 있는 캐릭터가 한정적이라는 것을 그 자신도 잘 알고 있었다. 배우의 꿈을 접어야겠다는 생각도 해 보았지만, 꼭 한 번만은 제대로 된 연기를 펼치고 싶었다. 리버 피닉스나 히스 레저를 꿈꾸던 시절도 있었다. 그들처럼 될 수 있다면 마흔이 되기 전에 죽어도 좋다고 생각했다.

처음 「더 커플」의 출연 제의를 받았을 때, 기회라고 생각하지는 않았다. 결혼도 하지 않은 서른여섯 살 남자가 40대 이혼남을 연기한다니……. 찰스는 내키지 않았다.

"네 나이에 정상적으로 데뷔하기가 어디 쉬운 줄 아냐?"

학원장이 충고했다. 찰스는 학원장의 따끔한 조언을 듣고 생각을 고쳐먹었다. 마음을 돌리자, 내키지 않았던 제의는 절호의 기회로 탈바꿈했다. 찰스는 무슨 수를 써서라도 성공적인 데뷔 무대를 만들어 내겠다고 다짐했다.

"카메라가 빠지기 전에 배우라는 걸 밝히시면 안 돼요."

찰스는 최인영과 두 차례 사전 미팅을 했다. 최인영은 소동을 일으킨 뒤에도 동요하지 말라고 일렀다. 그는 대본을 꼼꼼히 체크하며, 손수 애드리브까지 챙겼다. 그렇게 몇 날 며칠 밤잠을 설쳐 가며 캐릭터를 연구했다.

침낭 위로 삐져나온 찰스의 머리가 지형과 경사에 따라 좌우로 움직였다. 산 중턱에 이르러 세 사람은 속도를 줄였지만,

그들의 숨소리는 여전히 거칠었다. 그 무렵 낯선 소리가 끼어들기 시작했다. 짐승의 울음이나 날갯짓과는 다른 소리였다. 소리가 점점 가까워지고 나서야 세 사람은 걸음을 멈추고 주위를 두리번거렸다. 발밑 쪽에서 나는 소리였다. 움직임을 포착한 건 윤지원이었다. 눈을 뜬 찰스가 침낭 안에서 꿈틀거리고 있었다. 윤지원과 시선이 마주치자 그는 큰 눈을 껌벅였다.

"뭐야? 왜 그러고 서 있어?"

김 피디가 멀뚱히 선 윤지원을 바라보며 말했다. 윤지원의 턱이 김 피디의 발밑을 가리켰다. 인상을 찌푸린 채로 서 있던 조국현이 열리던 입을 다물고 천천히 로프를 놓았다. 김 피디도 마찬가지였다. 눈을 뜬 찰스가 허리를 접고 부지런히 움직이고 있었다. 찰스가 스스로 침낭 지퍼를 내리고 나서, 기침을 한 차례 내뱉고 말했다.

"여기가 어디죠?"

침묵하던 산중이 울렸다.

"사…… 산입니다."

윤지원이 뒤로 반걸음 물러서며 말했다.

"산이라고요? 어떻게 된 겁니까?"

찰스가 갸웃거렸다.

"촤…… 촬영하는 겁니다."

마른기침을 뱉고 나서 김 피디가 대답했다. 그는 로프를 밟고 서 있었다.

"아까 술에 취해서 넘어진 거까지는 생각나는데……."

"여태껏 잘 따라와 놓고 무슨 말씀이세요? 잠깐 자겠다고 하시고선."

김 피디가 말했다.

"그런가요? 제가 술이 약해서……. 카메라는 저쪽에 있나요?"

찰스가 침낭에서 일어나 언덕 위쪽을 보았다.

"촬영은 지금 막 끝났습니다. 제작진은 방금 철수했고요."

김 피디의 말이 끝나자 찰스의 안색이 일순 바뀌었다.

"그나저나 이는 괜찮으신가요? 애드리브를 치려던 것이 그만……. 제가 신인이라 힘 조절이 익숙지가 않아서요. 죄송합니다."

찰스가 쑥스럽다는 듯 고개를 조아리며 조국현에게 말했다.

"다 먹고살자고 하는 건데요, 뭐."

조국현이 손을 내저으며 답했다. 그의 손이 가늘게 떨렸다.

"근데, 웬 삽입니까?"

찰스가 윤지원이 들고 있던 삽을 가리켰다. 정적이 돌아왔다. 조국현은 떨리는 손으로 흉터 자국을 만졌고, 윤지원은 들고 있던 삽을 놓쳤다.

"똥, 똥을 싸려고요."

어색한 침묵을 깨고 김 피디가 말했다.

"자연식 화장실을 체험하려는 거죠."

"숙소 화장실 좌변기가 죄다 막혔더라고요. 내려가기 전에 싸려고요."

"마려운 사람들만 남은 겁니다."

세 사람이 말을 주고받았다.

"자, 그럼."

김 피디가 예정된 수순이라는 듯 예령을 붙이고 주위를 둘러보았다. 그리고 조국현과 윤지원에게 머리통만 한 구멍을 파라고 일렀다. 삽날이 나뭇가지와 흙바닥에 부딪히며 둔탁한 소리가 교차했다. 젖은 흙냄새가 공기 중에 섞여 들었다. 김 피디는 주변에서 잡풀과 나뭇잎을 모았다. 찰스도 김 피디를 도왔다. 앉아서 좀 더 쉬라는 김 피디의 말에 찰스는 머리를 긁적이며 말했다.

"피디님이 솔선수범하시는데 제가 도와야죠. 저요, 저도 마려운 사람입니다."

찰스의 걸쭉한 웃음소리가 산중에 메아리쳤다.

잡풀과 나뭇잎을 품에 안고 돌아온 김 피디가 구멍을 살폈다. 찰스도 김 피디를 따라 구멍을 확인했다. 구멍 위치는 1, 2미터 간격을 유지했고, 깊이는 삽날이 들어가고도 남을 만큼 넉넉했다. 네 사람은 각자 자신의 구멍 앞에 멈춰 섰다. 김 피디가 구멍에 오른팔을 쑥 밀어 넣었다.

"이만하면 되겠어."

그가 손에 묻은 흙을 털어 내며 말했다. 네 사람은 등을 진

채 발목까지 바지를 내리고 쪼그려 앉은 다음, 제각각 자신의
구멍을 들여다봤다. 그리고 구령을 붙이듯 김 피디가 먼저 똥
을 쌌다. 순식간의 일이었다.

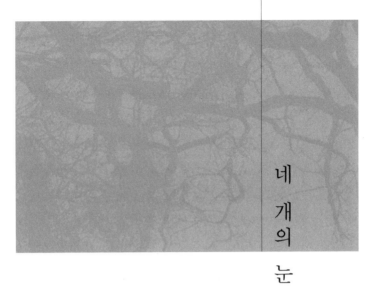

네
개
의

눈

기내에 비치된 《위클리 이에스피엔》의 표지 모델은 채스터시티의 구단주 하사드 투레였다. 그는 턱시도를 입은 채 왼발로 축구공을 키핑하고 있었다. 박 대위는 그의 이름을 커버스토리에서 찾았다. 자국에서 석유와 우라늄으로 막대한 돈을 쓸어 모은 나이지리아 국적의 부호였다. 그는 잉글랜드 챔피언십에서 가까스로 잔류에 성공한 채스터시티를 사들이면서 다음 시즌 프리미어리그 진입을 선언했다. 재작년 프리미어리그에서 강등된 팀을 천문학적인 자본을 가진 하사드 투레가 사들인다는 소식에 지역 주민들은 환호했다. 그들은 강등 후 프리미어리그로 이적한 선수들을 재영입하기를 바랐다. 그는 팬들이 호명한 선수 외에도 스페인과 독일에서 뛰고 있는 몇몇 선수의 이름을 거론하며 오는 1월 이적 시장에 퍼부을 수천만 달러에 달하는 자금에 대해 언급했다. 투레는 선수 영입 비용을 장전된 총알에 비유했다. 그건 단순히 수사가 아니었다. 실제로 그는 무기 밀매에 손을 뻗치고 있었다. 그의 사업 수완과 협상가로서의 기지가 팀에 긍정적인 영향을 줄지에 대해서는 의문부호가 달렸다. 후반기를 맞이하는 팀의 위험 요소는 두 가지였다. 하나는 하사드 투레가 나이지리아 당국으로부터 받고 있는 탈세와 성추문 혐의였고, 다른 하나는 팀의 주장을 맡은 센터백의 햄스트링 부상이었다. 그럼에도 전문 도박사들은 채스터시티의 내년 프리미어리그 진입을 확실시했다. 커버스토리 마지막 장에는 증축 공사를 마친 홈구장을 배경으로 하사드 투레와 선수들이 함께 찍은 사진이 실렸다. 그들의 하늘색 유니폼에는 박 대위가 타고 있는 항공사의 로고가 박혀 있었다.

비행기는 오랜 시간 필리핀 영해에 떠 있었고 거의 움직이지 않는 것처럼 보였다. 박 대위는 종이를 넘겼다. 그는 새로운 기사 대신 냄새를 읽었다. 누군가 얼굴 앞으로 밀어 준 공처럼 악취가 넘어왔다. 고개를 돌려 기내를 살폈다. 옆자리에 터번을 두른 아랍계 남자가 앉아 있었다. 그는 왼발을 엉덩이 밑에 깔고 앉은 상태로 입을 벌린 채 자고 있었다. 냄새는 벌어진 입에서 새어 나왔다. 박 대위는 달라붙는 냄새를 털어 내기 위해 오른손으로 얼굴을 여러 차례 쓸어 붙였다. 그는 그 냄새가 관사 복도를 청소할 때 사용하는 대걸레 냄새와 비슷하다고 생각했다. 대걸레를 빨지 않고 물만 묻혀 대충 닦고 나면 고린내가 관사 곳곳을 채웠다. 청소 후 한 시간만 지나도 냄새는 관물대 위까지 올라앉아서 쉽게 지워지지 않았다. 박 대위는 축축한 냄새가 달라붙는 걸 싫어했다. 걸레질을 맡은 병사를 찾아내 얼차려를 주곤 했다. 걸레를 정수리에 놓고 10분이고, 20분이고 쓰러질 때까지 머리를 박게 했다. 이병이나 갓 일병을 단 그들은 잘못을 시인하며 정수리부터 흘러내린 시커먼 땀을 바닥에 떨어뜨렸다. 그러고 나면 관사에는 송염 치약이나 오이 비누 냄새가 은은하게 감돌기 마련이었다. 전령병이 바뀔 때마다 반복되는 일이었다. 박 대위는 승무원에게 차가운 맥주와 허브 사탕을 주문했다. 플라스틱 잔에 담긴 맥주를 단숨에 비우고 사탕을 구석구석 굴려 빨았다. 금세 입안 가득 페퍼민트 향이 감돌았다. 끈적하게 달아오른 침을 삼켰다.

벨트 착용 램프에 빛이 깜빡이고 착륙을 알리는 기내 방송이 나왔다. 요하네스버그 현지시각은 오전 7시 25분. 마닐라에서 출발한 지 열세 시간 만이었다. 박 대위는 휴대폰을 끄기 전에 김 장로가 전송해 온 사진을 확인했다. 차에서 내려 출입문을 통과하는 동양인 남자가 연속해서 찍힌 사진이었다. 사진 속 그는 무언가를 응시하며 엷은 미소를 짓고 있었다. 박 대위는 전면 모니터를 확인하고 손목시계의 시침을 뒤로 돌렸다. 창밖으로 길게 뻗은 햇빛이 검은 구름을 들쑤시기 시작했다.

공항에는 김 장로의 육촌인 김태섭이 나와 있었다. 한인이나 중국인을 상대로 부동산 중개업을 하는 남자였다. 권 목사가 뒤를 밟힌 데에는 김태섭의 제보가 있었다. 최근 거래 실적

을 늘어놓으며 투자를 권유하던 그가 '마닐라에서 온 권희룡'
이란 인물을 언급한 건 통화가 끝날 무렵이었다. 그 전까지 김
장로는 수화기를 멀찌감치 떨어뜨려 놓고 명함첩을 뒤적거리고
있었다. 권희룡? 지금 권희룡이라고 했나? 그는 자세를 고쳐 앉
으며 재차 확인했다. 권 목사의 행적이 필리핀에서 증발한 지
넉 달 만이었다. 김 장로는 김태섭에게 사진을 부탁했다. 그리
고 한 달째 마닐라에서 권 목사의 흔적을 뒤쫓고 있던 박 대위
에게 연락했다. 박 대위가 마닐라에서 요하네스버그로 가는 비
행기 편에 오른 건 그로부터 이틀 뒤였다.

　김태섭이 먼저 박 대위를 알아봤다. 그는 박 대위의 이름이
적힌 종이를 반듯하게 접은 뒤 선글라스와 함께 와이셔츠 주머
니에 넣고는 악수를 청했다.

　"이쪽은 처음이시죠?"

　김태섭이 박 대위의 손을 쥐고 그의 어깨 너머를 힐끔거리며
물었다.

　"남수단에 1년 있었습니다."

　박 대위가 말했다. 김태섭이 오른손을 앞으로 뻗어 주차장
쪽 출입문을 가리켰다.

　"권 목사를 잘 아신다고요."

　"뭐, 일 때문이죠. 넉 달 전에 건물을 하나 팔았어요, 그 양
반한테."

　"권 목사가 아직 거기 있습니까?"

"그럼요. 직접 보셔야죠? 그 양반이 일요일 정오에 예배를 보더라고요. 지금이 8시니까, 식사 먼저 할까요? 이 근처에 김치찌개 잘하는 한인 식당이 하나 있는데."

"아니요. 확인 먼저 하죠."

김태섭과 박 대위는 곧장 공항 주차장을 향해 걸었다. 김태섭은 박 대위와 속도를 맞추기 위해 여러 번 잰걸음으로 움직여야 했다. 제식훈련 교관을 맡기도 했던 박 대위의 걸음은 잔 동작 없이 간결했다. 그들의 그림자가 자주 부딪쳤다. 김태섭은 박 대위의 첫날 현지 코디네이터 역할을 자처했다. 그는 돈이 나오는 길목을 알았다. 오직 중개와 유통만이 깨끗하게 돈을 버는 방법이라고 믿었다. 김 장로에게 사진을 넘겨주고 천만 원을 넘겨받은 것도 그로서는 합리적인 절차였다. 김태섭이 자신의 지프를 가리켰다.

"섭외는 했습니까?"

조수석에 올라탄 박 대위가 물었다.

"여기야 돈만 쥐여 주면 못 할 게 없는 데 아닙니까."

김태섭이 대시보드 아래쪽에 놓여 있던 종이를 박 대위에게 건넸다.

"문자만 하세요. 일 때문이라고 하고 장소랑 시간을 정해 주면 답을 할 겁니다. 돈은 준비하셨죠?"

박 대위는 고개를 끄덕였다.

"그, 돈 말입니다. 한 번에 주지 말고 만날 때마다 나눠서 주는 게 좋을 겁니다. 여기 애들은 돈이라면 못 하는 게 없거든요. 근데 또 돈이 없으면 하는 것도 없어요. 한 번에 다 주면 어디로 튈지 모릅니다."

김태섭이 선글라스를 고쳐 쓰며 말했다.

"정보원이 그 양반 조수예요. 주로 운전을 하나 봐요. 권희룡이가 필리핀에서 남아공으로 온 직후부터 일했답니다. 모잠비크 앤데 영어를 곧잘 해요."

스위치백을 오르자 고급 맨션이 도시의 유적처럼 튀어나왔다. 2차선 도로 양옆으로 잘 정리된 녹지가 펼쳐졌다. 김태섭은 차츰 속도를 줄이며 몇 번이나 방향을 틀었다. 박 대위는 수지나 판교처럼 근래 개발된 신도시를 떠올렸다. 모두 그가 근무한 적 있는 도시였다. 그는 모든 사물과 환경을 경험으로 유추하는 습관이 있었다. 그런 그의 방식은 생산성을 높이는 데 도움이 됐다. 그는 군과 자신이 정해 놓은 규율대로 행동했고, 언제나 빠르게 판단했다. 그것은 그가 동료들보다 자주 전근을 가고 한때 빠르게 승진했지만 때때로 징계를 받는 데 영향을 주기도 했다. 중대 내에서 민감한 사안은 대부분 박 대위의 손을 거쳤다. 부조리한 일을 지적하는 것은 그였지만, 부적절한 일을 저지르는 것도 그였다.

캐슬뷰에 자리 잡은 맨션의 담장은 높게 둘러쳐져 있었다. 담장 위로 보이는 건 외벽 끝머리와 위성 안테나, 그리고 곧게 뻗은 나무의 녹엽뿐이었다. 허리춤에 권총을 꽂은 사설 경비원이 담장 주변을 돌며 사주경계를 하는 곳도 있었다.

"쟤네들은 뭡니까? 군인은 아닌 거 같고."

"주급 받고 일하는 애들이에요. 나이지리아 애들이 잊을 만하면 한 번씩 쓸고 다니니까, 찜찜한 양반들이 경비를 세우는 거죠."

캐슬뷰를 가로지르던 지프는 중간 지점에서 멈췄다. 맨션과 맨션 양쪽 담벼락 사이로 단층 주택 지역이 내려다보이는 곳이었다. 김태섭이 글로브 박스에서 소형 쌍안경을 꺼내 박 대위에게 건넸다. 엄지손가락 두 개를 겹쳐 놓은 것보다 작은 크기였다. 오랫동안 군대에서 경계 근무를 해 온 그였지만 처음 만져 보는 물건이었다. 김태섭의 검지 끝이 2시 방향을 가리켰다.

"요즘은 소말리아 해적도 이걸 쓴대요. 나이지리아 애들한테 산 건데, 미군 거보다 이게 낫더라고요."

김태섭이 사이드 브레이크를 올리며 말했다. 박 대위는 초점을 맞추고 검은색 대문을 확인했다. 김태섭은 에어컨 설정 온도를 낮추고 좌석 시트를 뒤로 젖혔다. 오전 11시 알람이 울리고 얼마 지나지 않아 문이 열렸다. 곧이어 군청색 와이셔츠를 입은 남자가 나왔다. 박 대위는 쌍안경 앞쪽 다이얼을 돌려 초점을 조정했다. 검정 승용차 한 대가 남자 앞에 섰다.

"정확히 봤군요."

박 대위가 쌍안경을 대시보드 아래쪽에 밀어 넣으며 말했다. 그들은 승용차가 주택가를 완전히 빠져나가는 걸 확인한 다음 출발했다. 캐슬뷰를 내려온 지프는 40번 도로를 따라 달렸다. 김태섭은 박 대위를 샌드턴에 있는 비즈니스호텔로 안내했다. 백화점과 병원, 극장이 밀집해 있어서 휴일이면 관광객과 현지인이 뒤섞이는 곳이었다. 김태섭이 호텔 앞에서 차를 세웠다. 객실 안으로 들어간 박 대위는 김 장로에게 전화를 걸어 권 목사의 생사를 확인시켜 주었다.

"태섭이 그놈아가 재주는 없어도 사람 보는 눈깔 하나는 있는 모양이야. 살아 있다니 다행이구만. 천천히 해요. 필리핀에서도 고생했는데, 우리 형제님도 며칠은 발 빼고 쉬어야 하지 않겠습니까. 권 목사가 그 먼 데까지 가서 뭘 할 수 있겠습니까. 우리한테 오는 방법밖에 없을 거 아닙니까. 박 대위가 확실하게 도와줘요. 권 목사가 옳은 선택을 할 수 있게. 영 고집을 부리면, 박 대위 잘하는 거 있잖습니까. 자기 자리로 데려다만 놓읍시다. 그다음은 교회가 맡을 테니까. 다 주님의 뜻이 있을 겁니다."

박 대위는 군용 가방 안에서 누런 봉투를 꺼냈다. 권 목사의 이력이 담긴 서류와 사진, 그리고 파란색 노트 한 권이 한데 뒤섞여 침대 위로 쏟아졌다.

*

권 목사가 무성시를 찾은 건 8년 전이었다. 그는 주일마다 무성역 앞에서 노숙자를 상대로 무료 급식소를 운영했다. 급식소라고는 하지만, 시작은 빵과 우유를 나눠 주는 일이 고작이었다. 그러다가 날씨가 추워지면서 역 광장에 작은 천막을 쳤다. 아무런 조건 없이 빵과 우유, 운이 좋은 날에는 국밥까지 말아 준다는 소문을 듣고 인근 지역 노숙자들이 하나둘 발길을 이었다. 처음에는 스무 명 남짓이던 이들이 한 달 사이 곱절로 늘었고, 다시 한 달이 지나자 준비한 빵 1000개가 반나절 만에 동났다. 사람들이 모이자 시에서도 모른 체하고 있을 수만은 없었다. 역사 주변에 스무 평 남짓한 공터를 무상으로 제공했다. 권목사는 그곳에 컨테이너 두 동을 들였다. 그것이 성학교회의 시작이었다. 시청 홍보실에서 연말에 보도 자료를 내보내면서 알려지기 시작한 일이 지역 언론을 중심으로 전파를 타거나 인쇄되어 나갔다. 보도 횟수와 비례하여 무성시와 무성시에 공장을 둔 기업, 그리고 독지가들의 지원이 이어졌다. 1년 만에 2층 높이 건물을 임대할 수 있었다.

노숙자뿐만 아니라 지역 주민들도 모이기 시작했다. 주로 지역의 공장 노동자와 농민들이었다. 그들이 헌금으로 낼 수 있는 돈은 몇천 원에서 몇만 원이었지만, 권 목사는 기꺼이 그들의 손을 맞잡았다. 이듬해 신도가 늘어나는 데 결정적인 역할을 한 사건이 있었다. 군이 무성시에 있는 군사기지를 확장한다며 10만 평의 토지를 정부에 요구한 것이다. 정부와 국회의 결정은 빨랐다. 곧 이주 명령이 내려졌다. 시청 앞으로 주민들이 모여들었고, 시민단체 활동가들도 합류했다. 땡볕과 장대비가 번갈아 가며 시청을 찾은 이들의 머리 위로 떨어졌다. 그들은 어느 쪽으로도 움직이지 못했고, 아무것도 결정할 수 없었다. 그들에게 주어진 선택지는 이주, 하나뿐이었다. 주민 대표와 시 당국의 윗선이 결탁했다는 소문이 퍼지면서 주민들 사이에서 분열이 일어났다. 형과 동생이 하룻밤 사이에 척을 지기도 했다. 이때 권 목사가 나섰다. 총과 칼은 그분의 뜻이 아닙니다. 평화의 문을 만듭시다. 권 목사는 평화 연대를 제안했다. 대오의 선두에 권 목사가 섰다. 주 예수 그리스도의 이름으로 권합니다. 주님께서는 분쟁 없이 같은 마음과 같은 뜻으로 온전히 합하라 하셨습니다. 권 목사는 방패 위로 손을 올렸다. 경찰이 진압봉으로 방패를 두드렸지만, 그는 반걸음 다가섰다. 간격을 좁혀 오자 경찰은 방패를 들어 올렸다. 방패 날이 찍힌 곳은 권 목사의 머리였다. 어디선가 플래시가 터졌다. 권 목사는 병원으로 후송되었다. 현장을 찍은 사진이 한 일간지의 1면에 실리면서 무성시 주민들의 목소리가 외부로 알려졌다. 사진 속의 권 목사는 피를 흘리면서도 평온한 얼굴이었다. 곧 기독교 단체를 중심으로 무성시대책협의회가 구성되었다.

권 목사가 퇴원하던 날, 무성시 군사기지 확장 사업에 대한 잠정 재검토가 가결되었다. 주민들은 기적이라고 했다. 어떤 이들은 그것이 하나님의 권능이라고 말했다. 권 목사의 설교가 있는 날에는 인근 지역 사람들까지 성학교회를 찾았다. 사람들로 가득 찬 예배당에는 영선과 중학교를 막 졸업한 그녀의 딸 지영도 있었다.

*

박 대위는 호텔 지하, 카페 구석 자리에 앉았다. 어젯밤, 정보원에게 약속 장소와 시간을 적어 메시지를 남겼고 두 시간이 지나 답신을 받았다. 약속 시각을 오후 5시에서 7시로 늦추자는 내용이었다. 박 대위는 에스프레소가 담긴 잔을 테이블 위에 올려 두었다. 그는 커피를 마시지 않고 냄새만 맡았다. 그에게 커피는 마시는 음료가 아니라 맡는 음식이었다. 군에서 변한 식습관 중 하나였다. 사병이 타다 주는 커피에 못 먹을 것들이 섞여 있지 않을까 하는 의심은 이윽고 확신이 되었다. 카페에는 혼자 온 손님이 대부분이었고, 끊임없이 재즈풍 음악이 흘러나왔다. 7시 정각, 카페 입구에 있던 흑인 청년이 박 대위 맞은편으로 옮겨 앉았다. 몸집은 박 대위보다 크고 단단했지만 나이는 어려 보였다. 박 대위는 그에게 나이를 물었다. 그는 스물일곱이라고 대꾸했다. 대답한 쪽도, 질문한 쪽도 거짓말이라는 걸 알고 있었다. 박 대위는 그가 스물일곱이 되려면 아직 몇 년 더 남았을 것이라고 생각했다. 그때까지 그는 스물일곱을 살 것이다. 그는 이 일을 하는 데 나이가 문제가 되느냐고 물었다. 박 대위는 그렇지 않다고 답했다. 그는 시종일관 무표정했다. 박 대위는 그것이 마음에 들었다. 묻지 않으면 말하지 않았다. 박 대위는 권 목사의 최근 행보에 대해 물었다.

"일주일에 두세 차례 다른 도시로 떠난다. 블룸폰테인, 더반, 케이프타운. 내일도 프리토리아 일정이 잡혀 있다."

"그곳에서 뭘 하지?"

"딱히 하는 건 없다. 그냥 빈민촌을 둘러본다."

"누굴 만나진 않나?"

"아무나 붙잡고 떠들어 대는 게 전부다."

박 대위는 준비한 달러 뭉치 일부를 냅킨에 싸서 건넸다. 그가 커다란 손으로 냅킨을 집었다.

"뭐가 알고 싶나?"

"무슨 일을 꾸미는지."

그는 고개를 끄덕였다. 박 대위는 마지막으로 총을 부탁했다.

"베레타, 글록…… 아무거나 상관없다. 소음기 달린 걸로."

두 번째 달러 뭉치를 같은 방식으로 전했다. 그는 닷새 뒤 저녁 8시에 그웨토에서 만나자고 했다. 박 대위는 그웨토의 위치를 물었고, 그가 냅킨 뒷면에 주소를 적었다. 그웨토는 콜린스빌에서 가장 유명한 술집이라고 했다. 그곳이라면 모든 거래의 비밀이 보장될 수 있다고 덧붙였다. 박 대위는 그에게 악수를 청하고 이름을 물었다. 그는 건너편 벽에 걸린 그림을 잠시 바라보다 대답했다.

"아벨."

박 대위는 아벨의 시선이 닿은 그림을 확인했다. 한 남자가 다른 남자의 목에 칼을 꽂아 넣고 있었다.

*

　영선은 예배당 복도에 걸려 있는 그림이 마음에 들었다. 더벅 머리 남자가 한 여인을 안고 있는 그림이었다. 그녀는 그림 속 남자를 볼 때마다 권 목사를 떠올렸다. 여자를 안고 눈을 감은 채 눈물을 흘리는 모습이 권 목사가 기도할 때 짓는 표정과 어딘지 닮았다고 생각했다. 영선은 권 목사에게 그림 속 이야기를 직접 들을 수 있었다. 남자는 예수였고, 그가 안고 있는 여자는 나병 환자였다.

　영선은 지영의 약을 처방받기 위해 찾은 병원에서 권 목사를 만났다. 권 목사 역시 영선을 알아봤다. 그들은 건물 뒤편 등나무 벤치에 나란히 앉았다. 옆에는 환자복을 입은 젊은 남녀가 햇볕을 피해 앉아 있었다. 권 목사는 암으로 입원한 교회 권사를 만나 기도하고 오는 길이라고 했다. 권 목사가 권사의 이름을 얘기했지만, 영선이 아는 이름은 아니었다. 권 목사는 예배 외에 교회에서 복음을 들을 수 있는 길에 대해 설명했다. 영선은 고개를 끄덕이며 듣기만 했다. 제가 말이 많았네요. 이제 자매님 이야기를 해 주세요. 병원에는 무슨 일로 오신 건가요? 권 목사는 영선과 눈을 맞추며 물었다. 영선이 바로 대답하지 못하고 머뭇거리자 그는 한동안 기다려 주었다. 영선은 벤치 끝에 앉아 있던 남녀가 일어나고 나서야 조심스레 말문을 열었다.

그날 이후 영선은 전보다 열심히 예배에 참석했다. 그녀는 권 목사의 목소리가 남편과 비슷하다고 느꼈다. 하지만 말의 내용은 전혀 달랐다. 억양도, 말의 온도도 달랐다. 그 차이가 선악을 판가름하는 기준이 되는 것일지도 모른다고 생각했다. 영선은 예배에 참석할 때마다 지영을 데려가려고 했다. 자주는 아니었지만 영선의 뒤에 지영이 앉는 날도 있었다. 지영은 영선과 나란히 걷는 법이 없었다. 두세 걸음 떨어져 걸었고, 언제나 그 거리를 유지했다.

예배를 마치고 나오던 영선을 권 목사가 불렀다. 네가 지영이구나? 권 목사는 지영에게 다가갔다. 지영은 권 목사와 눈이 마주칠 때마다 시선을 다른 쪽으로 옮기기 바빴다. 가까이 다가온 권 목사에게서 익숙한 냄새를 맡았다. 지영의 손이 떨리기 시작했다. 권 목사는 지영의 이름을 여러 번 불렀다. 이제 목사님이 기도할 건데, 같이 할 수 있겠니? 지영은 서 있는 자리에서 발을 떼지 못했다. 권 목사는 지영의 머리에 손을 얹고 기도를 시작했다.

그날 이후로 지영은 혼자서도 교회를 찾았다. 늦은 시간까지 예배당을 지키는 일도 잦았다. 예배당에 들어서는 권 목사에게서는 비누 냄새가 났다. 지영이 알고 있던 냄새와는 달랐다. 지영은 기도를 하면서 자신에게도 원하는 것이 생겼다는 걸 알 있다. 지영은 예배당을 찾은 수많은 사람들 중 그 누구보다 간절히 기도할 자신이 있었다. 한 사람이 죽고, 한 사람은 떠나며, 한 사람과 함께하기를 원했다. 예배를 보고 집으로 돌아오면 자신의 방에서도 얼마간 권 목사의 냄새가 떠도는 걸 느낄 수 있었다.

지영이 발작을 일으킨 날, 권 목사는 영선의 연락을 받고 그들의 집을 찾았다. 지영은 계속해서 헛구역질을 했다. 권 목사는 지영의 머리에 손을 얹었다. 지영은 냄새로 권 목사가 왔다는 걸 알았다. 그리고 점차 안정을 찾았다. 권 목사의 기도는 오랫동안 계속됐다. 지영이 옅은 숨소리를 내며 잠든 것을 확인한 뒤에야 권 목사는 무릎을 펴고 앉았다. 그는 지영의 가슴께에 있던 이불을 목까지 올려 주었다. 지영은 그 이불 끝자락을 꼭 붙들고 놓지 않았다. 영선이 권 목사에게 찻잔을 건넸다. 뜨거운 김이 퍼지자 방 안에 온기가 돌았다. 지영이가 주님의 품에 있으니 곧 자매님 품으로도 돌아갈 수 있을 겁니다. 권 목사가 말했다. 자정이 넘은 시각이었다. 영선은 여러 번 권 목사의 찻잔을 확인했다. 그 잔이 비지 않았으면 좋겠다고 생각했다.

권 목사가 교인 한 사람 한 사람에게 할애하는 시간이 너무 많다는 게 김 장로의 불만이었다. 권 목사는 목사실에 가만히 앉아 있는 법이 없었다. 김 장로는 교회 곳곳을 쫓아다녀야 했다. 권 목사는 어김없이 교인들과 이야기를 나누거나 그들의 손을 잡고 기도하는 중이었다. 김 장로가 보기엔 하나같이 영양가 없는 인물들이었다. 그는 권 목사의 설교도 마음에 차지 않았다. 목사님, 교세가 확장되면 말입니다. 교회의 헌금도 늘어야 하는데 만날 그대로예요. 우리 교회에서 추진하는 복지 사업만 해도 몇 개입니까. 김 장로는 당장 지출해야 할 내역을 읊었다. 권 목사는 고개를 끄덕였지만, 설교의 내용은 달라지지 않았다. 그러자 김 장로는 다음 예배에서 사회를 자처하고 권 목사의 설교가 이어지는 도중에 헌금 안내를 했다. 그는 선거철이 되면 여지없이 정치색도 드러냈다. 다른 장로들도 옆에서 한두 마디를 보탰다. 권 목사에게 받아 적으라는 식이었다. 이번에 출마한 그 후보 말입니다. 교회 장로님인 건 알고 계시죠? 하나님의 나라라는 게 뭐겠습니까. 목사님이 한마디 해 주셔야 하지 않겠습니까.

권 목사는 그즈음 한 교인으로부터 믿기 힘든 이야기를 들었다. 몇 달 전부터 성학교회에서 노숙인이 보이지 않는 이유가 교회 측에서 그들을 쫓아내기 때문이라는 이야기였다. 권 목사는 그럴 리가 없을 거라고 했다. 그는 김 장로에게 전화를 걸었다. 그래요? 차나 한잔하면서 얘기합시다. 그는 권 목사를 시내의 한 가게로 불러냈다. 어둑한 조명이 이어진 계단을 내려오자 문이 나왔다. 문을 열고 들어서자 붉은 카펫이 깔린 긴 복도가 이어졌다. 권 목사는 복도를 따라 걸었다. 복도 양옆으로 밀실이 나 있고, 문 안에서 노랫소리가 들렸다. 담배 연기가 문틈을 비집고 흘러나왔다. 복도 끝에서 방문이 열렸다. 김 장로였다.

그는 불쾌해진 얼굴로 권 목사를 맞았다. 권 목사가 자리에 앉자 여자들이 들어왔다. 목사님, 하시려는 얘기가 뭡니까. 김 장로가 여자의 허벅지에 손을 올리고 말했다. 이런 곳에서 할 얘기가 아닙니다. 권 목사가 말했다. 여기요? 여기가 어때서요? 이게 사람 사는 거 아닙니까. 목사님은 다 좋은데 우리 형제, 자매님들이 사는 법을 너무 모르시는 거 같아. 김 장로의 손이 이번에는 옆자리 여자의 가슴으로 향했다. 맞습니다. 요즘이 어떤 세상입니까. 젊은 자매님들 마음을 사로잡아야 교세도 더 확장할 수 있을 거 아닙니까. 맞은편에 앉은 당회장이 술을 들이켜며 김 장로의 말을 받았다. 우리 교회가 말입니다. 거지새끼들한테 빵이나 돌리는 그런 교회가 아니란 말입니다. 이제 말입니다. 서울에 있는 웬만한 교회에 뒤지지 않아요. 우리도 여의도나 강남에 있는 교회들과 한번 해 볼 때가 된 거 아닙니까. 가자고요, 강남으로 갑시다. 김 장로가 테이블을 치며 말했다. 옆에 있던 여자가 김 장로의 잔에 술을 채웠다. 당회장이 권 목사 쪽으로 손을 뻗었다. 거, 조금 이따가 강남에 있는 큰 교회 장로님이 한 분 오시기로 했거든요. 그분도 요즘 고민이 많더라고. 그래서 우리 한번 만납시다, 했죠. 그분이 돈도 많고 땅도 많고, 그런데 또 신심이 아주 깊으시더란 말입니다. 당회장이 손을 거둬들이자 김 장로가 다시 테이블을 두드리며 말했다. 아이고, 그리고 보니 우리 목사님한테 잔도 안 드렸네. 녹차라도 하나 시킬까요? 권 목사는 눈을 감고 고개를 숙였다. 그는 소돔을 떠난 롯과 애굽을 떠나야 했던 이스라엘 백성을 떠올렸다. 하나님의 축복을 받기 위해서 버릴 것은 버리고 떠날 곳은 떠나야 한다. 권 목사는 고개를 들고 그들 한 사람 한 사람을 바라봤다. 그들의 시선은 모두 다른 곳을 향하고 있었다. 명심하십시오. 하나님의 성전을 더럽히면 반드시 멸할 것입니다. 여호와는 고난 겪는 자를 신원하시며 궁핍한 자에게 공의를 베푸십니다. 죄의 도성을 떠나야 합니다. 권 목사가 말했다. 성학교회에서의 마지막 설교였다.

다음 날 예배 시간이 다가왔을 때 김 장로는 바쁘게 움직여야 했다. 권 목사의 방이 말끔히 치워져 있는 것을 확인했기 때문이었다. 김 장로는 당회장과 통화하며 계단을 내려왔다. 목사실 앞에는 한 여자아이가 서 있었다.

*

박 대위는 닷새 동안 호텔 밖으로 나가지 않았다. 식사는 룸서비스를 이용했고, 최소한의 양만 먹었다. 그는 적지에 있는 군인처럼 행동했다. 닷새는 엄폐의 시기였다. 택시를 타고 콜린스빌로 향할 때도 그는 간결하게 움직였다. '구 흑인 거주 지역'이라고 했지만, 이곳에서 일가를 이루는 건 여전히 흑인들이었다. 거기에 히스패닉과 돈 없는 백인들이 이주해 왔다. 콜린스빌이 가까워질수록 가로등이 눈에 띄게 줄었고, 도로포장이 벗겨져 차체가 자주 흔들렸다. 진입 표지판을 지나치자 녹슨 합판으로 만든 판잣집이 나왔다. 단층 주택이 늘어선 블록 끝에 멍석이 깔린 빈터가 있었다. 그 뒤편에 조그만 입간판을 세워둔 술집이 보였다. 그곳이 그웨토였다. 인적이 드물던 거리와 달리 술집 안은 독한 연기와 사람들로 가득 차 있었다. 낯선 동양인이 등장하자 입구 주변에서 서성이던 흑인들의 시선이 거칠게 달라붙었다. 박 대위는 빈 테이블을 찾아 앉았다. 사람들이 술병을 들고 텔레비전 앞에 모이기 시작했다. 그날은 프리미어리그 경기가 있는 날이었다. 박 대위는 멀리서 어렴풋이 보이는 잔디의 패턴과 유니폼 색상만으로도 어느 팀 경기인지를 짐작할 수 있었다. 그도 군에서 지겹도록 경기를 봤다. 지휘관들 사이에서는 한국 선수가 뛰는 경기를 두고 돈을 건 내기가 성행했다. 그들의 돈이 저 그라운드에 묻혀 있었다. 사람들 사이에서 몇 차례 환호성과 장탄식이 터졌다. 그들 사이에서 아벨이 걸어 나왔다. 박 대위는 자리를 옮기고 싶다고 했지만, 그는 우선 경기를 보길 원했다. 첼시와 리버풀의 경기였다. 리버풀에는 모잠비크의 축구 영웅이 뛰고 있었다. 제2의 에우제비오로 불리던 그가 리버풀에서 뛰는 마지막 경기였다. 그는 1월 이적시장이 닫히기 직전, 높은 이적료를 받고 다른 팀과 계약을 맺었다. 박 대위는 그가 이적하는 팀을 알고 있었다. 채스터시티였다. 전반전이 영 대 영으로 끝나자 아벨은 새 맥주를 들고 와박 대위 맞은편에 앉았다. 그는 허리춤에서 글록을 꺼내 테이블 위에 올렸다. 박 대위는 들고 있던 신문을 그 위에 덮었다.

"프리토리아 외곽 빈민촌에서 빵과 생수를 돌리더군. 준비한 게 300개였어. 금세 동났지."

"무슨 속셈이지."

"비즈니스 아니겠나."

"뭘?"

"약이 아니면 예수겠지. 그런데 말이야, 이곳에서 가장 어려운 비즈니스가 뭔지 아나?"

"뭐지?"

"종교야. 가장 먼저, 가장 확실히 썩었으니까. 이미 다 해 먹어서 끼어들 틈이 없거든. 게다가 동양인 혼자? 죽고 싶다는 얘기지."

"누가 처리한다는 건가?"

"수많은 놈들의 타깃이 될 거야. 파이가 줄어드는데 지켜보고만 있을 놈들이 아니지. 그들에겐 민족이라는 명분도 있으니까."

아벨은 권 목사의 차를 운전하기 전, 모잠비크 반 정부군인 민족 해방 전선에서 일하면서 조직의 생리를 배웠다. 그곳에 가담하게 된 건 그의 형 때문이었다. 정부군이 마을을 습격한 건 아벨이 열두 살 때 일이었다. 군인들은 마을의 여자들을 강간하고 먹을 것을 빼앗았다. 그리고 건장한 남자들을 끌고 갔다. 그들은 칼을 들고 저항하는 아벨의 형을 땅바닥에 넘어뜨렸다.

그가 들고 있던 칼을 빼앗아 그 칼로 그의 두 눈을 도려냈다. 부대가 떠난 후 마을 사람들은 피범벅이 된 그를 오토바이에 태우고 여섯 시간을 달려 병원으로 옮겼다. 그들에게는 돈이 없었다. 두 눈이 있어야 할 자리를 살덩어리로 채울 수밖에 없었다. 그 일이 있은 후 아벨은 반 정부군에 합류했다. 그러나 민족 해방 전선의 윗선이 정부와 결탁해 있는 것을 목도한 뒤 조직을 나왔다. 아벨은 이 얘기를 일본 국적의 기자에게 말한 적이 있다고 했다. 오랜 시간이 지났지만, 아무것도 달라지지 않았다. 아벨은 말을 적게 하고, 빠르게 움직이는 걸 배웠다. 묻지 않으면 말하지 않았고, 돈을 주지 않으면 움직이지 않았다. 박 대위는 깊게 들어앉은 아벨의 눈을 보았다.

"그들이 왜 눈만 도려낸 거지?"

박 대위가 물었다.

"자신들의 추악함을 보았으니까."

아벨이 중지와 검지로 자신의 두 눈을 가리키며 말했다.

"복수했나?"

"복수라고?"

"형의 눈을 도려낸 자들에게 말이야."

"복수하려고 했지. 복수만을 위해 살았던 시기도 있었어. 그런데 다 같은 놈들이라는 걸 알고 계획이 틀어진 거야. 그 뒤론 굶지 않는 일에만 집중했지. 그러다 정신을 차리고 보니 나도 놈들과 비슷한 일을 하고 있더란 거야. 식량을 빼앗고 여자를 덮치고 쓸 만한 놈들을 잡아들였지. 그쯤이야 눈 감고도 할 수 있으니까. 저항하는 놈들은 여지없이 눈을 파 버렸어. 그 눈깔을 참아 줄 수 없었거든. 그건 당신 역시 마찬가지 아닌가?"

"무슨 뜻이지?"

아벨은 글록을 신문지 위에 올렸다.

"그래서 이게 필요한 거잖아."

박 대위는 아벨의 이야기를 흥미롭게 들었다. 그웨토 내부를 훑어봤다. 술병이 연신 부딪쳤고, 독한 술과 담배 냄새가 자욱한 연기에 실려 움직였다. 술을 섞던 바텐더가 대마를 빨아들이고 있었다. 출입문을 열고 들어온 남자가 아벨과 눈짓을 주고받은 뒤 홀 안으로 들어갔다. 모두가 하프타임을 맞아 분주하게 움직였다. 박 대위는 작전의 속도를 높일 때가 왔다고 생각했다. 권 목사의 비즈니스가 누군가의 심사를 건드리기 전에 조치를 취해야 했다. 권 목사의 신변을 확보하는 게 우선이었다.

"죽기 전에 손을 써야겠군."

"그래야겠지."

"도와줄 수 있겠나?"

"실업수당까지 쳐 준다면."

박 대위는 남은 달러 뭉치를 건넸다.

"묶어 둘 장소가 필요해."

"크루거 인근에 호스텔이 있지. 밀렵꾼들이 사용하는 지하 우리라면 충분할 거야. 그가 악어를 좋아할지 모르겠군."

"믿을 만한가?"

아벨이 고개를 끄덕였다.

"돈만 낸다면. 살인을 하든 강간을 하든, 그 두 개를 동시에 하든."

운집한 이들의 박수 소리가 후반전 시작을 알렸다. 아벨의 시선이 브라운관으로 향했다. 돌아오는 일요일 밤, 호스텔까지의 운송은 아벨이 맡기로 했다. 그는 텔레비전 쪽으로 갔고 박 대위는 자리에 남았다. 남은 맥주를 마시고 글록을 점검했다. 연기가 빠져나가는 창틈으로 건물 하나가 보였다. 포치 위에는 십자가가 꽂혀 있었다. 십자가는 그 뒤에도, 또 그 뒤에도 있었다. 다시 환호성과 장탄식이 터져 나오기 시작했다. 그는 종료 휘슬이 울리기 전 그웨토를 빠져나왔다.

*

권 목사가 잠시 휴가를 떠난 것이 아니라, 성학 교회에 더는 나오지 않을 것이라는 사실이 알려지면서 교인들 사이에서는 동요가 있었다. 소식이 전해진 첫날부터 예배에 나오지 않는 이들도 있었다. 일주일 간격으로 교인들의 숫자가 급속도로 줄었다. 권 목사를 김 장로가 힘으로 끌어내렸다는 소문도 돌기 시작했다. 김 장로와 다른 장로들은 서둘러 목사 면접을 진행했다. 젊고 유능한 목사를 세우기도 하고 연륜 있는 목사를 인근

교회에서 섭외해 오기도 했지만, 결과는 마찬가지였다. 권 목사가 떠난 지 3개월 만에 교인 수가 절반 가까이 줄어들었다. 김 장로가 추진하던 여러 사업도 무산될 위기에 처했다. 김 장로는 뒤늦게 권 목사의 행적을 수소문했다. 교회 내부에는 그의 행방을 아는 사람이 없었다. 심부름센터에도 의뢰했지만 쉽사리 권 목사의 꼬리는 잡히지 않았다.

지영은 줄곧 목사실 앞에 있었다. 새 목사가 오고, 바뀐 목사가 떠나는 동안에도 지영은 그 앞을 지켰다. 예배당에서 밤을 새우는 날도 많았다. 하루에도 몇 번씩 권 목사의 번호로 전화를 걸고 메시지를 남겼다. 통화 연결음이 끊기고 안내음이 나오는 사이, 희망과 절망이 되풀이되고 천사와 악마가 나타났다. 권 목사가 남긴 메시지만 거듭 확인했다. 지영은 권 목사의 메시지 일부를 기도문처럼 외우고 다녔다.

영선이 국제 우편물을 받은 건, 권 목사가 떠난 지 40여 일이 지난 시점이었다. 발신지는 수단이었다. 상자 안에는 남편의 옷가지가 들어 있었다. 영선은 그것들을 그대로 두고 안으로 들이지 않았다. 대신 기도를 했다. 교회에서 돌아온 지영은 현관 앞에서 익숙한 냄새를 맡았다. 냄새는 현관에 놓인 상자에서 풍겨 났다. 상자 안에는 웅크린 짐승처럼 옷가지가 쌓여 있었다. 지영이 천천히 상자 쪽으로 손을 뻗었다. 손끝으로 그것을 건드렸다. 자고 있던 짐승이 깨어 움직였다. 지영은 비명을 질렀다. 발작이 시작되자 영선은 지영을 침대에 눕혔다. 얼마 후 호

흡은 정상으로 돌아왔지만 경련은 계속됐다. 지영은 손을 내저으며 신음했다. 영선은 권 목사에게 전화를 걸었다. 통화 연결음이 울렸다. 영선은 그 소리라도 끊기지 않기를 바랐다. 그녀는 고개를 돌려 권 목사의 자리를 봤다. 모든 걸 이해한다는 표정으로 그가 그곳에 앉아 있었다. 영선이 눈물을 흘리자 그가 사라졌다. 더 이상, 이 집을 악에서 구할 수 없었다.

수단에서 귀국한 박 대위를 맞은 건 역한 냄새였다. 박 대위는 바지 뒷주머니에서 손수건을 꺼내 코와 입을 막았다. 박 대위는 이 냄새를 알고 있었다. 잘 정렬된 자신의 루빅큐브를 누군가 뒤죽박죽 흩트려 놓은 것 같았다. 있어야 할 것이 없었고, 없어야 할 것이 있었다. 냄새뿐만이 아니었다. 항상 슬리퍼 한 쌍만 나와 있던 현관에는 구두와 운동화, 부츠가 아무렇게나 뒤섞여 있었다. 박 대위는 그것들을 신발장에 집어넣고 나서 워커를 벗었다.

그는 침실로 향했다. 영선이 누워 있었다. 그는 침대 옆에 놓인 흰색 통을 집었다. 스틸녹스, 수면제였다. 박 대위는 영선의 상의와 치마 속을 들춰 봤다. 별다른 외상은 없었고 외도의 흔적도 없었다. 그것은 단지 지독한 냄새만을 내뿜고 있었다.

박 대위는 침실 문을 닫고 더 고약한 냄새가 나는 쪽으로 향했다. 지영의 방이었다. 형광등이 있어야 할 자리에 지영의 머리가 달려 있었다. 지영은 스카프를 두르고 공중에 떠 있는 것처럼 보였다. 커튼 틈으로 뻗어 나온 햇빛이 지영의 머리를 관통했다. 분비물이 침대 시트를 적신 채 굳어 가고 있었다. 박 대위는 넓게 번진 분비물 사이에서 종이를 발견했다. 종이에 적힌 글자를 읽었다. 소돔을 떠난 롯과 애굽을 떠나야 했던 이스라엘 백성처럼, 나도 떠납니다. 죄의 도성을 떠납니다. 떠나서 믿음으로 나아갈 때 은혜를 주실 겁니다. 그곳에 먼저 갑니다. 당신. 당신은 절대 오지 마. 올 수도 없겠지. 당신 자리는 지옥에도 없을 테니까.

박 대위는 화장실로 가서 종이에 불을 붙였다. 절반쯤 태운 뒤 변기에 넣었다. 그는 거울에 비친 자신의 모습을 한동안 물끄러미 바라보았다. 다시 지영의 방으로 갔다. 책상 한쪽 귀퉁이에 탁상 달력이 고개를 숙이듯 엎어져 있었다. 박 대위는 달력을 바로 세웠다. 그림이 나왔다. 예수의 얼굴 부분이 일그러져 있었다. 박 대위는 달력을 손에 쥐고 그림을 살폈다. 그림 뒤는 숫자가 적힌 부분이었다. 수십 번 반복해서 그어진 빗금에 종이가 우그러져 있었다. 빗금 너머로 숫자가 보였다. 그는 침대와 옷장 사이에 서 있는 트렁크를 열었다. 옷가지와 책이 한데 섞여 나왔다. 모두 지영의 물건들이었다. 그는 트렁크 바닥에서 파란색 노트를 발견했다. 노트에는 신문 기사와 사진, 성학 교회 주보에 실린 설교문이 스크랩되어 있었다. 박 대위는 공통으로 들어앉은 이름을 확인했다. 권희룡. 장마다 날짜가 적혀 있었다. 마지막 날짜는 석 달 전이었다. 사진 속 남자는 강단 위에서 환하게 웃고 있었다. 박 대위는 그 노트를 군용 가방에 밀어 넣었다. 방에서 나와 현관으로 향했다. 현관문 안쪽에 교회 이름이 적힌 십자가가 붙어 있었다. 그는 자신의 루빅큐브를 헝클어뜨린 자를 찾아 나섰다.

*

박 대위는 짐을 꾸렸다. 권 목사의 사진과 서류를 가방에 넣었다. 파란색 노트는 낱장을 찢고 휴지통에 넣어 태웠다. 약속 시간까지 라운지에서 술을 마실 생각이었다. 그때 전화벨이 울렸다. 목소리의 주인공은 아벨이 아니라 김태섭이었다. 그는 간밤의 사고 소식을 전했다. 권 목사가 요하네스버그 시내에서 차를 타고 이동하다가 갱단의 습격을 받았다는 내용이었다.

"죽었습니까?"

박 대위가 물었다.

"동양인 남자가 뒷좌석에서 걸어 나오는 걸 봤다는 사람이 있으니까, 죽진 않은 것 같습니다."

"아벨은 어떻게 됐습니까?"

"아벨이요?"

"그 정보원 말입니다."

"아, 죽은 놈이 그놈인가 보네."

박 대위의 머릿속에서 아벨의 두 눈이 깜빡였다.

"완전 벌집이 됐답니다. 그것 때문에 오전부터 떠들썩했어요."

박 대위는 지도를 펼쳐 병원 위치를 확인했다.

"해치백 하나만 섭외해 주시겠습니까?"

"해치백은 왜요?"

"물건을 옮겨야겠습니다. 세 시간 후에 병원 주차장에서 만납시다."

박 대위는 작전을 재정비했다. 목적지는 같았다. 출발지와 운송 수단이 달라졌을 뿐이었다. 그는 체크아웃을 하고 병원으로 향했다. 권 목사는 꼭대기 층에 있는 입원실로 옮긴 뒤였다. 쇼크로 의식을 잃었다가 점차 회복하는 중이라고 간호사가 설명했다. 박 대위는 병실이 보이는 복도 끝에서 인기척을 확인했다. 병실에서 간호사가 나오는 것을 확인한 그는 곧장 복도를 따라 걸었다.

병실에는 권 목사 혼자였다. 그는 침대 위에서 무릎을 꿇고 고개를 숙인 채 앉아 있었다. 깍지 낀 두 손이 앞뒤로 조금씩 흔들렸다. 엄지와 검지 사이에는 십자가가 걸려 있었다. 박 대위가 문을 열고 들어와 침대 맡에 설 때까지 권 목사는 기도를 멈추지 않았다. 박 대위는 뒷주머니에서 글록을 꺼내 권 목사의 이마에 총구를 겨눴다. 쇳소리가 권 목사의 깍지 낀 손을 파고들었다. 권 목사가 눈을 떴다. 두 사람의 눈빛이 마주쳤다.

"살고는 싶은가 보군."

박 대위가 과녁을 확인하듯 권 목사의 눈을 살폈다.

"죽음은 제 의지가 아닙니다. 주님의 뜻이지요. 어디서 오셨습니까?"

권 목사가 갈린 목소리로 말했다.

"아니, 아벨이 죽은 건 네놈 때문이야. 네가 팔고 다닌 약 때문이지."

"……라자로 말씀이십니까? 라자로는 주님의 품으로 갔습니다."

"개소리. 그 검둥이한테 비행기 표라도 끊어 줬나?"

권 목사는 대답 대신 박 대위의 행색을 살폈다.

"김 장로가 그 입을 조심하라더군."

"……무성에서 오셨습니까?"

박 대위가 총구를 움직였다. 총구는 권 목사의 오른쪽 눈을 겨눴다.

"내 생각은 달라. 문제가 되는 건 혀가 아니라 눈이지."

"총부터 내려놓으십시오. 총과 칼은 주님의 뜻이 아닙니다."

"그래서 주님의 사랑을 몸소 베푸셨다? 그 잘난 좆에 예수 얼굴이라도 새겨 놓은 모양이군."

"무슨 말씀이십니까?"

"어때? 한꺼번에 둘이나 상대하니, 좋던가?"

"……영선 자매님 남편이시군요."

권 목사의 눈빛이 박 대위의 얼굴 위로 성호를 긋듯 움직였다.

"어디까지 알고 있지?"

"회개하십시오. 거라사의 광인처럼 회개하십시오. 그것만이 주님의 품으로 가는 길입니다."

"제아무리 예수라도 남의 물건을 함부로 건드리면 안 되지."

"자매님들은 지옥 불에서 고통받고 계셨습니다. 하지만 하나님의 품에서 평안을 되찾을 수 있었습니다. 이제 형제님 차례입니다. 용서를 구하십시오. 그것이 사랑이신 주님의 뜻입니다."

"그래. 이제 내 차례인 거 같군."

박 대위가 총구로 권 목사의 왼쪽 어깨를 눌렀다. 그는 권 목사의 눈을 들여다보았다. 물기 맺힌 동공이 미동 없이 그를 주시하고 있었다. 권 목사의 어깨가 침대 위에 붙자, 박 대위는 글록을 바지 뒤에 찔러 넣고 발목에 두르고 있던 벨트에서 칼을 꺼냈다. 그는 왼손으로 권 목사의 입을 막고 오른손으로 칼을 움켜쥐었다. 그리고 권 목사의 두 눈을 도려내기 시작했다. 안구를 붙잡고 있던 근육이 칼날과 함께 수축했다가 찢겨 나갔다. 눈물점에 고여 있던 핏물이 콧등을 타고 흘러내렸다. 손바닥 사이로 빠져나온 권 목사의 비명이 기도문처럼 쏟아졌다. 박 대위에게 필요한 건 모든 추악함을 기억하고 있는 그의 두 눈이었다.

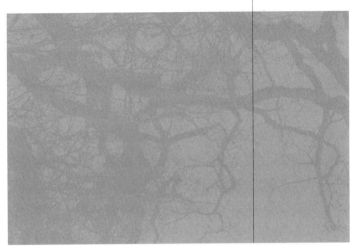

팸

*

소금방으로 간 놈들은 엉덩이를 바닥에 대자마자 쉬지 않고 떠들었다. 그 옆으로 갈 걸 그랬나? 내가 뭐랬냐, 아예 장안동으로 가자고 그랬지? 이런 동네는 순전히 여관바리 하러 오는 데라니까. 여관바리는 얼만데? 한 10만 원 할걸? 지금이라도 쏠까? 됐다, 인마. 나 내일 7시 회의야. 조 부장 새끼, 정력도 좋아요. 다섯 평 남짓한 소금방 안이 두 놈 목소리로 울렸다. 귀가 따갑지만 참아야 했다. 취한 놈들은 자기 목소리가 얼마나 큰지 모르니까. 한 명이 떠들면 다른 한 명은 스마트폰을 들여다보며 고개를 끄덕이고, 다른 한 명이 떠들면 이번에는 먼저 이야기하던 쪽이 스마트폰 화면을 두드렸다. 한 명은 아이폰, 한명은 갤럭시. 모두 신형이다. 예감은 틀리지 않았다.

이 일은 던전에 들어선 주인공과 다를 게 없다. 문제는 몹 (Mob)들이 끝까지 내가 주인공인 걸 알면 안 된다는 거다. 레벨로 따지면 마스터 정도? 눈치가 빠르거나 손이 잽싸거나 배짱이 두둑하다고 되는 일이 아니다. 끈질기게 관찰해야 한다. 그러면 보인다. 안 보이던 것도 보인다. 그게 전부다. 그리고 그들이 흘리는 스마트폰을 주워 담으면 그만이다. 탕에서부터 타깃으로 삼은 놈들이었다. 술도 적당히 마신 거 같고, 집으로 들어갈 생각은 없어 보였다. 과장, 부장 운운하는 걸로 보아 한 사무실에서 구르는 놈들 같았다. 그런 놈들은 백이면 백, 최신 스마트폰을 사용할 확률이 높았다. 그들에게 최신 스마트폰은 필수 아이템 같은 거였다. 탕에서 탈의실로, 탈의실에서 찜질방 로비로, 그리고 소금방까지. 짧지 않은 던전을 거쳐 오는 동안 놈들의 관심사는 모이지 않는 돈과 아쉬운 섹스, 그리고 별별 잡놈들이 모여 있는 회사뿐이었다.

놈들은 소금방을 나와 수면방으로 향했다. 나는 탕에서 가지고 온 수건을 머리에 뒤집어쓰고 뒤따라갔다. 수면방에서는 이미 대여섯 명이 코를 골거나 이를 갈고 있었다. 놈들은 각각 자리를 잡고 누워 스마트폰을 들여다보다가 잠이 들었다. 나는 시간을 확인하고 놈들이 잠든 모습을 지켜봤다. 후달릴 건 없었다. 졸음만 참으면 어려울 것도 없었다. 필요한 건, 인내심뿐이었다. 새벽 3시는 작업하기에 가장 적합한 시간이었다. 이 시간에는 누구도 깨지 않고 어떤 알람도 울리지 않았다. 잠결에 뒤척이는 놈들은 무시해 버리면 그만이었다. 사람들은 기본적으로 다른 사람에게 관심이 없다. 심지어 자기 자신에게도 관심을 두지 않는다. 찜질방 입구에 붙어 있는 경고 문구처럼 자기 분실물을 책임지는 건 오직 자기 자신뿐이다. 낫살이나 처먹은 놈들이 그걸 모른다는 게 우스울 따름이다. 죄 없는 카운터 알바에게 찾아내라, 변상해라, 하며 지랄할 게 눈에 선했다. 그런 꼰대들은 덩치만 크고 주름만 깊었지, 완전 애들이나 다름없다. 우리도 그렇게는 안 한다. 꼰대들은 서로 책임을 가리고 묻는 데 일생을 보낸다. 그리고 그 시간이 아까운지도 모른다. 쓸데없는 욕심은 죄악이다. 나는 아이폰과 갤럭시만 노린다. 타깃은 각각 바지 주머니와 머리맡에 얌전히 놓여 있었다. 머리에 쓰고 있던 수건에 전리품을 담아 수면방을 빠져나왔다. 수면방 안에서 최초의 알람이 울리려면 아직 두 시간은 더 지나야 할 거였다. 새벽 3시 반, 나는 찜질방 앞 공터에 세워 둔 오토바이에 시동을 걸었다.

*

잡스가 애플로 돌아온 때는 1996년 겨울이었다. 잡스를 부른 건 그를 내쫓았던 경영진 놈들이었다. 지들끼리 뭔가 새로운 걸 만들어 보려다가 망하고, 또 망하고, 다 망하니까 결국 헬프를 날린 거다. 그게 중요하다. GG를 치기 전에 헬프를 날릴 결심.

쪽팔림을 무릅쓰고 필요한 걸 얻어 낼 용기. 그게 정의고 윤리고 책임이 아닌가. 산다는 건 어차피 쪽팔린 일이다. 뒤집어 말하면 쪽팔린 것만 참으면 어떻게든 살 수 있다는 거다. 잡스와는 달리 나는 직접 나를 내쫓은 팸으로 찾아갔다. 오토바이를 탄다. 달린다. 도착한다. 그건 아주 간단한 일이었다. 나는 쪽팔렸지만 비굴하지 않았다. 구차하게 사과하거나 변명하지도 않았다. 제아무리 개코 형이라도 지난 일은 어차피 지금 여기에 없다는 것쯤은 알고 있을 거다.

"야, 싸가지! 왜 왔냐."

사과라는 멀쩡한 이름을 놔두고 개코 형은 날 싸가지라고 불렀다. 내 말본새가 건방지다는 이유였다. 개코 형은 남자 넷, 여자 셋이 사는 팸의 팸장이었다. 개코 형의 팸은 팸치고는 별 사건 사고 없이 오래갔다. 개코 형은 그 비결이 졸업 제도라고 했다. 개코 형의 팸에서는 열여섯까지만 지낼 수 있었다. 열일곱이 되면 졸업을 하고, 나처럼 독립해야 했다. 여기가 학교야? 아니면 우리가 뭐, 애프터스쿨이야? 내쫓을 거면 솔로로 데뷔를 시켜 주든가, 아니면 원룸을 하나 구해 주든가. 지랄하는 애들도 있었지만 별수 없이 제 발로 걸어 나가기는 마찬가지였다. 나도 순순히 룰을 따랐다. 대신 개코 형한테 죽빵을 한 대 갈겼을 뿐이다.

"일 하나 같이해."

"뭔데?"

개코 형은 내가 물고 온 사업 아이템을 들고 코를 벌름거렸다. 냄새를 맡은 거다. 나는 가방에서 스마트폰을 꺼내 책상 위에 하나씩 올렸다. 개코 형은 뭣도 모르면서 하나씩 만져 보며 외관을 살폈다. 킁킁, 냄새도 맡았다.

"왜 수건 냄새가 나냐?"

"찜질방에서 작업한 거니까."

"이 새끼 대범해졌네. 안전한 거야?"

"유심은 빼놨어."

"요새 단속 센데……."

"그래서 할 수 있겠어, 없겠어?"

개코 형이 짱구를 굴리기 시작했다.

"너, 저 앞에 김천 주방 아줌마 알지?"

"알지."

"그 아줌마 조카가 보따리라던데."

"이것도 취급하려나?"

"한번 찔러나 볼게."

줄 세워 놓은 스마트폰을 한데 모으며 개코 형이 말했다.

"혜나는?"

나는 인기척이 없는 여자애들 방을 보며 물었다.

"일 나갔다."

"요즘은 이상한 새끼들 없지?"

"그걸 왜 나한테 묻냐? 혜나한테 직접 물어보면 되지."

"후지게 뭘 그런 걸 물어봐."

지난주에 혜나가 찾아왔을 때, 목소리가 좀 가라앉아 있던 게 내내 걸렸다. 모텔에서 슬픈 영화를 봤다나. 나는 섹스 뒤에 영화를 보고 질질 짜는 사람은 너밖에 없을 거라고 말했다. 혜나는 고개를 들고 픽, 웃었는데 그 웃음이 썩 불길했다. 예전 같으면 새로운 소설을 썼다며 줄줄 얘기를 늘어놓았을 텐데 요즘은 쓰지 않는 모양인지, 소설 얘기는 아예 꺼내지도 않았다. 혜나는 만날 핸드폰으로 뭔가를 썼다. 조건남을 기다릴 때도 손을 바쁘게 놀렸다. 처음에는 카톡을 하는 줄 알았는데, 소설을 쓰는 거라고 했다. 나는 어떤 내용이냐고 묻지 않았다. 다만 얼른 천만 원을 모으고 나면 남은 돈으로 혜나한테 아이패드를 사 줘야겠다는 생각을 했다. 엄지 두 개보다 열 손가락을 다 쓰는 게 아무래도 편할 테니까. 혜나는 홀 구석에 앉아 양념 치킨 반 마리를 알뜰하게 발라 먹었다. 그날은 주인 아줌마한테 말해서 한 시간 일찍 퇴근했다.

"오빠, 좀 걷자."

혜나와 나는 가게 주변을 돌았다.

"너 요즘 소설은 안 쓰나 보다?"

"써."

"어떤 거?"

"웬일이야. 내 글에 관심을 다 갖고."

"그냥 궁금해졌어."

"별일이네. 마침 주인공 이름이 사과야."

"뭐야, 내 허락도 없이?"

"사과한테는 특별한 능력이 있어."

"영웅 스킬 같은 거야?"

"다 쓰고 나면 보여 줄게."

혜나가 나를 보며 웃었다. 서클 렌즈를 낀 것도 아닌데 눈동자가 졸라 컸다.

"이렇게 해 봐."

혜나는 왼쪽 눈을 손바닥으로 가리고 날 봤다.

"이게 뭔데?"

"이렇게 하면 한쪽 눈으로는 나를 보고 다른 한쪽으로는 오빠를 보는 거래."

나는 혜나를 따라서 한쪽 눈을 가리고 앞을 봤다. 시야가 조금 흐려졌고 혜나가 반걸음 왼쪽으로 움직인 거 같았다. 한동안 그 상태로 혜나를 바라봤다.

"오빠."

"왜?"

"조심해."

"뜬금없긴."

"요즘엔 스마트폰에 별의별 기능이 다 있더라고."

"그래. 말 걸면 대답도 하더라."

"그건 몰랐네. 물어보고 싶은 거 많은데."

"오빠한테 물어봐."

"나중에."

오토바이 뒷자리에 치킨 대신 혜나를 태우고 팸이 있는 명일 동까지 곧장 달렸다. 혜나는 엉덩이에서 닭 냄새가 날 거 같다며 투덜거렸다. 혜나가 뒷자리에 앉아 내 허리를 꽉 잡은 느낌이 나쁘지 않았다. 천호대교를 건널 때쯤 혜나가 볼을 내 등에 바짝 붙였다. 물기가 있었다. 내 셔츠까지 축축하게 젖었지만 모른 척했다. 혜나도 그걸 바랐을 것이다. 혜나가 들어가는 걸 확인하고 찜질방으로 향했다. 혜나 앞에서 입이 근질근질한 걸 참느라고 혼났다. 천만 원을 모으기 시작했다는 걸, 그 돈이 우리 팸의 보증금이라는 걸, 말하고 싶었지만 참았다. 무슨 일이든 끝까지 가 봐야 아는 법이니까. 돌아오는 길에 젖은 셔츠를 바람이 꾹꾹 누르고 지나갔다.

*

하루에 두세 개는 기본이었다. 운이 따르는 날에는 여섯 개를 찍었다. 수중에 들어오는 물건 모두가 최신형은 아니었다. 같은 스마트폰이라도 겨우 고철 값만 건지는 경우도 있었다. 그래서 공부를 해야 했다. 새로 나온 기종의 특장점을 알아볼 필요가 있었다. 외형 재질은 뭔지, CPU는 뭘 썼는지, 메모리는 몇 기가인지 파악하면 일이 훨씬 수월했다. 브랜드도 따졌다. 엘지

보다는 삼성이, 삼성보다는 애플이 갑이었다. 이 일을 하다 보니 왜 애플, 애플 하는지 알 거 같았다. 가격이 떨어지지 않았다. 시간이 지나도 하한가를 유지했다. 명품은 그런 거다. 잡스가 돌아와 10년 동안 한 일이 아이폰을 만드는 거였으니, 말 다 했다.

가격이 어느 정도이고 얼마까지 빠지겠구나, 대충 계산이 나오면 작업할 때 도움이 됐다. 커버도 돈이 되는 모델이 따로 있었다. 처음에는 유심을 빼고 전원을 끄기 바빴는데 그리 급할 것도 없었다. 패턴이나 비번은 대부분 쉽게 풀렸다. 초기화를 하기 전, 스마트폰에 들어 있는 사진과 영상을 확인했다. 사람들은 별별 쓰레기를 다 집어넣고 다녔다. 스마트폰은 음식물 쓰레기통이나 변기 같은 거였다. 그 사람이 평소에 뭘 먹는지, 어떤 걸 좋아하는지 알 수 있었다. 별 그지 같은 놈들이 다 있었다. 어떤 건 변기에서나 날 법한 냄새도 났다. 자기가 자위하는 걸 찍은 영상, 에스컬레이터나 계단에서 여자들 치마 속을 집요하게 따라붙은 영상, 닥치는 대로 발목만 찍은 사진, 일본이나 미국 포르노를 장르별로 분류해서 담고 다니는 놈도 있었다. 스마트폰을 보면 그 사람의 진짜 모습이 보였다.

물건이 열 개 정도 모이면 팸으로 갔다. 아이들은 스마트폰을 들여다보며 서로 품평하기에 바빴다.

"이거 봤냐? 완전 쩐다."

한 놈이 여자애 셀카를 보며 환호성을 터뜨렸다. 남자애들이 몰려들었다. 별로 예쁘지도 않은 대딩이었는데, 남자애들은 서로 보겠다며 스마트폰을 낚아챘다. 용대만 묵묵히 제 할 일을 했다. 용대는 스마트폰을 공장 초기화 상태로 돌리고, 커버와 보호 필름을 벗겨 내고, 소독용 알코올을 쿠킹 타월에 묻혀 꼼꼼하게 기기를 닦아 냈다. 그리고 새 보호 필름을 씌우면 완성이었다. 용대는 일사천리로 일을 마무리 지었다. 녀석의 손을 거치고 나면 제아무리 꼬질꼬질한 스마트폰도 새것으로 탈바꿈했다. 용대는 완성품을 내게 건네면서 만족스러운 듯 씩 웃었다. 나는 용대에게 건네받은 물건을 비닐 파우치에 담았다. 용대에게 뒤처리를 맡긴 건 나였다. 용대는 맡은 일이라면 말없이 해치웠고, 특히 내가 맡긴 일은 완벽히 해냈다.

용대가 팸에 합류한 건 2년 전이었다. 용대는 처음부터 이상하게 나를 따랐다. 먼저 말도 붙이고, 날 앞에 세우고 별 이유 없이 질질 짜기도 했다. 자기 불행을 자랑하는 놈은 질색이었지만, 그런 용대에게는 마음이 쓰였다. 나한테 동생이 있다면 딱 이런 녀석일 거 같았다. 주는 거 없이 미운 게 아니라, 주는 게 있건 없건 챙겨 주고 싶은 녀석이었다. 그런 느낌은 혜나도 마찬가지였는지 용대를 대할 때만큼은 태도가 달랐다. 작년 겨울에 피자를 배달하던 용대가 교통사고로 병원에 실려 갔을 때, 나는 개코 형 몰래 저금해 두었던 돈을 용대의 치료비로 댔다. 혜나도 돈을 보탰다. 그래도 돈은 턱없이 부족했다. 병원에서는 2차, 3차 수술을 하고 재활 치료를 받으면 멀쩡해질 가능성도 있다고 했다.

"나중에 치료하면 되죠, 뭐."

용대는 괜찮다고 했다. 그리고 스스로 병실에서 나왔다. 왼쪽 다리를 아주 못 쓰는 건 아니어서, 절뚝거리며 걸을 수는 있었다. 그 뒤로 용대는 팸의 살림을 도맡아 했지만 돈을 벌어 오지 못하니 개코 형의 시선이 따가울 것이었다. 용대는 가끔 화를 참지 못하고 벽에 주먹질을 하곤 했다. 그때마다 혜나는 시뻘겋게 멍이 든 용대의 손등에 후시딘을 발라 주었다. 혜나는 녀석의 머리를 한 대 쥐어박고는 "이건 아프냐?"하고 물었다. 그러면 용대는 웃었다.

"용대는 진짜 동생 같아."

혜나는 그렇게 말하곤 했다. 혜나와 용대가 함께 있지 않았다면 나는 어떻게 해서든 나머지 한 명을 데리고 나왔을 것이다. 하지만 둘이 함께 있었기에 천만 원을 만들 시간을 벌 수 있었다. 팸을 나오기 며칠 전에 용대에게 통장을 맡겼다. 용대가 마음을 못 잡는 거 같아서였다. 천만 원을 채우면 너와 나 그리고 혜나, 셋이서 새로운 팸을 만들자고 했다. 용대는 말없이 웃었다. 그리고 천천히 고개를 끄덕였다.

*

황토방으로 들어온 남자의 폰은 갤럭시 신형이었다. 남자는 구석에 자리를 잡고 스마트폰에서 눈을 떼지 않았다. 옆에서는 여남은 명의 사람들이 땀을 흘리고 있었다. 뒤이어 초딩이 들어와 남자에게 달려들었다. 초딩은 남자의 손에서 갤럭시를 빼앗았다. 둘은 옥신각신하더니 「명탐정 코난」을 같이 봤다. 소리가 커서 주변 사람들이 힐끔힐끔 쳐다보는데도 아랑곳하지 않았다. 하여튼 예의라고는 모르는 인간들이었다. 남자는 간간이 수건으로 초딩의 얼굴에 맺힌 땀을 닦아 주었다. 얼마 지나지 않아 남자가 꾸벅꾸벅 졸기 시작했다. 초딩이 남자를 깨웠다. 둘은 자리에서 일어나 수면방으로 이동했다. 새벽 1시였다.

무엇이든 완벽한 건 없다. 완벽하다고 생각하는 순간에도 별 그지 같은 일들이 아무렇지 않게 벌어진다. 새벽 3시, 수면방에서 갤럭시를 손에 넣는 순간, 남자에게 손목이 잡혔다. 조금 전까지 코를 골며 자고 있었는데. 그는 마치 기다렸다는 듯이 내 귓가에 대고 또박또박 말했다. 그 옆에는 초딩이 바짝 붙어 자고 있었다.

"좆만 한 새끼가……. 경찰서 갈까, 아니면 빨래?"

그는 내 뒤통수를 눌러 자신의 가랑이 아래로 밀어붙였다. 헐렁한 찜질복 바지 안으로 머리가 밀려 들어갔다. 눈앞에 축 늘어진 자지가 보였다. 남자가 내 쪽으로 자세를 틀었다. 지린 내가 났다. 구역질이 났지만 꾹 참았다. 무엇보다 옆에 있는 초딩이 깨어날까 봐, 그게 걱정이었다. 눈을 꽉 감고 흐물거리는 자지를 물었다. 자지는 금방 부풀었다. 그는 슬금슬금 허리를 돌렸다. 곧 입안에 뜨뜻미지근한 물기가 차올랐다. 남자가 내 정수리 위로 긴 숨을 흘려보냈다. 온몸에 소름이 돋아났다. 내 뒤통수를 누르고 있는 손에서 힘이 빠져나갔다. 나는 수면방을 뛰쳐나왔다. 탕으로 내려가는 계단 귀퉁이에서 입안에 고인 걸 뱉어 냈다. 몇 번이고 가래침을 끌어모아 뱉었다. 더 그지 같은 건, 그 상황에서 혜나가 떠올랐단 사실이다. 탈의실에서 찜질복을 벗어 던지고 옷은 대충 챙겨 입었다.

찜질방 앞 공터에 세워 둔 오토바이에 시동을 걸었다. 골목을 빠져나와 세븐일레븐에서 콜라를 샀다. 콜라로 입안을 여러 번 헹궜지만, 목구멍에 박힌 비린내는 쉽게 가시지 않았다. 똥을 밟는 건 운이지만, 언제나 당할 수 있는 일이기도 했다. 똥중에서도 악취가 나는 똥을 밟은 거였다. 바닥을 똑똑히 보고, 검다 싶으면 재빨리 피해야 한다. 씨발, 냄새가 났는데 피하지를 못한 거다. 나는 남은 콜라로 다시 한 번 입안을 헹구고 깡통을 던졌다. 거리는 배부른 돼지처럼 조용했다.

*

용대에게 카톡이 왔다. 당장 와 달라고 했다. 분위기상 혜나한테 뭔가 일이 생긴 것 같았다. 용대가 커버 치지 못할 정도면 꽤 큰일이라는 건데. 나는 곧장 팸으로 달렸다. 혜나는 나를 보자마자 누가 연락했느냐며 괜히 애들한테 성질을 부렸다. 나와 눈이 마주치자 다시 이불을 머리끝까지 뒤집어썼다. 나는 이불을 들추고 엉망이 된 혜나의 얼굴을 확인했다. 가관이었다. 오른쪽 눈언저리가 퍼렇게 부어 있었다. 팅팅 부은 입술에는 덕지덕지 검은 딱지가 말라붙어 있었다. 티셔츠 윗부분은 찢겨서 너덜거렸다.

"어떻게 된 거야?"

"각목을 치다가……"

뒤에 서 있던 남자애가 빌빌거리며 말했다.

"야, 이 씨발. 지금이 어느 땐데 각목을 쳐?"

"내가 하자고 그런 거야."

혜나가 말했다.

"그 새끼가 지난번에 지 핸드폰으로 내 몰카를 찍었어. 300해 오래. 안 그러면 인터넷에 푼다고. 애들 시켜서 핸드폰만 뺏으려고 그랬지. 근데 그렇게 세게 나올지는 몰랐어. 개새끼."

혜나가 울먹였다.

"그 새끼 전번 있지?"

"전번은 왜? 없어. 지웠을 거야."

혜나가 시치미를 뗐다.

"지우긴 뭘 지워. 너 핸드폰 어딨어?"

"됐어. 오빠는 가만있어."

"그 새끼 수배할 수 있어?"

가만 보니 남자애들도 얼굴 꼴이 말이 아니었다.

"명함 챙겨 놨어요."

한 새끼가 주머니에서 구겨진 명함을 꺼냈다. 어디선가 들어본 회사였다. 아파트도 짓고, 보험도 팔고, 스마트폰도 만드는 회사였다. 위치는 역삼동 경복아파트 사거리였다. 대충 어딘지 감이 잡혔다. 나는 명함을 주머니에 쑤셔 넣고 방을 나왔다.

"야! 김사과! 뭐 하려고! 가지 마! 가지 말라고!"

혜나가 소리를 질러 댔다.

"그 새끼 얼굴 아는 놈 하나 따라와."

아까 명함을 준 새끼가 따라 나왔다. 현관문을 열자 검은색 패딩을 걸친 용대가 서 있었다.

"저도 같이 가요."

졸라 밟으면 퇴근 시간 전에는 도착할 수 있을 것 같았다.

도로는 6시가 되기도 전에 앞뒤 할 것 없이 꽉 막히기 시작했다. 나는 골목으로 방향을 틀었다. 세 명이나 올라타니 좀처럼 속도가 붙지 않았다. 6시 정각, 명함에 적힌 주소지에 도착할 수 있었다. 양복쟁이들이 쉴 새 없이 빌딩을 드나들었다. 나는 회전문을 밀고 나오는 놈들을 관찰했다. 그놈이 그놈 같았다. 한따까리 하기 전에 화장실을 가려는데 보안카드인지 뭔지가 없으면 화장실도 맘대로 쓸 수 없다고 했다. 급한 대로 맞은편에 있는 맥도날드로 가서 오줌만 갈기고 나왔다. 횡단보도 맞은편에서 용대가 핸드폰을 들고 손을 흔들었다. 전화벨이 울리고 있었다.

"형! 떴어요."

"어디?"

용대가 지하철역 방향으로 걷고 있었다. 금방이라도 고꾸라질 거 같았다. 하지만 쉽게 넘어질 녀석이 아니었다.

"지금 제 앞에 통화하는 놈 보이죠? 갈색 백팩에 흰색 아이폰."

"씨발, 차 때문에 안 보여. 잠깐."

나는 맞은편 인도를 바라보며 걸었다. 아이폰, 흰색 아이폰. 오른손에서 왼손으로 핸드폰을 바꿔 드는 녀석이 눈에 띄었다.

"지금 덮칠까요?"

"일단 붙자. 지하철역으로 가는 모양이니까. 밑으로 들어가서 합류할게."

역사 안으로 꾸역꾸역 사람들이 몰려들었다.

"확실하지?"

"그럼요. 이제 전 가도 되죠?"

우리를 따라온 녀석이 잽싸게 사라졌다. 용대와 나는 놈과의 거리를 유지하며 걸었다. 사람들로 가득 찬 객차 안에서 놈은 손잡이를 잡지도 않고 능숙하게 서 있었다. 놈이 이어폰을 낀 채로 액정 화면을 들여다보며 히죽히죽 웃었다. 뭘 보고 있는지 당장 확인하고 싶었지만 인파에 밀려 놈과의 간격을 좁힐수 없었다. 용대와 나는 조금씩 안쪽으로 밀려났다. 그 와중에도 용대는 놈을 놓치지 않았다. 잠실역에서 그놈이 내리는 걸 먼저 확인하고 내 손목을 잡아끈 것도 용대였다.

놈은 지하상가를 지나 아파트 단지로 들어갔다. 우선 놈의 집을 확인하기로 했다. 지상 주차장과 경비 초소, 놀이터를 지나 놈이 들어간 곳은 312동이었다. 뒤따라 들어가 엘리베이터가 멈추는 층수를 확인했다. 엘리베이터 안에는 그놈뿐이었다. 21층, 1호 아니면 2호였다. 벨을 누르고 이름만 확인하면 됐다. 나는 용대에게 아파트 앞 상가에서 치킨 한 마리를 포장해 오라고 시켰다.

"치킨은 왜요?"

"문밖으로 불러내려면 그게 제일이야."

나는 용대를 기다리며 출입문이 마주 보이는 벤치에 앉았다. 그리고 놈을 어떤 방식으로 박살 낼지 생각했다. 해가 완전히 엎어지고 가로등이 하나둘 켜지기 시작했다. 처음 본 얼굴이긴 했지만, 그놈이 확실했다. 직감적으로 냄새가 났다. 찜질방에서 만났던 그 변태 새끼한테도 분명히 그 냄새가 났다. 흔한 오줌 비린내 같은 게 아니었다.

"어떻게 할까요?"

용대가 치킨을 건네며 물었다.

"어떻게 하긴, 박살을 내야지. 넌 여기 있어."

"여기까지 왔는데 가만있으라고요?"

"그럼 배달을 둘이 하냐?"

"……."

"용대야."

"네."

"통장은 잘 가지고 있지?"

"네."

"금방이다. 조금만 더 가지고 있어라. 형이 얼른 갔다 올 테니까."

나는 치킨을 들고 21층으로 올라갔다. 2101호 앞에 섰다. 치킨 냄새가 복도를 채웠다. 벨을 눌렀다.

"치킨이요."

"어? 우리 치킨 안 시켰는데요."

"이벤트에 당첨되셔서요."

놈의 이름을 대자, 반응이 왔다. 다행히 2101호였다. 여자가 애새끼를 안고 문을 열었다.

"여보, 좀 나와 봐."

여자가 나를 한번 꼬나보고는 돌아서서 놈을 불렀다. 놈이 반바지에 메리야스 차림으로 문 앞에 나와 섰다. 그래, 이 새끼다.

"저희 이벤트 응모한 적 없는데요."

"좀 전에 문자로 인증 번호가 하나 갔을 텐데, 확인해 보셨나요?"

"잠시만요. 여보, 내 핸드폰 좀."

여자가 방에서 나와 놈에게 아이폰을 건넸다. 놈이 문 쪽으로 한 걸음 나왔다. 놈은 아이폰의 홈 버튼을 누르고 몇 번 더 엄지를 놀렸다. 눈치 까고 동영상을 지우는 건 아니겠지. 재빨리 놈이 들고 있던 아이폰을 빼앗았다. 놈이 당혹스러운 표정으로 내 얼굴과 아이폰을 번갈아 쳐다봤다. 나는 바닥에 아이폰을 내려놓고 발꿈치로 힘껏 내리찍었다. 액정조차 깨지지 않았다. 다시 아이폰을 집어 계단 아래로 던졌다. 둔탁한 소리와 함께 플라스틱과 유리 조각이 여러 방향으로 튀어 올랐다. 당황한 놈의 멱살을 잡고 문밖으로 끌어냈다. 문은 자동으로 닫히며 신호음과 함께 잠겼다.

"저 폰에 뭐가 있는지 니 마누라한테 보여 주지 않은 걸 감사해라, 개새끼야. 또 한 번 내 눈에 띄면 니 대가리가 저렇게 될 줄 알아. 이 씨발 놈아."

놈의 아구창을 세게 한 방 날렸다. 문 뒤에서 애 울음소리가 들렸다. 놈의 손이 부들부들 떨렸다. 치킨이 든 봉지를 가슴팍에 집어 던지자 튀김 쪼가리가 사방으로 튀었다. 나는 계단참에 떨어진 아이폰을 챙겨 아래층으로 내려갔다. 등 뒤에서 문이 닫히는 소리가 들렸다.

"형, 어떻게 됐어요?"

나는 용대에게 손에 들고 있던 아이폰을 건넸다.

"완전 박살 났네. 대박."

용대가 부서진 아이폰을 들고 웃었다. 우리는 아파트 단지를 빠져나왔다. 혜나한테 그놈이 다시는 연락할 일 없을 거라고 카톡을 날렸다. 바로 전화가 왔지만 받지 않았다. 하여튼 좆같은 놈들은 아이폰만큼이나 널려 있다. 팸으로 돌아가는 용대에게 후시딘과 양념 치킨을 들려 보냈다.

*

　개코 형이 가게로 찾아온 건 석 달 뒤였다. 마지막 배달을 마치고 돌아오니 개코 형은 테라스에서 맥주를 앞에 두고 담배를 빨고 있었다. 혼자가 아니었다.
　"야, 싸가지! 잘 있었냐?"
　"어떻게 된 거야?"
　"빵이 좀 치고 왔다."
　"언제 나왔는데?"
　"이틀 전에."
　"팸 애들은?"
　"뭐, 씨발 나 없이도 잘 살던데?"
　혜나는 맥도날드에서 햄버거를 팔았다. 이제 그런 데서도 알바할 수 있는 나이가 됐다고 했다. 혜나는 전보다 잘 웃었다. 그게 문제였다. 신경 쓰이는 게 생겼다. 이전보다 얼쩡거리는 놈팽이들이 더 많아졌다는 거다. 나는 치킨이 물리면 햄버거를 먹으러 갔다. 혜나도 햄버거가 물리면 치킨을 먹으러 왔다.

'D-33'. 혜나의 카톡 프로필 속 디데이가 점점 줄고 있었다.

"근데, 누구?"

"아, 인사해. 민수야. 나랑 갑이니까, 형이라고 불러라."

나는 고개를 살짝 숙였다. 그놈은 손을 슬쩍 들었다 놓았다. 얼굴은 큰데 이목구비는 작아서 그런지 표정의 변화가 거의 느껴지지 않았다. 페루인가, 칠레 어딘가에 외계인이 갖다 놓았을지도 모른다는 석상이 떠올랐다.

"넌 인마, 형이 뼁이 치는데 한 번을 안 찾아오냐."

"난 그냥 잠수 탄 줄 알았지. 그리고 잘나가던 사업 접은 게 누구 때문인데?"

"이 새끼, 쪼잔하기는. 그래서 새끼야, 형이 새로운 사업을 하나 물어 왔다. 이번에는 큰 거야, 한 방짜리."

"뭔데?"

"대리점을 한 군데 쑤실 거야."

개코 형이 목소리를 깔았다.

"뺑에서 수업 좀 들었나 본데? 근데, 그게 어디 쉽겠어?"

"그래서 내가 민수를 데리고 온 거야. 얘가 어떤 애냐면 말이야."

개코 형이 신이 나서 썰을 풀었다. 가만히 있던 민수라는 놈이 중간에 날짜나 개수를 정정하는 방식으로 추임새를 넣었다. 민수는 스마트폰 마흔 대 명의를 뚫고, 그 명의로 100만 원씩 대출을 받아 챙긴 이력이 있었다. 그 방법이 특이했다. 「벼룩

시장」에 영화 엑스트라를 모집한다는 광고를 내고 젊은 애들로 딱 마흔 명을 받았다. 촬영 보조로 알바 한 명을 두고 인원을 통솔하게 했다. 촬영 날, 관광버스를 대절해서 부산으로 쏘다가, 일당 입금이랑 촬영 보안을 핑계로 신분증이랑 스마트폰을 수거한 다음 대전에 내려서 새 스마트폰을 개통하고 그걸로 소액 대출을 받은 거다. 그날 저녁에 바로 들통이 났다는 게 흠이라면 흠이었다.

"어때? 죽이지? 오죽하면 신문에도 기사가 났어. 내가 봤다니까?"

"기발하긴 하네."

쌈박했다. 찜질방에서 좆뺑이 친 이야기보다는 나았다.

"졸라 영화 같지 않냐?"

"근데 끝이 안 좋았잖아."

"걱정 마요. 이번 건 해피엔딩이니까."

민수라는 놈이 똥폼을 잡았다. 존댓말을 찍찍 내뱉는 게 마냥 좋은 느낌은 아니었다.

"너, 다음 주에 아이폰 새로 나오는 거 알지?"

"알지."

모를 수가 없었다. 대리점마다 전단을 붙여 놓고 잡스의 숨겨진 유작이라고 떠들어 대는 물건이었다. 한번 몸담았던 업계라고 대리점을 지나칠 때마다 전단에 눈이 갔다.

"서울에 애플 직영 대리점이 네 군데야. 돌아오는 일요일 새벽에 300대씩, 1200대가 일제히 입고되는데, 우리는 딱 한 군데만 털 거야."

"300대면 얼만데?"

"100씩, 3억."

"사겠다는 사람은 있어?"

"그건 형들이 알아서 할 거고. 할 거야, 말 거야?"

"생각 좀 해 볼게."

"생각은 무슨. 붕신아. 1억이야, 1억. 내일 일 끝나고 팸으로 와라."

하루는 결정을 내리기에 충분한 시간이었다. 내가 들어서자 개코 형은 방문을 잠갔다. 먼저 와 있던 민수가 가방에서 준비해 온 물건을 꺼냈다. 소형 무전기, 그리고 '대성설비'라고 적혀 있는 조끼와 감색 모자였다. 대리점 문을 단번에 열 수 있는 마스터키는 전문가한테 의뢰해서 제작 중이라고 했다. 그 마스터키만 있으면 매장 구석구석 어디든지 확보할 수 있다는 게 민수의 설명이었다. 민수는 바닥에 흰 종이를 펼쳐 두고 빨간색 플러스펜으로 매장의 평면도를 빠르게 그려 넣었다. 그리고 그 옆에 '7분'이라고 적었다.

"왜 7분인데?"

"마스터키는 보안 업체에서 이중으로 관리하는 거라 바로 신고가 들어가. 본사에서 일련번호를 대조하고 확인하는 데까지 7분. 7분이 지나면 순찰하던 애들이 출동하는 거지."

"7분으로 될까?"

"매장 가운데 얌전히 쌓여 있는 거, 가방에 100개씩 담는 데 시간이 얼마나 걸릴 거 같아요? 아무리 늦어도 5분 안에 끊습니다."

"차는?"

"그러지 않아도 중고차 한 대 뽑아 놨다."

개코 형이 자동차 키를 흔들며 말했다.

"망볼 새끼가 하나쯤은 있어야 하지 않겠어? 7분이든, 5분이든 그 이전에 짭새가 뜰 수도 있는 거고."

민수가 플러스펜으로 매장에 긴 선을 긋고 그 옆에 원을 그렸다.

"매장 앞 도로가 4차선이고 인도 폭이 좁은 편이니까 맞은편에 서서 동태를 살피는 것도 괜찮겠네요. 문제 생기면 바로 무전 날리는 거죠."

민수가 무전기를 두드리며 말했다.

"믿을 만한 애 누구?"

"용대."

"야, 용대 새끼는 다리가……."

"용대만큼 확실한 애 있어?"

개코 형은 몇 마디 더 시부렁대더니 입을 다물었다. 용대와는 이미 얘기가 된 상태였다. 어쨌건 개코 형이나 저 민수 새끼보다는 용대가 믿을 만했다. 우린 팸이니까.

나는 용대와, 개코 형은 민수와 사전 답사를 했다. 용대는 어느 때보다 표정이 진지했다. 목표 장소에 도착했을 때는 긴장한 기색이 역력했다. 내가 얼굴 좀 피라며 옆구리를 꾹 찌르자 용대가 뒤통수를 긁적였다.

"이것만 성공하면, 우리 팸이 생기는 거잖아요."

용대가 가지고 있는 통장 잔액은 450에서 멈춰 있었다. 목표 금액의 절반도 안 되는 숫자를 보며 녀석은 내내 걱정하고 있었던 모양이다. 그날 이후로도 용대는 혼자 네 번을 더 대리점 주위를 돌아봤다고 했다.

"주변에 괜찮은 집도 많던데요?"

용대는 골목 일대 사정을 줄줄 읊으며 씩 웃었다.

일요일 저녁. 개코 형과 나, 용대는 오전부터 대성설비 조끼를 입고 감색 모자를 눌러쓴 채 주변을 돌았다. 그리고 폐점 무렵인 11시에 대리점 맞은편 도로에 차를 세웠다.

"민수는?"

"시간 맞춰 온대."

대리점 문은 11시 20분에 닫혔다. 이튿날 행사 준비로 폐점 때까지 직원들이 바쁘게 움직이는 게 보였다. 유리창에는 잡스의 얼굴과 신형 아이폰 실루엣이 나란히 붙어 있었다. 인기척이 느껴지면 개코 형이 제일 먼저 소리가 나는 쪽으로 고개를 돌렸다. 핸드폰을 꺼내 시간을 확인했다. 혜나한테 카톡이 와 있었다.

- 오빠, 자?

- 아니.

뒤늦은 대답에도 바로 답이 왔다.

- 오빠는 꿈이 뭐야?

- 갑자기 왜?

- 그때 오빠가 궁금한 거 다 물어보라며. 내 소설, 오빠가 주인공이잖아. 마지막 장면에 그게 필요해.

혜나한테 말한 적은 없지만, 팸을 나오면서부터 내 꿈은 정해졌다. 새로운 팸, 우리 팸. 그것 말고 다른 걸 생각해 본 적도 없었다. 그걸 입 밖으로 말한 적도 없었다. 용대한테는 그냥 약속만 한 거고, 혜나한테 얘기하는 건 다른 차원의 문제였다. 그러니까 그건 일종의 고백 같은 거라고 생각했다. 꿈이라니, 이 상황에 꿈이라니. 나는 환하게 밝혀진 액정 화면을 바라보았다. 꿈이라는 글자가 튀어나온 듯 눈에 박혔다. 계기판 옆에 붙어 있는 시계를 확인했다. 12시가 넘어 있었다. 나는 네 자리 숫자를 가리키며 개코 형의 어깨를 툭 쳤다.

"왜 안 와?"

"기다려 봐. 올 거야."

나는 아무것도 써넣지 못한 채 조끼 앞주머니에 핸드폰을 집어넣고 주위를 둘러보았다. 인적이 끊기고 정적만 남았다. 30분이 더 지나자 개코 형의 얼굴이 완전히 굳었다. 민수에게 카톡을 날리고 전화도 했지만 메시지를 읽지 않았고 전화도 꺼져 있었다. 개코 형은 괜히 무전기를 만지작거렸다. 수신이 끊긴 텔레비전처럼 지직지직, 잡음만 새어 나왔다.

"우리끼리 할까?"

내가 말했다. 언제까지 기다리고만 있을 수는 없는 노릇이었다.

"안 돼."

"왜? 시간 안 되면 그냥 100대만 하자고."

"못 해."

"왜, 씨발!"

"마스터키가 없어."

"뭐?"

"저 안으로 들어갈 방법이 좆도 없다고! 오늘 민수 새끼가 마스터키를 가져오기로 했단 말이야. 그게 500짜린데, 씨발."

"뭐? 500?"

개코 형은 마스터키 제작 명목으로 민수에게 500만 원을 줬다고 했다. 그제야 감이 왔다.

"씨발 새끼. 졸라 해피엔딩이네."

내가 모자를 벗어 던지며 말했다. 처음부터 마스터키는 없었다. 그 새끼 점잔 뺄 때부터 수상하다 싶었다. 개코 형은 아직도 정신을 못 차린 거 같았다. 차 키를 쥔 손이 달달 떨렸다.

"그 새끼 찾아올게."

"어디 가게?"

"있을 만한 데는 다 쑤셔 봐야지. 갈 거야?"

"잡으면 전화나 때려."

용대와 나는 차에서 내렸다. 우리는 대리점 옆 골목에 주차한 오토바이를 향해 갔다. 개코 형의 차는 금방 사라졌다. 개코 형을 믿은 내가 등신이었다. 개코 형이 민수를 끌고 온다고 해서 달라질 것도 없었다. 용대는 고개를 푹 숙인 채로 말이 없었다. 누구보다 이날을 기다렸던 건 용대였다. 그걸 알면서도 용대를 위로할 기운이 없었다. 나 역시 타격이 없었던 게 아니니까. 나는 녀석의 어깨를 툭 치고 한 발짝 앞서 걸었다. 사달이 난 건 대리점 앞을 지날 때였다.

퍽.

등 뒤에서 둔탁한 소리가 났다. 고개를 돌려보니 대리점 유리창에 거미줄 같은 금이 가 있었다. 용대가 목장갑을 낀 손을 치켜든 채 중얼거렸다.

"씨발."

금이 쩍쩍 간 유리창을 향해 용대가 다시 한 번 주먹을 날렸다.

"너 이 새끼, 무슨 짓이야!"

나는 멀뚱히 서서 소리쳤다. 유리는 아이폰마냥 쉽사리 깨지지 않았다.

"좆 까!"

용대가 다시 주먹을 날렸다. 마침내 날카로운 소리를 내며 유리가 무너져 내렸다. 동시에 귀가 째질 듯한 경보음이 울려 댔다. 웽웽대는 경보음 속에서 떠오르는 숫자가 있었다. 머릿속에서 타이머가 눌렸다.

"7분이야."

용대가 뭐라고 되물었지만, 경보음 때문에 들리지 않았다.

"짭새 뜨는 데 걸리는 시간이 7분이라고!"

나는 가방으로 유리가 벌어진 틈을 더 밀어냈다. 바스러진 유리가 가루처럼 떨어졌다. 내가 먼저 몸을 비집고 들어갔다. 용대도 뒤를 따랐다. 계속해서 경보가 울렸다.

"열 대만 담자."

매장 가운데에는 검은색 장막이 처져 있었다. 장막을 걷어 내자 아이폰 수백 대가 박스째 사과 모양으로 쌓여 있었다. 커다랗고 검은 사과였다. 감상에 빠질 시간은 없었다. 용대와 나는 손에 집히는 대로 아이폰을 가방에 쓸어 담았다. 경보음 사이사이로 사이렌 소리가 섞이기 시작했다. 7분은커녕 3분도 지나지 않은 시간이었다. 나는 머릿속 타이머를 내던지고 용대에게 밖으로 나가자는 손짓을 보냈다. 빽차의 경광등이 도로 끝에서 점점 가까워지고 있었다. 사이렌 소리가 시끄럽게 고막을 두드렸다. 먼저 매장을 빠져나와 용대가 나오기를 기다리다가 안쪽 진열대 위에서 아이패드를 발견했다. 벌어진 유리창 틈으로 손을 넣어 아이패드를 빼냈다. 아이패드를 가방에 욱여넣은 뒤 앞으로 멨다. 매장을 빠져나온 용대의 손을 잡아끌고 달렸다. 오토바이가 세워져 있는 골목으로 들어설 때까지 멈추지 않았다.

오토바이에 시동을 걸 때, 뒤에서 강한 불빛이 우리 쪽으로 쏟아졌다. 빽차의 하이빔이었다. 무전 소리가 들렸다. 용대에게 꽉 잡으라고 외쳤다. 나는 달리기 시작했다. 골목은 굽고 길었다. 빽차의 헤드라이트 불빛도, 사이렌 소리도 쉽사리 떨어지지 않았다. 골목이 끝나고 도로가 나왔다. 도로 끝에서 빽차의 경광등이 흔들렸다. 서행하는 차를 피해 차선을 가로질렀다. 그리고 맞은편 골목으로 들어섰다. 잠시 멈춰 뒤를 살폈다. 한줄기 불빛이 바닥을 훑고 지나갔다. 나는 다시 달리기 시작했다. 얼마 뒤 사이렌 소리가 멀어지고 가로등 불빛만 남았다. 나는 속도를 줄였다. 숨을 돌렸다. 우리는 가로등 불빛이 닿지 않는 곳에 오토바이를 세웠다. 바로 옆에는 짓다 만 건물 하나가 현수막을 칭칭 두르고 있었다. 유치권이라는 글씨 외에는 어둠에 가려 잘 보이지 않았다. 어쨌든 곧 무너질 것 같진 않았다.

중요한 건 가방 안에 있었다. 용대가 가방을 열었다. 검은 박스가 가득했다. 나는 그중 하나를 꺼내 들었다. 박스 안에는 신형 아이폰과 충전기, 유에스비 케이블, 그리고 설명서까지 빠짐없이 들어 있었다. 용대와 눈이 마주쳤다. 녀석은 달아오른 얼굴로 씩 웃었다.

나는 박스에서 아이폰을 꺼내 들었다. 가벼웠다. 그냥 가볍기만 한 게 아니었다. 그립감도 죽여줬다. 신형 아이폰은 기존과는 다르게 전원 버튼이 옆구리에 달려 있었다. 잡스의 유작다운 발상이었다. 혁신은 전원 버튼에서부터 시작인 거다. 버튼을 힘껏 눌렀다. 아이폰은 켜지지 않았다. 다시 길게 눌렀다. 그래도 여전히 켜지지 않았다. 방전된 제품이 분명했다. 가방에서 새 박스를 꺼내 뜯었다. 용대는 아이폰을 꺼내 들고 가만히 외관을 살펴보기만 했다. 녀석의 얼굴이 한층 더 달아올랐다. 용대가 아이폰을 아스팔트 바닥에 내려놓고 발로 짓눌렀다. 순식간이었다.

"씨발, 이거 모형이에요."

용대가 구겨진 아이폰을 들어 올렸다. 우리는 가방 안에 담아 온 박스를 전부 열어 확인했다. 모두 견고한 모형이었다. 정말 좆같은 상황에서는 웃음이 나온다. 우리는 박스를 열 때마다 그걸 알 수 있었다. 나는 마지막 모형을 바닥에 집어던졌다. 잡스의 유작이 아무짝에도 쓸모없는 장난감일지도 모른다는 생각을 잠깐 했지만, 용대에게 말하지는 않았다. 용대는 가방에 손을 넣고 휘저었다. 녀석이 아이패드를 집어 들었다.

"그래도 이건 켜지네요."

용대가 아이패드를 들고 말했다. 흰색 애플 로고가 선명하게 빛났다.

"혜나가 좋아하겠지?"

용대가 고개를 끄덕였다. 바지 주머니에서 진동이 느껴졌다. 그사이 혜나에게서 열두 개의 카톡이 와 있었다.

- 오빠

- 내 소설

- 궁금하다고 그랬지?

- 사과한테

- 특별한 스킬이 있다고 했잖아

- 그 능력은 말이야

- 없어

- 사과는

- 그냥 사과야

- 그런데

- 그게 특별한 능력인 거지

- 그냥 그런 거야.

용대는 아이패드를 공장 초기화 상태로 돌렸다. 나는 혜나의 메시지를 한 번 더 읽었다. 그리고 답장을 보냈다.

- 그래, 혜나는 혜나.

우리가 줄 수 있는 마스터키는 그것뿐이었다. 어둠 속에서 시동을 걸었다. 천천히 골목을 빠져나왔다. 빽차는 보이지 않았고 사이렌 소리도 들리지 않았다. 뒷자리에서 용대가 내 등에 몸을 기대며 무게를 실어 왔다. 우는 것 같진 않았다. 4차선 도로에 진입하면서 속도를 올렸다. 다시 달리기 시작했다.

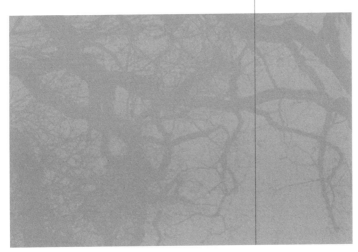

타
워

심야의 타워는 어둡고 고요해서 조명도, 소음도 간곡하게 느껴졌다. 생명은 더 크게 숨 쉬고 죽음은 더 깊게 파고들었다. 적정 온도와 습도를 벗어나면 자동으로 작동하는 에어컨디셔너와 정해진 시각마다 진행되는 센터의 호출이 잠든 타워 곁에 머물렀다. 규호 씨와 나는 타워의 보안을 담당하는 기전설비 직원으로 올해 초 이곳에 파견 왔다. 같은 조로 배정받은 건 석 달 전이었다. 오전과 오후 근무를 한 달씩 수행했고 이달에는 야간 근무 조에 편성되었다. 규호 씨는 나보다 세 살 위였다. 그는 나이와는 상관없이 누구에게나 같은 말투를 구사했다. 둘만 있을 때는 편하게 말하라는 내 요구에도 끝까지 말을 놓지 않았다. 그는 항상 높임말과 문어체를 구사하는 사람이었다.

규호 씨가 한 시간 남짓 걸리는 순찰을 마치고 보안실로 들어온 시각은 새벽 1시 45분. 그동안 나는 보안실에서 그의 순찰

동선을 시시 티브이 화면으로 지켜보며 때때로 뉴스를 확인했다. 오른편 끝에 있는 모니터에는 뉴스 전문 채널을 무음으로 켜 놓았다. 타워의 문제는 타워 내부에서만이 아니라 바깥에서도 발생할 수 있다는 센터의 지시 사항 때문이었다. 규호 씨는 정수기에서 차가운 물을 한 잔 들이켠 후, 로비 한쪽에 빗물이 고여 있으니 조심하라고 일렀다. 한 시간 뒤의 순찰을 염두에 두고 한 말이었다. 나는 책상 위 화분에서 말라 바스러진 꽃잎 부스러기를 쓸어 모았다. 규호 씨는 첫 순찰 시 해당 구역의 창문을 열어 두었는지를 물었다. 나는 고개를 저었다. 규호 씨는 창문이 열려 있었고, 거기로 비가 들이쳐서 창문을 닫았다고 근무일지를 쓰듯 설명했다. 나는 고개를 끄덕이고 모니터를 주시했다. 분명 이전 순찰 시 빼먹은 구역은 없었다. 점검표에 따라 정해진 일들을 했다. 창문은 모두 닫혀 있었고, 비상등을 제외한 모든 불빛은 꺼져 있었다. 불과 두 시간 전에 두 눈으로 직접 확인한 일이었다. 그렇다면 창문이 스스로 열렸단 말인가. 타워에는 창문이 자동으로 열리는 기능이 없었다. 필요하지 않았다. 그는 내 옆자리에 앉았고 이따금 곁눈질로 나를 확인하는 눈치였다. 잠시 뒤 내가 먼저 규호 씨에게 말을 건넸다.

"유령을 본 적 있으세요?"

규호 씨에게 듣고 싶은 말이 있었다. 그는 대답 없이 시시 티브이 화면 쪽으로 고개를 돌렸다.

"어떤 경우를 말씀하시는 겁니까?"

내 시선을 피한 채 모니터를 주시하던 그가 입을 열었다. 예상 밖의 답변이었다. 그는 언제나 질문의 요지를 단번에 파악했다. 되묻는 법이 없었다. 말이 공이라면 그는 어떤 공이든 받아내는 사람이었다. 나는 내가 던진 공이 모니터 쪽으로 넘어가는 걸 지켜봤다.

여름 휴가철을 맞아 타워 안은 텅 비어 있었다. 자정 무렵부터는 추적추적 비가 내렸다. 무전기에서 잡음이 새어 나왔고, 시시 티브이 화면은 잿빛으로 가득했다. 모니터에서는 Y시에서 발생한 살인 사건의 보도 영상이 흘러나왔는데, 국립과학수사연구소 감식 결과, 자살과 타살이 혼재된 것으로 밝혀지면서 사건은 점점 미궁으로 치닫고 있었다. '귀신이 다녀간 것 같다'는 지역 주민의 중얼거림에 가까운 인터뷰가 화면 하단에 자막으로 지나갔다. 요컨대 그런 것들과 함께 보안실을 지키고 있으려니, 왠지 서늘한 기분이 드는 건 어쩔 수 없었다. 게다가 규호 씨에게 창문이 열려 있었다는 이야기까지 듣고 나니, 신경이 곤두서는 느낌이었다. 문득 규호 씨같이 반듯한 사람이라면 유령이나 미신 같은 것과는 완전히 거리를 두고 살겠다는 생각이 들었다. 그렇다면 그가 할 이야기는 어떤 식으로라도 내게 도움이 되리라는 판단이었다. 하지만 예상은 빗나갔다. 규호 씨는 여느 때와 달리 대답을 마무리하지 않고 무언가 골똘히 생각하는 듯했다. 마침 센터 호출이 진행될 시각이었기에 규호 씨의 답변을 듣기 위해서는 좀 더 기다리는 수밖에 없었다. 규호 씨는 수신기 음량을 높이고 호출을 기다렸다. 나는 시시 티브이 화면을 응시한 채 응답을 준비하는 규호 씨를 바라봤다.

규호 씨의 근무 태도는 익히 들어 알고 있었다. 그는 비슷한 시기에 입사한 이들 가운데서도 '에프엠'으로 통했다. 모든 면에서 성실했다. 그렇다고 꽉 막힌 타입은 아니라서, 함께 일하는 동안 안정감을 느낄 수 있었다. 사고나 변수가 있더라도 담담하게 해결해 내는 능력이 그에게는 있었다. 보안 직원을 몰아붙이는 입주 직원을 상대할 때도 규호 씨는 상대방의 화가 풀리기를 기다리며 묵묵히 자신의 자리를 지켰다. 입주 직원의 행동을 이해할 수 없다고 토로하면 그는 그럴 수도 있죠, 라며 덤덤하게 대꾸했다. 그러니까 규호 씨에게는 자신만의 페이스라는 게 있어서, 누구도 그것을 건드릴 수 없는 것처럼 보였다. 바로 그 점이 독서라는 취미가 그와 어울리는 이유였다.

규호 씨는 존 르 카레와 에드거 앨런 포의 소설을 좋아했다. 가장 최근에 읽은 책이 면접을 앞두고 억지로 읽은 자기계발서 — 제목도 생각나지 않는다 — 일 정도로 책과는 거리가 먼 나였지만 두 작가의 이름만큼은 입 밖에 꺼낼 수 있었다. 『추운 나라에서 온 스파이』, 『검은 고양이』가 그의 책상 위에 항상 꽂혀 있었기 때문이다. 내 쪽에서 먼저 책에 대해 말을 꺼내면 규호 씨는 아, 그렇습니까, 하며 동조하긴 했으나 더 심도 있는 이야기는 꺼내지 않았다. 자신의 취미를 함부로 권하지 않는다는 원칙이 그에게는 있다고 생각했다. 그저 가볍게 묻는 말에는 장

황한 답변을 할 필요가 없다고 생각해서 완곡한 어법을 사용한 것인지도 모르겠다. 나로서도 그것을 의식하고 그의 책을 몇 번인가 빌려 읽었다. 소득은 없었다. 아무래도 재미라는 걸 느끼지 못했다. 그것은 그저 오래되고 닳은 이야기 같았다. 그런 책을 읽다니, 나는 규호 씨가 어떤 의미에서는 더 대단한 사람이라고 느꼈다.

규호 씨의 왼손에 책이 들려 있다면, 오른손에는 야구공이 들려 있었다. 좋아하는 팀이나 선수에 관해서 물었을 때 규호 씨는 야구를 즐겨 보는 편은 아니라고 했다. 주말이면 인근 학교 운동장에서 벽을 향해 공을 던지는 정도라고 했다. 그러면서 그는 나에게 몇 가지 구종에 대해 알려 주었다. 야구공을 응시하는 내 눈빛에서 단순치 않은 흥미를 발견했던 것 같다. 공을 쥐는 방향이나 매듭을 잡는 위치에 따라 다양한 궤적을 만들 수 있다는 게 규호 씨의 설명이었다. "중지를 실밥 위에 두느냐, 아래 두느냐에 따라 커브와 슬라이더로 나뉘어요. 아주 작은 차이죠." 규호 씨는 미소를 띠며 말했다. 슬라이더는 횡으로 변화하고, 커브는 횡으로 벌어지면서 떨어지는 구종이었다. 내가 가장 관심을 가졌던 구종은 체인지업과 너클볼이었다. 속구처럼 보이는 느린 볼이라든지, 공을 던지는 사람조차 어디로 향할지 모르는 공이라면 흥미를 갖지 않을 수 없는 법이었다. "글러브를 가져와야겠네요. 나중에 한번 캐치볼을 하죠." 누구의 입에서 나온 말인지는 기억나지 않지만 정작 글러브를 챙겨 온

적은 없었다. 공을 쥐고 있을 때 규호 씨의 눈빛은 빛났다. 어떤 유의 시뮬레이션 훈련법 같은 게 그에게는 있는 것 같았다. 가상의 허공으로 그는 매일 공을 던지는 것처럼 보였다.

센터의 호출에 응답을 마친 규호 씨는 커피를 마시겠느냐고 물었다. 나는 좋다고 말했다. 규호 씨는 정수기 물을 받아 커피 메이커에 담고 종이 필터를 씌운 드리퍼 위에 원두를 덜었다. 물이 끓는 동안 흰색 머그잔 두 개를 준비했다. 옆면에 큼지막하게 타워 그림이 새겨진 것이었다. 곧이어 짙은 향이 보안실을 떠돌았다. 커피 향만으로도 보안실의 공기가 전혀 다르게 느껴졌다. "존재가 희박한 사람이라면, 본 적이 있습니다." 머그잔을 건네며 규호 씨가 말했다. 그의 대답은 내 짐작과는 전혀 다른 방향으로 흘러갔다.

*

"그때 이야기를 하려면, 먼저 이전 근무처에 대해 설명해야 할 것 같습니다. 우연한 기회에 적도(的嶋)에서 근무했을 때의 일을 말입니다."

규호 씨는 여기까지 말한 뒤 커피를 한 모금 마셨다.

"이곳이 첫 직장 아니었습니까? 저는 그렇게 알고 있었는데요."

언젠가 나는 규호 씨에게 기전설비에 들어오기 전 무슨 일을 했느냐고 물은 적이 있었다. 타워로 발령받은 인원들과 오리엔테이션이 끝나고 삼삼오오 모인 자리였던 것으로 기억한다. 당시 규호 씨는 나처럼 자신도 이곳이 첫 직장이라고 말했다. 여럿이 있는 자리였기 때문이라고 이해하고 넘기면 될 일이었다. 하지만 표정을 숨길 순 없었다. 규호 씨가 거짓말을 했다는 걸 알아 버린 나는 조금 흐트러진 자세로 규호 씨의 말을 듣게 되었다. 비슷한 시기에 타워로 파견된 이들은 모두 조금씩 거짓말을 하곤 했다. 1년 단위로 직원 성과 지표에 의해 재계약을 하는 형태의 고용이다 보니 경쟁과 견제라는 것이 있었다. 서로 간의 대화는 늘 조심스러울 수밖에 없었다. 사측의 무리한 제안과 난폭한 조건도 말없이 수용했다. 안전과 보장을 헤아리는 대신 조용히 살아남는 쪽을 택했다. 재계약이란 말이 나오면 모두 예민하게 반응했다. 하지만 규호 씨의 경우는 조금 다르다고 생각했다. 규호 씨는 담담한 표정으로 말을 이어 나갔다.

"기전설비에 입사하기 전 한 협회 소속으로 1년간 일했는데, 그때 발령처가 적도였습니다." 규호 씨는 책상 위에 잔을 내려놓으며 말했다.

"지난번에는 본의 아니게 거짓말을 하게 되어서 미안하게 생각하고 있습니다."

규호 씨도 그때의 일을 기억하고 있었다. 여태껏 잊지 않았다고 생각하니 조금 머쓱한 기분이었다. 나는 머그잔 속 타워를 물끄러미 바라보았다. 덧붙일 말을 헤아려 보았으나 떠오르는 것이 없었다.

"서원출이라는 인물에 대해 들어 본 적 있습니까?" 규호 씨가 물었다.

"서원출이요?"

"네. 피라미드 업체로 조 단위가 넘는 사기극을 주도한 인물이죠."

"이름까지는 모르겠지만, 사건 자체는 들어 본 적이 있는 것도 같군요."

"사건에 연루된 임직원과 비리를 눈감아 준 공직자 몇이 처벌을 받았습니다만, 끝내 서원출은 잡아들이지 못했습니다. 돈도 함께 증발해 버렸죠. 그 사건의 피해자들이 설립한 협회에 고용되어 적도에 갔던 겁니다. 적도에는 서원출이 설립한 업체의 남부 지역 관리부장을 맡았던 김석기란 인물이 있었습니다. 제가 맡은 일은 그를 감시하는 것이었습니다. 협회에서 필요로한 건 서원출이 살아 있다는 증거였으니 그를 찾기 위해서는 주변 사람을 감시해야 한다는 게 협회의 결의였죠."

"시신이 발견되었다는 보도를 본 거 같은데요."

"협회 사람들은 서원출이 죽었다고 생각하지 않았습니다."

"살아 있다는 겁니까?"

"저로서는 잘 모르겠습니다. 적어도 적도에 머문 동안 서원출을 직접 목격한 적은 없습니다. 하지만 그것이 죽음에 대한 근거는 될 수 없으니까요. 어떤 사람이 보이지 않는다고 해서 그 사람이 죽은 건 아니지 않겠습니까. 반대로 보이는 모든 것이 살아 있는 것도 아니죠."

　나는 스크린에 비친 규호 씨의 모습을 지켜봤다. 그리고 이틀 전 17층 회의실에서 본 입주 직원을 떠올렸다. 자리가 바뀌기 전까지는 눈에 띄지 않던 사람이었다. 지난달 오후 나절 출근해서 시시 티브이를 점검하는데, 17층 화장실 앞 통로에 책상 하나가 눈에 띄었다. 고치거나 빼려고 내놓은 줄 알았던 책상에 남자가 걸어와 앉았다. 그는 자신의 자리와 사무실 끝에 있는 디지털 복합기, 그리고 자료실을 천천히 오갔다. 누구도 남자에게 말을 건네거나 눈길을 주지 않았다. 부서도 직책도 알 수 없었다. 그곳에 머물고 있지만 존재하지 않는 사람 같았다. 옆 사람과 떠들며 탕비실에서 나오던 여자가 그와 부딪힐 뻔한 장면을 목격하지 못했다면, 정말로 유령일지 모른다고 생각했을 것이다. 시시 티브이가 그를 여러 각도에서 잡아냈지만 표정까지 읽어 낼 순 없었다. 나는 그에게서 눈을 떼지 못했다. 이틀 전 그는 자정이 넘도록 회의실 안에 머물렀다. 끄트머리 의자에 앉아 꼼짝도 하지 않았다. 그의 책상은 말끔히 정돈된 상태였고, 그 위에 가득했던 서류와 집기들도 모두 치워진 채였다.

　"서원출의 죽음을 뒷받침할 만한 증거는 몇 장의 사진뿐입니다. 경찰은 적극적으로 수사하지 않았고, 수사할 의지도 없었습니다. 합리적인 의심조차 유언비어로 넘겨 버렸으니까요. 그 덕분에 경찰 윗선에 서원출을 비호하는 세력이 있다는 말도 나돌았습니다. 협회 입장에서는 경찰과 언론, 누구도 믿을 수 없었던 겁니다. 그러니 어떻게든 스스로 사건을 풀 실마리를 찾아보려고 한 거죠."

아무래도 규호 씨는 협회 측의 주장에 조금은 경도된 사람처럼 보였다. 동시에 그건 어쩔 수 없는 일이라고 생각했다. 어쨌든 일은 해 나가야 했을 테니까. 규호 씨가 사리 분별도 하지못할 사람 같지는 않았다.

"제 업무는 김석기를 감시하는 일이었습니다. 매일같이 시시콜콜한 일상을 정례 보고하고, 만약 누군가 그에게 연락을 하거나 조금이라도 수상한 기색을 보이면 긴급 보고하라는 지시를 받았습니다. 김석기는 초창기부터 서원출의 업체에 몸담았고, 서원출이 도주한 이후에도 조직을 떠나지 않았던 사람입니다. 그 때문에 조사가 시작된 이후에 가장 먼저 구속된 관계자중 한 명이었습니다. 협회 측에서 특히 주목하고 있는 사람이었지요. 그렇다고 감시 근무자를 두 명으로 늘린다거나 특별히관리를 강화하지 못한 건 전적으로 예산 탓이었습니다. 피해자들이 십시일반 출자한 회비로 운영되는 형편이라 대여섯 군데에 이르는 사무소의 관리비와 인건비, 시설 유지비를 감당하기에도 빠듯했지요."

그건 타워도 마찬가지였다. 얼마 전부터 2인 1조 근무가 격일제 1인 근무 체제로 바뀐다는 소문이 돌았다. 센터의 인건비감축 요구에 따른 검토 사항이라고 했다. 한 조 내에서 성과 지표에 따른 우수자 한 명씩만 타워에 남긴다는 얘기도 있었다. 그런 종류의 소문은 예상보다 빨리 현실이 되기 마련이었다. 말이 오간 적은 없지만 규호 씨도 이미 알고 있을 터였다.

"돌이켜 보면 적도는 사람이 숨기에 적합한 지역은 아니었습니다. 능선마다 덤불이 우거진 산림지대도 아니었고 외부에서 진입이 어려운 벽촌도 아니었으니까요. 도시의 번잡함에 기대어 익명으로 숨어 지내기에도 여러모로 미만한 지역이었습니다. 지대는 평탄했고 골목마다 비슷비슷한 주택이 밀집한 도시였지요. 그렇지만 3년 전, 보석으로 풀려난 김석기가 적도로 걸어 들어왔으므로 협회의 사무소도 거기에 있어야 했습니다.

적도에 도착한 첫날, 터미널에서 곧장 사무소로 갔으나 문은 잠겨 있었습니다. 저는 본사에 전화를 걸어 사정을 설명하고 도어락의 비밀번호를 알아냈습니다. 인수인계를 해 줄 것이라던 전 근무자는 이미 사무소를 떠난 뒤였죠. 사람 대신 문서가 있었습니다. 인수인계는 그 문서를 통해 이루어졌습니다. 황량한 방 안에서 빛을 내뿜는 것은 모니터 두 대뿐이었습니다. 좀 더 발광하는 쪽에 문서창이 띄워져 있었습니다. 내용은 이런 식이었죠. 매시간 모든 것을 기록할 것. 모든 것을 기록했다면 문서를 신뢰할 것. 외출 시 거리를 유지할 것. 남자의 눈을 오랫동안 응시하지 말 것.

감시에 필요한 장치는 모두 오른쪽 벽과 맞닿은 선반에 있었고, 왼쪽 모니터에는 네 개로 분할된 화면이 송출되고 있었습니다. 잿빛 화면 속에서, 세 개의 김석기가 맨바닥에 앉아 책을 읽고 있더군요. 허리를 웅크리고 앉아서 전혀 미동이 없었습니다. 잠이 든 게 아닌가 생각할 때쯤 책장이 넘어갔습니다. 마침 정시가 되었기에 저는 엑셀의 빈칸에 김석기가 책을 읽고 있다고 적었습니다. 한 시간 전에도 같은 내용이 적혀 있었습니다. 전 근무자의 기록이었죠."

규호 씨는 시시 티브이 화면을 둘러보며 말했다. 내 시선도 화면에 붙박였다. 타워의 바닥과 벽이 시계 방향으로 움직이기 시작했다. 중앙 시시 티브이는 매시 10분마다 360도를 돌았다. 그 화면을 지켜보고 있으면 타워 전체가 돌아가는 것처럼 느껴졌다. 파견을 온 뒤 처음 며칠간은 어지러움을 느꼈으나 곧 익숙해졌다.

"저는 엑셀 시트에 정리된 근무일지를 훑어보기 시작했습니다. 3년 치 기록이 하나의 엑셀 파일에 담겨 있었습니다. 시트는 연도와 월별로 나뉘어 있었고, 너비를 넓힌 칸에 한두 문장으로 요약된 설명이 기입되어 있었죠. 3년간의 삶을 빠짐없이 기록한 문서는 그야말로 단조로운 것이었습니다. 고작 10메가바이트가 안 됐죠. 김석기는 그 방에서 거의 벗어나지 않는 사람이었습니다. 일과는 매우 유사하고 단출했습니다. 일주일에 한 번 파친코점에 가고 식료품점에 들러 한 주간 먹을 음식을 사왔습니다. 그것이 유일한 외출이었죠.

이곳의 시시 티브이보다는 성능이 떨어지지만 그의 방에 설치된 것도 제법 쓸 만한 모델이었습니다. 세 평 남짓한 방에는 사각지대가 단 1인치도 없었죠. 상단 왼쪽 화면 끝은 그 옆 화면 왼편과 겹치고, 그 아래 화면은 위의 화면 일부와 겹치는 방식이었습니다. 그런 식으로 현관부터 화장실, 부엌, 그리고 그가 주로 생활하는 방이 고스란히 모니터 안에 담겼습니다. 그의 방에는 침대와 옷장, 의자, 10여 권의 책이 있었습니다. 김석기의 방이 적도 사무소와 거의 유사한 구조라는 걸, 도착 첫날 밤 김석기가 침대에 눕는 걸 확인한 다음에서야 깨달았습니다. 화면 안팎에서 이 방을 떠날 수 없는 건가 생각하니, 기분이 썩 유쾌하지는 않더군요."

거기까지 말한 규호 씨는 커피를 두 모금에 걸쳐 나눠 마셨다.

"제가 첫날의 행적을 비교적 자세하게 말하는 이유를 눈치채셨겠지요?"

나는 고개를 갸웃거리며 글쎄요, 하고 말했다.

"첫날과 둘째 날이 닮았고 둘째 날과 거의 모든 날이 비슷했기 때문입니다."

"무료하셨겠네요."

"처음에는 그랬습니다." 운을 뗀 규호 씨가 책상에 꽂힌 책을 보며 말했다.

"그가 읽는 책에 관심이 가더군요. 한자리에서 꼼짝도 하지 않고 반나절 이상 책을 읽는 사람을 보고 있자니, 자연스레 그 사람이 읽는 책이 궁금해졌습니다. 김석기는 가끔 소리 내 책을 읽기도 했습니다. 경을 외듯 중얼거리기도 하고 연극배우처럼 감정을 실어 읽기도 하더군요. 모든 구절을 낭독하는 것은 아니어서, 그가 낭독을 마치고 나면 그다음이 무척 궁금해졌습니다. 남자는 여자를 찾아갔을까? 전화를 건 사람은 누구였을까? 남자는 스스로 목숨을 끊은 것일까? 만약 자살이 아니라면, 그를 죽인 건 누구일까? 수많은 의문이 남았습니다. 의문은 저절로 해소되지 않았습니다. 그 세계로 들어가야만 알 수 있는 일들이었으니까요.

그래서 그 책들을 찾아 읽기 시작했죠. 여기 있는 이 책들, 주로 존 르 카레와 에드거 앨런 포의 소설이었습니다. 당시만 해도 저는 책을 거의 읽지 않는 사람이었습니다. 난생처음으로 읽은 소설이 『죽은 자에게 걸려 온 전화』였습니다. 마침 서점은 파친코점 맞은편 건물에 있었죠. 그가 레버를 당기는 동안 저는 서점에 들르곤 했습니다."

"그런 식의 미행이, 정상적인 일은 아닌 것 같군요."

질문도, 답변도 아닌 말이 불쑥 입 밖으로 튀어나왔다. 사실 규호 씨의 이야기를 듣기 시작할 때부터 품고 있던 궁금증이었다. 규호 씨의 업무가 불법이 아닐까. 사찰이라든가, 사생활 침해가 아닐까, 하는 의문을 품고 있었던 것이다. 바로 그 점 때문에 규호 씨는 적도에서의 근무 경험을 숨겨 왔는지 모른다. 다르게 생각하면 규호 씨가 설명하는 적도라는 공간은 현실에서 1센티미터쯤 떠 있는 세계 같았다. 현실을 모방하지만 중력까지 끌어 오진 못한. 규호 씨가 읽고 있는 소설 속 세계와 다를 바 없이 느껴졌다. 주인공이 발사한 총알은 느리게 지나갔고, 침실에서 울리는 전화벨은 끊임없이 이어졌다. 규호 씨가 설명한 적도도 다른 중력이 작용하는 세계 같았다. 어지간해서 현실의 법에 저촉되지 않는 세계. 누구의 머릿속에나 하나쯤 들어 있는 세계 말이다. 그래서 규호 씨가 머물렀다는 그 공간을 더 또렷하게 그려 볼 수 있었는지도 모른다.

"미행이 상대의 동선을 따라 끊임없이 움직이는 일이라면, 제 경우는 관찰에 가까웠습니다. 방에서처럼 말이죠. 김석기를 놓칠 일은 없었습니다. 그의 위치가 오차 범위 6미터 내에서 제 휴대용 단말기에 표시되었기 때문이죠. 그가 누구와 대화를 하는지, 뭔가 수상한 행동을 하지는 않는지 확인하는 선에서 그의 외출을 지켜보았습니다. 그게 가능했던 이유는 김석기의 몸 어딘가에 이식된 지피에스 송신기 덕분이었습니다. 협회 측에서는 김석기를 추적할 도구로 지피에스에 대해 언급하면서, 그것이 언제 어떻게 그의 신체에 박히게 되었는지, 정확히 어느 부위에 있는지는 설명하지 않았습니다. 저도 굳이 묻지는 않았죠. 강박적으로 거리를 유지할 필요는 없다고 해도, 분명 곤혹스러운 일이었습니다. 저는 그런 업무에 대해서 어떠한 훈련도 되어 있지 않았으니까요."

규호 씨의 말을 막아 세우지는 않았지만, 그건 훈련을 받아야만 할 수 있는 일은 아니었다. 시간이 지난다고 익숙해지는 일도 아니었다. 규호 씨에게 적도 근무가 한 줄 이력이 되지 못한 것처럼, 나 역시 지난 두 달간의 추가 업무에 대해 말할 수 없었다. 건물 내부 순찰과 시시 티브이 관찰에서 크게 벗어나진 않았으나, 그 범위는 좁고 대상은 한정적이었다. 로커 안의 세계를 지켜보고 엿듣는 일이었다. 나는 센터를 통해 개별적으로 제안된 업무를 받아들였다. 각 층 직원 로커에 감청 키트를 설치하고 성과 지표를 쌓아 올렸다.

"난감한 상황은 또 있었습니다. 김석기가 저의 존재를 알고 있지 않나 하는 의구심이었습니다. 어스름이 내려 그늘진 모니터 화면 속에서 이따금 김석기가 카메라를 보고 있다는 인상을 받았습니다. 아시다시피 그 무렵은 모든 게 희박해지는 시간이지 않습니까. 명과 암이 역전하는 시간이죠. 정신을 차리고 보면, 그는 변함없이 책에서 눈을 떼지 않고 있었습니다. 누군가가 곁에 있다면 제가 본 것이 맞는지, 확인하고 싶은 상황이었죠. 한번은 김석기의 행방을 놓친 일도 있었습니다. 김석기가 화면 어디에도 보이지 않았던 겁니다. 휴대용 단말기의 눈금은 계속 그 방을 가리키고 있었고 문이 열린 흔적도 없었습니다. 저는 화면의 밝기와 색조를 조정해 가며 그를 찾았습니다. 이대로 놓친 것은 아닐까, 시간이 지날수록 불안한 마음이 커지더군요.

보고를 앞둔 시각이 되어서야 김석기를 찾을 수 있었습니다. 그는 벽과 옷장 사이 좁은 틈새에 있었습니다. 짙은 음영 때문에 보이는 건 그의 한쪽 뺨과 입술, 그리고 목 윗부분 정도였습니다. 두 뼘도 안 되는 틈을 비집고 들어갔던 겁니다. 깡마른 체형이라고는 해도 너무나 좁은 공간이었습니다. 입은 굳게 물려 있었고 전혀 미동이 없었습니다. 정말로 오랫동안 움직이지 않았습니다.

남자의 눈을 오랫동안 응시하지 말 것. 첫날 문서에서 보았던 주의 사항이 떠올랐습니다. 그 문장의 의미를 이해할 수 없었는데, 어렴풋이 알 것 같은 기분이었습니다. 그러니까, 제가 그 상황을 꼭 이해해야만 하는 건 아니었습니다. 제가 해야 하는 일은 이해가 아니라 기록하고 보고하는 것이었으니까요. 다만."

규호 씨는 말을 끊고 뭔가를 생각해 내는 듯했다.

"이런 표현이 적절할지는 모르겠지만, 김석기가 조금씩 흐릿해지는 것 같았습니다. 시간이 흐를수록 그 방의 풍경은 또렷해졌지만 정작 그는 조금씩 지워지는 느낌이랄까요. 말하자면, 그는 살아가는 인간이 아니라 살아지는 인간이었습니다. 존재라는 게 그렇게 지워질 수도 있다는 걸 적도에서 처음 알았습니다."

규호 씨의 머그잔에선 아직 김이 오르고 있었다. 그는 이제 막 아웃카운트 하나를 잡은 투수처럼 제자리에서 가볍게 스트레칭을 했다. 나는 책상 위에 붙은 포스트잇을 일별하며 바스러진 꽃잎 옆으로 옮겨 붙였다. 규호 씨의 말이 거듭될수록 사무실의 공기는 가라앉았고 조도는 조금씩 또렷해졌다.

"얼마 뒤에 낯선 남자가 방문했습니다."

규호 씨가 자리에 앉으며 말했다.

"협회 회원이라고 밝힌 남자는 대표의 부탁을 받고 각 사무소를 점검하는 중이라고 했습니다. 방범 줄이 걸린 문틈으로 그의 목소리와 저의 눈빛이 교차했습니다. 남자가 내뿜는 차가운 입김과 방 안에 고여 있던 온기가 그의 안경알을 뿌옇게 막아 세웠습니다. 저는 별도의 업무 지시를 받은 바 없었기에 본사 사무실과 행정실장에게 번갈아 전화를 돌렸습니다. 하지만 누구와도 통화가 되지 않았습니다. 재차 그의 이름을 물은 뒤, 현관문을 열었습니다. 협회 사람이 아니고서야 사무소의 존재와 위치를 이렇게 상세히 알 리 없다는 판단에 따랐습니다. 더군다나 당시는 한겨울이었습니다. 전혀 연고가 없는 사람이라고 해도 잠시 머물기를 청했다면 저로서는 같은 선택을 했겠지요. 어쨌든 제게는 그 방의 문을 두드린 최초의 사람이기도 했으니까요. 남자는 냉기를 품은 채 방 안으로 들어섰습니다. 큰 키에, 길고 가는 체형이었습니다. 코는 뿔테 안경을 받치기에 적당한 크기였지요. 전체적으로 그리 인상에 남을 만한 얼굴은 아니었습니다. 고루 퍼진 주름으로 봤을 때, 40대 중반 정도로 보였습니다. 저는 남자의 점퍼를 받아 옷장에 걸고 찻물을 올렸습니다.

남자는 이런저런 것들을 물었습니다. 대화는 예상보다 길어졌습니다. 처음엔 자주 시계를 쳐다보며 남자가 일어서기를 기다리는 쪽이었지만, 언제부터인가 남자의 말에 좀 더 귀를 기울이게 되었습니다. 우리는 최근 김석기의 동향과 이 사건 때문에 죽은 사람들에 관해서 얘기했습니다. 사건이 세상에 알려지고 5년이 지날 때까지, 그 여파로 자살한 사람이 열세 명이었습니다. 대출이자처럼 해마다 불어났던 겁니다. 남자는 가만히 앉아 사람을 감시하는 이 일이 얼마나 단조로운지 알고 있었죠. 저는 대화 중간에도 김석기가 움직일 때마다 양해를 구하고 그의 행동을 기록했습니다. 정시에는 잊지 않고 보고서를 전송했습니다.

밤이 되어서 남자와 저는 가볍게 술을 곁들이며 대화를 이어 나갔습니다. 다소 엉뚱한 이야기도 오갔습니다. 이를테면 "양심의 가책은 어떻게 가능할까요?", "진실과 사실은 어떻게 다릅니까?", "고귀함이란 무엇입니까?"와 같은 것들 말입니다. 주로 그가 물었고 저는 답 비슷한 것을 찾기 위해 노력했습니다. 그는 철학을 공부하고 지금은 여러 대학에서 시간 강사 노릇을 하고 있다고 했습니다. 술이 좀 올랐을 무렵, 남자는 자조적인 투로 말했습니다. "이 사건에 가담한 핵심 인물들은 대부분 사라졌습니다. 지금 협회에서 감시하는 이들은 저와 별다를 바 없는 처지의 사람들이죠. 돈은 이미 증발했습니다. 돌려받을 길은 아마, 없을 겁니다. 모두가 그 사실을 알고 있습니다. 그럼에도 그냥, 믿고 있을 뿐이죠. 그 개자식이 어딘가에 살아 있고, 돈을 갖고 있을 거라고 말이죠. 처음 그 자식에게 돈을 건네주었을 때처럼 말입니다. 그게 모두를 살게 하는 겁니다. 이제는 누가 살아 있고, 누가 죽은 건지도 잘 모르겠습니다."

남자는 모니터를 바라보았습니다. 김석기는 의자에 앉아 조는 듯 보였고, 시계는 자정을 향해 내닫고 있었죠. 그의 말이 모두 진심은 아닐 거라고 생각했습니다. 그 자신도 피해자 중 한 사람이었기 때문이죠. 게다가 서원출을 찾기 위해 동분서주하며 각 사무소를 점검하고 다니는 사람이 이 정도로 상황을 비관할 리는 없을 것 같았습니다. 그건 포기가 끝난 자의 회고에 가까웠으니까요. 그렇다고 제 느낌을 그에게 말할 순 없었습니다. 당시의 저로서는 그저 말이 흐르게 내버려 두는 것이 옳다고 느꼈습니다. 시간을 되돌릴 수 없듯이 말입니다."

규호 씨는 시시 티브이 화면에 나타난 이물질을 확대했다. 날벌레 한 마리가 들어왔던 것이다.

"타워에는 틈이라곤 없을 텐데, 어디서 오는 건지 참 신기하죠."

내가 고개를 앞으로 내밀며 말했다. 날벌레는 화면의 이쪽과 저쪽을 분주하게 날아다녔다. 밖으로 나가는 출구를 찾고 있는 것 같았다.

"김석기가 잠든 걸 확인하고 우리는 골목 어귀로 나갔습니다. 캐치볼을 하기 위해서였죠. 그에게 야구공과 글러브가 있었습니다. 혹한의 밤에 왜 캐치볼을 하게 되었는지는 모르겠습니다. 야구공과 글러브가 있다는 것만으로도 외출의 이유가 될 만했습니다. 적도였으니까요. 그 밤에는 그게 정당하다고 생각했습니다. 남자와 저는 글러브를 번갈아 끼고 상대방이 던진 공을 말없이 받아 냈습니다. 가로등 불빛의 이쪽 끝과 저쪽 끝이 남자와 저의 포지션이었습니다. 한 걸음만 물러나도 어둠 속에서 서로의 모습을 분간하기 힘들 정도로 우리는 경계에 서 있었습니다. 골목 전체에서 움직이는 물체는 저와 남자, 그리고 허공을 가르는 공뿐이었습니다. 그의 공은 굉장히 정확했습니다. 반면 제가 던진 공은 바닥을 구르거나 그도 아니면 남자의 머리 위로 곧장 날아가 버리기 일쑤였습니다. 공을 주워 온 남자를 향해 제가 미안하다는 표시로 고개를 숙이면 그가 '다시' 하고 외쳤습니다. 입김이 빛 속에서 한순간에 녹아 없어졌습니다. 한번은 공이 골목 밖까지 굴러가 버려서 남자와 저는 한참이나 바닥을 훑어보기도 했습니다. 어쨌거나 한밤의 캐치볼은 제법 박력 넘치고 진진했습니다. 방으로 돌아와 그는 침대에, 저는 소파에 누웠습니다. 잠결에 말소리를 들었습니다. '고맙게 되었습니다.' 무엇이 고맙다는 것인지, 누구에게 고맙다는 것인지 생각해 볼 겨를도 없었습니다. 저는 잠 속에 빠져들었습니다.

다음 날 알람을 끄고 소파에서 일어섰을 때, 남자는 없었습니다. 그의 흔적이랄 것은 함께 술을 마셨던 자리에 남은 잔과 담배꽁초들, 옷장에 걸린 두꺼운 점퍼뿐이었습니다. 남자는 외투도 걸치지 않은 채 증발해 버린 것이었습니다.

저는 그의 방문 사실을 보고하지 않았습니다. 의도적으로 숨기려고 한 것은 아니지만 그렇다고 보고할 일도 아니라고 생각했습니다. 그는 서원출도 김석기도 아닌, 그저 피해자 중 한 사람이었으니까요. 피해자의 동향을 파악하는 일은 저의 업무가 아니었습니다. 저는 언제나처럼 하던 일을 했습니다. 김석기가 외출할 때, 그의 점퍼를 입고 나갔습니다. 조금 크기는 했지만 따뜻했습니다. 그리고 봄이 왔습니다. 그 봄이 지나고 저는 적도를 떠나 이곳, 타워로 온 겁니다."

*

"그 남자가 유령이었군요." 내가 말했다.

"그는 자살한 피해자 중 한 사람이었습니다. 그렇게 기록된 사람이었습니다. 하지만 그와 나눈 대화, 그가 내뿜던 담배 연기, 그가 던진 공을 받아 낸 손목의 느낌만큼은 적어도 진짜입니다." 야구공을 쥔 규호 씨는 손목을 뒤로 젖혔다가 앞으로 꺾었다. 공은 그의 손을 떠나지 않았다. 가상의 허공으로 던져진 공이 내 앞에 놓였다.

"그날 이후로 저는 달라졌습니다. 사실보다는 느낌이 중요한 세계가 있다는 걸 알았으니까요. 그 느낌이라는 건 오로지 자기 자신에게만 존재한다고 생각합니다."

나는 그것이 내가 지켜봐 온 규호 씨의 느낌과 비슷하다고 생각했다. 규호 씨만의 페이스라는 것 말이다. 규호 씨가 말을 마친 시각은 새벽 2시 50분이었다. 뉴스에서는 태풍의 북상 소식을 전했고, 시시 티브이 화면에는 텅 빈 바닥과 벽만이 가득했다.

"김석기는 어떻게 됐습니까?" 나는 자리에서 일어나 규호 씨에게 물었다.

"제가 적도를 떠난 이듬해, 스스로 목숨을 끊었다고 들었습니다. 적도 사무소는 폐쇄되었겠지요." 규호 씨는 머그잔을 들고 정수기가 있는 쪽으로 향했다.

나는 놀라지 않았다. 어쩐지 그럴 거라고 생각했다. 어떤 대목에서 그러한 느낌을 받았는지는 모르겠다. 어쩌면 김석기는 처음부터 살아 있지 않았던 것은 아닐까. 규호 씨는 이미 사라진 사람을 관찰하고 있었던 것은 아닐까. 하지만 규호 씨의 말간 얼굴을 보며 그렇게 물을 수는 없었다. 그것은 규호 씨의 페이스에 어긋나는 말이라고 생각했다.

나는 다음 순찰을 준비했다. 의자에서 일어나 복장을 점검하고 랜턴을 챙겼다. 충전 중이던 무전기를 거치대에서 분리해 채널을 조정했다. 하나, 둘, 셋. 규호 씨의 허리춤에 있는 무전기가 조용히 내 목소리를 뱉어 냈다. 규호 씨는 커피를 내리고 있었다. 나는 문을 열기 전에 빠뜨린 물건이 없는지 책상 위를 둘러보았다. 야구공이 눈에 들어왔다. 나는 오른손으로 야구공을 쥐고 촘촘하게 박음질된 매듭을 만져 보았다. 하나의 구종에 대해 생각했다. 손아귀에서 빠져나온 공이 잠시 사라진 것처럼 보이게 만드는 그립이 있다면 어떨까. 그런 것이 존재할 수 있을까, 그런 공을 던질 수 있을까, 하고 말이다. 내친김에 규호 씨에게 물었다. 잠시 생각하던 규호 씨는 내 쪽을 돌아보지 않은 채로 답했다.

"야구공이 조명 안에 잠시 들어갈 때, 그 빛과 겹칠 때 공이 사라지는 것처럼 느낄 수 있습니다. 하지만 진짜로 공이 사라지는 건 아니죠. 사라진 순간에도 공은 움직이고 있을 테니까요."

나는 보안실을 나서기 전 눈을 감았다. 타워 안은 몹시 어두웠기에 동공을 적응시킬 필요가 있었다. 정해진 동선에 따라 걸음을 옮겼다. 타워의 이곳저곳을 돌았다. 시시 티브이 카메라는 움직이지 않았다. 나는 구석진 곳을 랜턴으로 비추며 벽과 옷장 사이에 선 김석기를 생각했다. 보안실 모니터에서 이편을 지켜보고 있을 규호 씨를 생각했다. 1층으로 내려와 로비에 다다랐을 땐 목덜미로 땀이 맺혀 흘렀다. 타워가 측정하는 적정 온도에는 내 운동량까진 고려되지 않았다. 애초에 타워의 목적은 타워 그 자체였다. 나는 타워의 이상을 점검했지만, 타워는 나의 이상을 관리하진 못했다. 나는 그것을 알았다. 비상계단에서 엘리베이터를 지나 로비로 갔다. 출입문 쪽으로 천천히 걸었다. 창문이 열려 있진 않은지 확인하기 위해서였다. 나는 랜턴을 발 아래로 비췄다. 불빛이 두세 걸음 앞서 걸었고 그 뒤에 바짝 붙어 갔다. 나는 이렇게 사라지고 싶지 않았다.

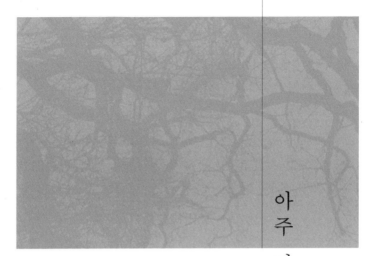

아 주

작 은 세 계

빌리와 조는 그를 기다리고 있었다.

"이스탄불에서 손가락을 하나 자른 적이 있어." 첫판을 조가 따내자 빌리가 말했다. 조는 패를 섞으면서 빌리의 손을 살폈다.

"내 손 말고."

"터키에서 대체 몇 가지 일을 한 거야?" 조가 카드를 나누며 말했다.

"이건 부업이었어." 빌리가 자신의 패를 확인했다. "배를 모는 사촌이 일을 도와 달라는 거야. 시리아에서 건너온 놈들을 상대하는 일이었지. 에게 해에 배를 띄워 그리스 코스 섬으로 실어 날랐어. 두당 3000이라더군. 놈들을 태우기 전에 배편을 확인하려고 아침에 부둣가로 나갔지. 그런데 때마침 배 위에서 소란이 일어난 거야."

"파도가 쳤겠군." 조가 판돈을 키웠다.

"파도야 늘 쳤지. 난민과 브로커들로 가득했으니까." 빌리는 추가된 칩 개수를 확인했다. "소란을 피운 사람은 나였어. 내 사촌, 그 망할 놈이 승객들에게 가짜 구명조끼를 입히라더군. 노란 천 쪼가리를 보여 주면서 말이야. 내가 농담하지 말라고 하니까 이게 자선사업인 줄 아느냐고 화를 내더라고. 그러고는 나더러 뭐라고 한 줄 아나? 하, 빨갱이라는 거야. 나는 40년 동안 내 방식대로 해 왔다고. 수녀님 무릎 위에서부터 말이야. 예수한테 말고는 누구한테도 빚진 게 없지. 공산주의 혁명이니 마니 폴리테니 떠들어 댈 때도 그 미친놈, 베를루스코니한테 표를 던졌다고. 그런 나한테 빨갱이라고? 거기서 꼭지가 돌아 버린 거야. 그래서 잘라 버렸어. 적어도 나랑 같이 일하려면 룰은 지켜야지."

"손가락이라고 했나?"

"음, 좆을 자를 걸 그랬나? 아니야. 그 자식은 잘라 봤자 티도 안 날만큼 작았거든. 기껏해야 오른손 중지 두 마디였어. 하여튼 의지(義肢)를 하나 사다 줬는데 필요 없다는 거야. 가짜 구명조끼보다야 가짜 손가락이 낫지 않겠나. 그렇게 브로커 짓은 반나절 만에 때려치우고 계속 포르노 테이프나 내다 팔았지. 남은 거래처가 몇 개 있었거든. 그래서 말인데, 속임수를 쓰려거든 상대를 봐 가면서 해. 룰을 함부로 뒤집지는 말자고." 빌리가 테이블 위로 카드를 내던지며 말했다.

"쉬었다 할까? 장갑을 껴야 할 거 같은데." 조가 칩을 제 앞으로 옮겨 놓으며 말했다.

"그런데 이 자식은 대체 언제 오는 거야?" 빌리는 입구 쪽을 바라봤다.

가게 안에는 그들이 앉은 테이블 외에도 열한 개의 테이블이 더 있었다. 조명이라곤 가게 중앙에 걸려 있는 낡은 손전등 하나뿐이었다. 고장 난 배관에 끈을 달아 고정한 것이었다. 불빛이 깜빡이거나 흐려지면 누군가 다가가 손전등에 달린 레버를 여러 번 돌리고 자리로 돌아갔다. 진동이 있을 때마다 불빛도 흔들렸다. 심할 때는 테이블이 삐걱거렸고 창에 덧대 놓은 나무판자도 덜컹댔지만, 누구도 동요하지 않았다. 이곳은 안전하다는 믿음이 있었다. 사람들은 테이블 위에 쌓인 모래를 손바닥으로 쓸어 내며 계속 대화를 나눴다. 시침이 6을 가리키고 주방 문이 열리자 빌리와 조는 동시에 메뉴판을 뒤적였다.

"오늘은 뭘 가지고 왔나?" 조가 작은 금속판 몇 개를 주머니에서 꺼내 테이블 위에 올려놓으며 물었다.

"석유 조금." 빌리가 말했다.

조는 테이블 아래 있는 페트병을 확인하고 넓적한 금속판 하나를 검지와 엄지를 사용해 테이블 위로 퉁겼다. 판이 조금 밀리다가 이내 멈춰 섰다. 쿄스케가 카트를 끌고 그들 테이블 앞으로 다가왔다. 카트 안에는 다른 테이블에서 지불한 고철과 기름이 든 페트병 따위가 뒤섞여 있었다. 그가 테이블 위에 놓인 물건을 카트 안으로 쓸어 담았다.

"주문은?" 쿄스케가 주문지를 꺼내며 말했다.

"햄에그 샌드위치."

"나도 햄에그 샌드위치로 하지."

"오늘은 햄과 달걀을 거덜 낼 생각이로군." 쿄스케가 주문지를 바지 뒷주머니에 쑤셔 넣으며 주방 쪽으로 향했다. 그는 수시로 종말을 예언했다. "언젠가는 한번 맞지 않겠나." 조는 그의 전략에 찬성했다.

"이걸로 끝장이라면 거참 평화롭겠군." 빌리가 덮어 두었던 패를 들었다.

쿄스케가 주방으로 들어간 뒤 가게 안으로 자그마한 남자가 들어섰다. 워싱턴 내셔널스의 엠블럼이 새겨진 회색 야구 모자에, 얼룩진 게스 청남방과 청바지 차림이었다. 오른손에는 몸통만 한 검정 가방을 들고 있었다. 네모난 서류 가방 형태로 오랜 기간 길들인 가죽처럼 겉면에 은은한 광택이 돌았다. 남자는 가방을 수평으로 유지한 채 느릿느릿 걸어가 쿄스케가 서 있던 바 맞은편에 자리를 잡았다. 빈자리는 그곳뿐이었다. 가방을 테이블 위에 조심스럽게 올려놓은 그가 모자를 벗어 머리카락에 엉겨 붙은 모래를 털어 냈다. 처음 보는 얼굴이었다.

"저 가방에 뭐가 들어 있을 거 같아?" 조가 턱짓으로 가방을 가리키며 말했다.

"별거 있겠나. 생존 물품이나 잔뜩 있겠지. 먼 길을 왔을 테니까." 빌리가 대꾸했다.

"기타나 바이올린일지도 모르지." 조가 말했다.

"음악은 질색이야. 기타로 위장한 소총이라면 구미가 당기겠지만."

"그렇지 않아도 떠돌이 킬러가 있다는 소문이 돌던데."

"아직도 돈 받고 사람을 죽이는 꼴통이 있다는 거야?"

"여길 이 꼴로 만든 놈들을 작살내러 다닌다더군."

"이따위로 만든 새끼들이 누군데?" 빌리는 짐작 가는 놈들을 열거하려다 말았다.

"난 아니야." 조가 대꾸했다.

"그것참 다행이군. 자네가 무고하다면 여기는 안전하다는 얘기 아닌가."

"그래. 우리가 여기 머물 수 있는 이유지."

남자는 쿄스케가 다가오자 뭔가를 주문하고 손가락만 한 철광석 조각을 건넸다. 쿄스케는 철광석을 받아 들고 주방으로 들어갔다.

"뭐 하는 거야, 저 자식." 빌리가 허리를 펴며 말했다. 남자는 셔츠 안에서 헝겊을 꺼내 가방 겉면을 문질렀다.

쿄스케가 햄에그 샌드위치를 들고나오자 빌리와 조는 앞에 놓인 접시에 집중했다. 단숨에 접시를 비운 빌리가 손가락으로 입가에 묻은 소스를 닦아 내며 다시 남자를 바라봤다. 남자는 가방을 테이블 안쪽에 놓고 커피를 마시고 있었다. 시선은 벽을 타고 기어가는 흰개미에게 붙들려 있었다.

"내기 하나 할까?" 빌리가 제안했다. "저 가방 안에 뭐가 들었는지."

"직접 물어보겠다는 거야?"

"그래, 내가 물어볼게."

"나쁠 거 없지." 조는 샌드위치를 우물거리며 말했다.

"대신." 빌리가 단서를 달았다. "나한테 우선권을 줘."

"뭔가 본 모양인데." 조가 남은 샌드위치를 입에 욱여넣었다.

"아니야. 그냥 감을 믿을 뿐이지."

"뭐가 들었을 거 같은데?"

"개, 아니면 고양이." 빌리가 양손을 차례로 말아 쥐고 말했다. "사실 비슷하게 생긴 케이지를 본 적이 있어. 피난 열차를 탈 때 애완동물을 들고 다니는 치들을 종종 봤거든. 대개는 도중에 버려지거나 병들어 죽었지만, 살아 있다고 해도 놀랄 일이 아니겠지. 여기 우리처럼 말일세."

"꽤 얌전한 녀석인가 보군."

"이 지옥에서 살아가는 법을 터득한 거겠지." 빌리가 말했다. "자네는?"

"나는……." 조가 턱수염을 문지르며 머뭇거렸다. "지폐로 하지. 저건 돈 가방이야. 달러나 유로가 가득 들어 있는 가방. 저 정도 모아 둔 거라면 아까워서 버릴 수 있겠나. 불쏘시개로라도 써야지."

"아무렴, 모래보다야 쓸모가 있지." 빌리가 테이블 위에 쌓인 모래를 손날로 쓸어 모은 뒤 바닥에 떨어트렸다.

"자, 그러면." 빌리가 몸을 일으켜 세웠다. 둘둘 접어 올린 체크무늬 셔츠의 소매를 펴 내리며 남자 쪽으로 다가갔다. 그는 커피를 다 마셨고 막 일어나려던 참이었다.

"여기 잠깐 앉아도 되겠소?" 말을 마친 빌리는 대답을 듣기도 전에 남자와 마주하고 앉았다.

남자는 거구의 사내를 맞닥뜨리고도 당황한 기색 없이 고개를 끄덕였다.

"그 가방 말이오." 빌리가 턱짓으로 남자의 손에 들린 가방을 가리키며 말했다. "거기 뭐가 들어 있는지 말해 줄 수 있겠소? 나와 내 친구가 그걸로 내기를 하나 걸었는데…… 형씨가 들어온 이후로 그 얘기뿐이었다오."

남자는 빌리의 말을 들으며 모자를 고쳐 썼다. 그러고 나서 빌리의 고갯짓을 따라 조가 앉은 테이블을 바라보았다.

"뭐, 말이 그렇다는 얘기지. 그러니까, 내 말은."

"정말로 궁금하십니까?" 남자는 아주 오랜만에 입을 연 사람 같았다. 구취가 심했고 목소리는 갈라졌다. 빌리는 남자의 눈을 들여다봤다.

"자리를 옮겨도 되겠습니까?" 남자는 조가 기다리고 있는 테이블을 가리키며 말했다. "여긴 좀 좁군요."

"그러지."

빌리는 세 시간 가까이 뭉개고 있던 자리를 남자에게 양보했다. 테이블 위에 있던 접시는 구석으로 밀려났고 남자의 가방이 그 자리를 차지했다. 조가 남자에게 악수를 청했다.

"난 런던에서 왔네. 여기서 휴가를 보내던 중이었지. 운이 좋았어. 조라고 부르게."

"구드욘센입니다. 갈락시아스에서 일했죠." 구드욘센은 빌리에게 손을 내밀었다.

"빌리 데이비스. 고향은 나폴리. 그런데 방금 갈락시아스라고 했나? 화성으로 가는 편도 티켓을 천만 달러에 팔아먹었던 그 갈락시아스 말인가?"

구드욘센은 고개를 끄덕였다.

"내 사촌이 그 티켓을 샀지."

"그 선장 놈 말인가?"

"맞아. 그 자식, 평생 번 돈을 티켓 한 장과 맞바꾸더군."

"소식은 들었나?"

"사진을 한 장 받았어. 가짜 우주복을 입었더군." 빌리가 말했다. "농담이야. 그런 놈 소식을 알아서 뭐하겠나. 내가 궁금한 건 여기에 뭐가 들었느냐는 거야." 빌리는 가방 손잡이 부분에서 눈을 떼지 못했다. 구드욘센이 그 부분을 매만졌다.

"외계인이 들어 있지는 않을 테고." 빌리가 코를 벌름거렸다.

구드욘센은 긍정도, 부정도 하지 않았다. "글쎄요. 믿기 어려운 이야기일 겁니다."

"나는 말일세, 뭐든지 믿는 사람이야. 세상에서 가장 많은

신을 보유한 인간이 바로 나였지. 지금은 사정이 다르지만." 빌리의 말에 조가 고개를 끄덕였다.

"여기엔…… 세계가 있습니다. 아주 작은 세계입니다." 구드욘센은 가방 한쪽 면을 빌리와 조가 볼 수 있는 위치로 돌려놓고 왼쪽 아래 가장자리를 손가락으로 가리켰다. "여깁니다." 두 사람은 고개를 들이밀었다. 매끈한 표면에 음각된 자국이 있었다. 빌리가 손가락으로 가방에 새겨진 문자를 확인했다. 마모가 심했지만 읽을 수 있었다.

† 더 작은 세계 프로젝트(The smaller world project). No. 2.

"이건 또 뭔가." 조가 눈을 가늘게 뜬 채로 중얼거렸다.

"숫자군. 동그라미가 대체 몇 개야, 이거." 빌리는 손끝으로 그곳을 문질렀다.

"10억입니다. 10억 분의 1."

"기밀 서류라도 들고 다니는 건가. 구드욘센 대원." 빌리가 말했다.

"이건 그러니까, 하나의 세계입니다. 빌리." 구드욘센이 말했다. 그는 처음과는 달리 또렷하고 정확한 소리를 냈다. 바닥에 연기가 깔릴 듯 낮은 목소리였다.

"둘 다 틀렸군." 조가 팔짱을 끼며 말했다.

구드욘센이 갈락시아스에 출근해 처음 한 일은 대회의장이 있는 지하 1층 화장실로 가서 세면대 배수구를 뚫는 일이었다. 왜냐하면 구드욘센은 청소부였기 때문이다. 그는 어린 시절 「고스트 버스터즈」를 보고 청소부의 꿈을 키웠다. 「고스트 버스터즈」의 동명 주제곡을 부르며 진공청소기를 들고 무고한 장난감 블록을 빨아들이곤 했다. 블록이 빨려 들어갈 때마다 꼬마 구드욘센은 외쳤다. "나는 유령이 두렵지 않아!(I ain't afraid of no ghost!)"

그는 학교에 들어가고 나서야 고스트 버스터와 청소부의 차이를 알았다. 한동안 구드욘센은 청소를 멀리하고 더럽게 살았다. 청소기 모터 소리를 들으면 몸을 덜덜 떨 정도로 히스테리를 일으켰기 때문에 그의 부모는 그가 집을 비웠을 때 청소기를 돌려야 했다. 그것도 한때의 일이어서 청소부가 된 구드욘센은 당시의 일을 유년 시절 우스갯소리로 나누곤 했다. 어느 날 여느 때와 다를 바 없이 「고스트 버스터즈」로 시작하는 자신의 업계 진출기를 떠들었는데 가만히 이야기를 듣고 있던 선배가 인상적인 답변을 내놓았다. 그날 그들은 본관과 별관 사이에 마련된 영국식 정원의 잔디를 깎다가 벤치에 앉아 샌드위치를 먹고 있었다. 늦은 점심이었다. 정원 벤치에는 등이 닿는 부분에 저마다 이름이 새겨져 있었다. 그들이 앉은 벤치는 목성 탐사를 나갔다가 귀환하지 못한 폴 토머스 앤더슨을 추모하기 위한 벤치였다. 폴 토머스 앤더슨의 딸이 그의 생애를 기리며 작성한 문구도 함께 있었다. "망할 자식. 다시는 우리 곁에 얼씬거리지도 마. 가여운 엄마 수잔을 대신해, 당신이 늘 '비치(bitch)'라 부르던 케이트가." 비행을 앞둔 우주인들은 그 의자에는 결코 앉지 않았다.

"우리가 빨아들인 것들이 그들이 빨아들인 것들과 다르면 또 얼마나 다르겠나. 자세히 보면, 아니 멀리서 봐야 하나, 좌우지간 뭐 비슷한 거 아니겠나." 선배는 그렇게 말하고는 구드욘센의 옆얼굴을 골똘히 바라보고 나서 양상추와 햄 사이에 있는 치즈를 베어 물었다. "그러고 보니 자네 빌 머레이를 닮은 거 같군. 사이언톨로지였지. 허 그것참, 우울한 양반이었어." 선배는 그로부터 6개월 뒤 회사를 그만뒀다. 그는 알츠하이머병을 앓고 있었다.

구드욘센이 선배의 말에 감화된 것은 아니었지만 얼마간 영향을 받은 건 사실이었다. 칸막이 사이에 뭉쳐 있는 먼지라든지, 복도에 남은 희미한 발자국이 전과는 다르게 보였던 것이다. 그것이 무엇이든 가만히 놔둘 수 없었다. 구드욘센은 청소기를 예전보다 힘주어 잡았다.

그즈음 갈락시아스는 새로운 프로젝트에 착수했다.

그 프로젝트는 《내셔널 지오그래픽》에 게재된 한 칼럼에 영향을 받았다. 칼럼의 작성자는 스미스소니언 자연사 박물관 수석 연구원이었다. 그는 인류가 3000년 전 외계와 교류했다는 고대 기록으로 서두를 열었다. 칼럼이 도달한 결론은 이랬다. "이 세계는 조각(piece)이 한정된 레고(LEGO) 모듈러와 다르지 않다. 레고 블록에 꽂혀 있는 인간들은 스스로를 뽑아 낼 수 없다. '가능한 최선의 세계'는 블록 위에서만 가능하다. 그러므로 우리 인간은 무한대로 도달할 수 없다. 우리가 추구해야 할 건 작은 삶, 최소한의 삶뿐이다." 프로젝트의 총괄 책임을 맡은 스티브는 칼럼의 마지막 문단을 인용하면서 내부 전산망에 다음과 같은 코멘트를 남겼다. 해당 칼럼이 레고사(社)의 연구 지원을 받아 작성된 글이라는 문구는 병기하지 않았다. "지속 가능한 삶을 위해 최초의 인간이 떠올린 방식은 제의였다. 신에게 빌었다. 다음은 전쟁이었고, 정치와 경제였다. 다음은 우주 탐사였다. 그렇다면 그다음은 무엇인가. 우리는 늘 질문했고 실패를 두려워하지 않았다. 그리고 마침내 질문에 대한 답을 찾을 것이다."

'작은 세계 프로젝트'는 TFT 출범 한 달 만에 '더 작은 세계 프로젝트'로 명칭을 변경하고 조직의 규모를 줄였다. 갈락시아스 핵심 이사진의 관용은 고작 한 달 치밖에 되지 않았고 스티브는 연이은 실패를 겪었다. 압박감을 못 이긴 그는 연구실을 비울 때가 많았다. 그러던 어느 날 제5차 게놈 학회에서 답을 찾았다. 운이 좋았다. 더 작은 세계 프로젝트가 그간 풀지 못한 생체 축소술과 관련된 연구 내용을 청취할 수 있었던 것이다. 놀랍게도 해당 논문을 발표한 사람은 스미스소니언 자연사 박물관 수석 연구원 리처드 박사였다. 스티브는 리처드 박사를 새로운 프로젝트의 연구 책임자로 임명했다. 리처드 박사는 취임 연설에서 분명한 어조로 말했다. "세계를 10억 분의 1로 축소한다면, 그곳은 모두가 꿈꾸던 유토피아에 수렴할 것입니다."

지지부진하던 프로젝트는 탄력을 받았다. 갈락시아스 전체의 관심과 지원이 이어졌다. 대회의장이 새 프로젝트 팀의 실험실로 쓰이면서 구드욘센의 업무량도 늘어났다. 지하 1층 입구에는 출입 금지 팻말이 나붙었고 팀원들 외에 안쪽을 출입할 수 있는 이는 구드욘센뿐이었다. "이봐, 이것 좀 쓸어버려." 리처드 박사는 흰 대리석 바닥 위 회색 점을 가리키며 말했다. 그건 네 팔에서 온 코끼리였다. 주로 인간과 염기 서열이 유사한 돼지나 침팬지, 문어를 실험 대상으로 사용했는데, 개체의 크기가 작아졌다고 해서 성공을 뜻하는 건 아니었다. 모든 유전정보를 보존한 채 현재 그대로 이양하는 것이 더 작은 세계 프로젝트의 지향점이었다. 피실험자가 열두 시간의 비행을 마치고 입국 심사대에 선 정도의 상태를 유지하는 것이 프로젝트의 목표였던 셈이다.

그즈음 구드욘센도 새로운 도전에 직면했다. 그녀, 덕을 만난 것이다.

구드욘센은 쉬는 날이면 갈락시아스 엠블럼이 새겨진 백팩을 메고 인근 공원을 산책했다. 강가를 거닐다가 적당한 벤치가 보이면 가방에서 샌드위치를 꺼내 먹으며 레고 모듈러를 만들었다. 에펠탑, 피라미드, 자유의 여신상, 타지마할이 구드욘센의 손에서 반나절이면 완성됐다. 그날 가지고 온 모듈러는 6000대 1 비율로 제작된 백악관이었다. 누군가 옆에 앉는 것도 모른 채 구드욘센은 48대 대통령이 기거할 백악관의 기둥을 세우는 데 여념 없었다. 그 자식이 마음에 들진 않았으나 일부러 부실 공사를 할 생각은 없었다. 뜻하지 않은 사고는 수상한 영웅을 만드는 법이었다.

덕은 유모차를 앞에 두고 벤치에 앉아 감자 샌드위치를 먹었다. 16개월 된 그녀의 아이는 햇살에 몸이 풀려 엄마한테 화가 나 있다는 사실도 잊어버린 채 그만 잠들었다. 덕은 딱딱한 빵을 씹으며 벤치 앞을 흐르는 포토맥 강과 산책하는 사람들, 그리고 무슨 짓을 하는지 알 수 없는 사람들을 관찰했다. 그중 한 명이 구드욘센이었다. 구드욘센은 백악관의 지붕을 수리하는 데 애를 먹고 있었는데 가까이서 보기에 그다지 훌륭한 그림은 아니었다. 덕은 홀트아동복지회에서 가져온 서류를 꺼냈다. 그녀는 자신의 친부모에 관해 알아보려고 기관을 방문했다가 도리어 입양 절차를 문의했다. 교도소에서 출산을 할 때 그녀는 아이를 다른 세계로, 가능하다면 이 세계 밖으로 밀어내고 싶다는 갈망에 휩싸였다. 아이가 미워서가 아니라 사랑해서였다.

소중한 존재를 이따위 세계에 살게 할 수 없다는 다짐이었다. 덕은 아이와 함께 출소하면서 한동안 그 다짐을 잊고 살았다.

덕이 친부모를 찾는 이유는 자신의 가족력을 알기 위해서였다. 애정이나 원망, 복수 같은 감정 때문이 아니었다. 로비는 조용히 북적거렸다. 입양을 앞둔 부부와 위탁모에게 안긴 아이가 번갈아 호명됐다. 대기표를 뽑고 기다리던 덕은 아이가 태어날 때 품었던 감정을 회복했다. 아이가 자신이라는 존재에서 벗어난다면 다른 세계를 얻게 되지 않을까. 덕은 벤치에 앉아 오랜만에 생각에 잠겼다. 언제나 그랬듯, 생각할 시간이 그리 길진 않았다. 덕의 무릎 위로 백악관 지붕이 날아들었다.

손가락이 미끄러지면서 블록 하나가 튕겨 나가기 전까지 구드욘센은 타인의 삶에 조금도 관심이 없었다. 그가 관심을 두는 건 흔적, 허물, 오물처럼 삶의 가장자리에 남는 것들이었다.

"정말 작네요." 덕은 손바닥 위에 지붕을 올려놓으며 말했다.

"더 작은 것도 있는걸요." 구드욘센은 뒷목을 긁적이며 답했다.

때마침 아이가 울었다. 구드욘센은 막 시작된 배변 활동을 감지했다. 덕도 냄새를 맡았다. 구드욘센이 엉거주춤한 자세로 자리에서 일어났다. 덕은 그가 앉았던 자리에 아이를 눕히고 기저귀를 갈았다. 변이 담긴 기저귀는 가장자리로 밀려났다. 구드욘센은 반사적으로 기저귀를 주워 자신의 가방에 넣었다.

"그걸 왜……." 덕이 구드욘센을 빤히 쳐다보며 물었다.

구드욘센은 기저귀를 제자리에 돌려놓고 겸연쩍은 나머지 빌 머레이 흉내를 냈다. 덕은 귀여운 남자에 약했다. 완전히 잠에서 깬 덕의 아이가 조용히 백악관을 파괴하고 있었다. 붕괴되는 백악관을 지켜보면서 구드욘센과 덕은 '우리가 추구하는 삶'이란 주제로 대화를 나누었고 대화 중에 걷잡을 수 없는 사랑을 느꼈다. 그들이 합일에 이르렀던 삶은 최소한의 삶이었다. 그들은 결혼식 대신 여행을 택했다.

구드욘센이 갈락시아스로 돌아왔을 때 그를 기다린 건 야근이었다. 복귀 첫날, 창고로 사용하던 호실 몇 개를 비워야 했다. 이튿날에는 간이침대와 테이블, 각종 소모품과 갈락시아스 엠블럼이 박힌 운동복이 차례로 입고되었다. 곧이어 50인승 2층 버스 두 대가 들어왔다. 얼떨떨한 표정의 사람들이 버스에서 내렸다. 남미와 중앙아시아, 아프리카에서 온 이주민들이었다. 난민 이송선 대신 갈락시아스를 택한 사람들이었다.

"곧 입주가 시작될 겁니다." 리처드 박사가 대회의실 중앙 연단 위에 서서 말했다.

수용 인원이 늘었는데도 건물 전체의 소음은 늘지 않았다. 그들은 먼지처럼 행동하고 말하는 일에 익숙한 사람들이었다. 연구원들이 그들을 부르는 호칭은 입주자였다.

입소 첫날 그들은 연구원들의 안내로 실험실 안에 진입했다. 중앙에 볼링공보다 작은 크기의 스노볼이 놓여 있었다. 눈은 내리지 않았다. "여기에 10만 명이 입주하게 될 겁니다. 강과 바다, 산과 하늘이 있습니다. 무엇보다." 리처드 박사는 스노볼에 한 발짝 다가갔다. "안전합니다." 박사가 손에 들고 있던 스위치를 작동시키자 집게가 스노볼을 들어 네모난 가방 안에 살포시 내려놓았다. 가방은 벽면 선반에 자리 잡았다. "지옥이 도래하더라도 여기까지 미칠 수는 없습니다. 농사를 지을 수 있는 토양이 있고, 100여 마리의 돼지와 소를 비롯한 가축들이 목초지에 이미 자리를 잡았습니다. 자급자족이 가능한 세계입니다." 리처드 박사는 입가에 미소를 지었다. "저 작은 세계는 이곳보다 수명이 더 길 겁니다. 걱정하지 마십시오. 신은 이곳을 잊었지만 우리는 더 작은 세계를 잊지 않으니까요." 말을 마친 그는 창밖을 바라보았다. 첫눈이 내리고 있었다. 입주자들은 숙소를 배정받았다. 앞으로 가지게 될 직업도 함께 배분되었다. 주로 가축을 돌보고 나무를 자르며 철을 주조하고 땅을 파는 업무였다. 이론과 실습을 넘나드는 빡빡한 일정에도 낙오자는 없었다. 한 달간의 교육이 끝나고 입주 날짜가 정해졌다.

생체 축소술은 성공적이었고 스노볼 내부로 도달하는 포털은 정상적으로 작동했다. 메시지 송수신은 실패했지만, 성공을 짐작할 수 있는 유의미한 정보들이 수집됐다. 가장 중요한 데이터는 스노볼을 보관하는 가방에 표기되는 수치였다. 기판에는 스노볼 내부의 생체 수치가 모두 기록되었다. 구드욘센은 보관실을 청소할 때면 수많은 사람의 웅성거림을 듣는 듯한 착각에 빠지곤 했다.

구드욘센과 덕도 입주를 고려했다. 주택 임대료 상승분을 융통할 수 없다는 게 직접적인 사유였지만 그보다 근본적인 이유도 있었다. 그들은 여전히 대화 중에 합일감을 느꼈는데 이 세계에서는 그 감정을 유지하며 살 수 없다는 걸 알았다. 더 작은 세계가 그것이 가능한 최선의 세계라고 믿었다. 구드욘센은 며칠 전 화장실 청소 중 만났던 리처드 박사의 말을 덕에게 전했다. "최소한의 크기로 최대의 행복이라니, 이곳에서는 상상도 할 수 없는 일이지 않은가." 이어서 박사는 화장실에 아무도 없는 것을 확인하고 스티브가 얼마나 개새끼인지를 떠들어 댔는데, 그 말은 전달하지 않았다.

구드욘센과 덕은 2기 입주를 결정했다. 세 식구가 동시에 입주하기에는 자금이 부족했기 때문에 덕과 아이가 먼저 입주하면 구드욘센이 이듬해 합류한다는 계획을 세웠다. 덕은 한 달간 용접과 납땜을 배웠다. 입주하는 날, 구드욘센은 리처드 박사에게 허락을 구하고 덕과 아이가 축소되는 과정을 지켜보았다. 구명조끼를 입은 덕이 아이를 안고 있었다. 유리 캡슐 안쪽에서 빛이 번쩍였고 덕과 아이는 사라졌다. 안경을 쓴 연구원이 나타나 붉은 점으로 표시된 바닥 위에 물을 떨구고 주삿바늘로 빨아들인 뒤 준비된 스노볼에 장치를 대고 주입했다. 덕과 아이는 호수로 떨어질 예정이었다. 이를 위해 덕은 한 달간 아이와 함께 수영 강습도 받았다.

"끝입니까?" 구드욘센이 묻자 박사가 고개를 끄덕였다.

구드욘센은 실험실 문을 닫고 나와 복도 끝에 이르기까지 아주 천천히 걸었다. 발밑에 덕과 아이가 있을지도 모른다는 생각 때문이었다.

구드욘센은 덕과 아이가 입주한 이후 쉬는 날에도 회사를 찾았다. 보관실에 들어가 생체 반응 수치를 확인했고 덕과 아이를 떠올리며 모듈러를 만들었다. 서늘한 실내 온도 탓에 자주 코를 훌쩍였다. 그때마다 보관실 전체가 공명했다. 구드욘센은 스노볼에 튄 콧물을 닦아 내던 중에 2기의 생체 반응 수치가 줄어든 걸 확인했다. 그는 자신이 뭔가를 잘못 건드린 게 아닐까 걱정했으나, 그건 1기에서도 나타난 일상적인 변화였다. 구드욘센은 좀처럼 그 변화에 적응할 수 없었다. 증발한 숫자가 덕과 아이를 호명하는 이름이 아니길 바랐다.

변화는 구드욘센의 업무에도 나타났다. 회사가 청소 인력을 줄이면서 추가로 더 넓은 구역을 배정받았다. 대회의장은 리모델링에 들어갔고 프로젝트와 관련된 설비는 보관실로 이전했다. 당시 입주 교육을 받고 있던 사람들은 자진 퇴소를 통보받았다. 입주 예정자들은 퇴소 사유를 요구했으나 갈락시아스는 내부 사정이라며 강하고 조용히 그들을 돌려보냈다. 구드욘센은 빠른 걸음으로 복도를 순회하는 리처드 박사를 목격하곤 했다. 몇 차례 그의 이름을 불렀지만 박사는 뒤돌아보지 않았다. 그때까지도 구드욘센은 프로젝트의 몰락을 눈치채지 못했다. 아니, 인정하고 싶지 않았던 것이다.

보관실을 찾는 연구원은 점차 줄었다. 오전과 오후로 구분된 정기 점검표가 사나흘씩 공란으로 남는 일이 예사였다. 2기의 생체 반응 수치가 눈에 띄게 줄어든 걸 확인한 것도 구드온센이었다. 그는 직접 중앙 연구소를 찾아가 줄어든 수치를 언급했다. 연구원 한 명이 칸막이 위로 고개를 내밀었다. 구드온센이 말한 수치를 받아 적은 연구원은 박사가 돌아오면 확인해 보겠다는 짤막한 답변을 내놓았다. 구드온센은 그 자리에 좀 더 서 있다가 보관실로 돌아갔다. 수일이 지나도록 별다른 조치는 이루어지지 않았다. 구드온센은 매일 기판에 적힌 숫자를 확인했고 그 숫자를 노트에 옮겨 적었다. 그렇게 해야 불안감을 누그러트릴 수 있었다. 그의 바람대로 숫자는 어느 시점부터 더디게 줄었지만, 스노볼 바깥의 세계에는 변화가 있었다. 리처드 박사의 해임이 발표되었다. 더 작은 세계 프로젝트도 공식적으로 30년에 걸친 소강기에 접어들었다. 프로젝트를 접는다는 뜻이었다. 구드온센은 프로젝트를 총괄했던 스티브를 찾아갔다. 스티브는 우주산업 개발본부로 자리를 옮긴 상태였다. 그의 책상 뒤에는 스노볼 평면도 대신 은하계 항로와 화성인 모형도가 붙어 있었다. 스티브는 모니터에 얼굴을 처박은 채로 구드온센의 말을 들었다. "이 사람, 순진하기는. 신이 인간에게 관심이 있을 거 같나? 누군가 신에게 물으면 이렇게 답할 걸세. 참, 게네 잘 살고 있는지 모르겠네." 고개를 돌린 스티브는 자립을 강조했다. "자네를 먼저 돌아보라고. 그 셔츠는 대체 언제 갈아입은 거지. 이 냄새는 또 뭔가."

구드욘센은 곧 호출된 경비에게 붙들려 나왔다. 해고 통지서
는 다음 날 우편으로 도착했다. 며칠 뒤, 갈락시아스 잠입에 성
공한 구드욘센은 덕과 아이가 입주한 스노볼을 들고 건물을 빠
져나왔다. 그것이 더 작은 세계와 함께한 여정의 시작이었다.

*

"안을 볼 수 있겠나?" 빌리가 가짜 구명조끼를 처음 봤을 때
처럼 따져 물었다. 상대가 정직하게 군다면 터키에서 벌어졌던
불상사를 되풀이할 이유는 없었다.

"안 됩니다." 구드욘센이 단호한 어조로 말했다. "열면 균형
이 무너질 테니까요."

"흔들어 대면 눈이라도 내리는 모양이군." 조가 빌리를 바라
보며 말했다.

"우리가 자네 말을 믿어야 할 이유가 있나?" 빌리가 의자에
등을 기대며 물었다.

"그런 건 없습니다. 대신 팸플릿이 있습니다."

"팸플릿? 제품 설명서 같은 거?" 빌리가 관심을 보이자 구드
욘센은 셔츠 안주머니에서 종이 한 장을 꺼냈다. 여러 겹 접힌
종이를 펴자 테이블 절반을 차지하는 크기로 커졌다.

"이겁니다." 구드욘센은 스노볼 그림을 가리켰다.

"정말이지, 작군."

"이 안에 들어가면, 아주 거대해지겠죠." 구드욘센이 말했다. "72308명이 여기 있습니다. 바다와 호수, 해발 4000미터에 달하는 산도 있죠."

구드욘센은 팸플릿 속 그림과 모형을 가리키며 말했다.

"이게 그 생체 수치란 건가?" 조가 가방 손잡이 아래쪽에서 기판을 발견했다.

"얼마나 들고 다닌 거지?" 빌리는 숫자에는 관심이 없었다.

"6년이나 7년쯤."

"용케 멀쩡하군."

"가끔 소리가 들리거든요." 구드욘센이 허공을 응시하며 말했다.

"뭐라든가? 듣기 좋은 소리는 아닐 거 같은데." 조가 물었다.

"아마도…… 어서 오라는 소리겠죠."

"들어갈 방법은 찾았나?"

"찾을 수 있을 겁니다."

"그게 자네가 이곳에 온 이유로군." 조가 테이블을 가볍게 두드리며 말했다.

빌리는 자리에서 일어나 가게 중앙으로 갔다. 레버를 오른쪽으로 여섯 번 돌리자 자욱한 조명이 돌아왔다. 자리로 돌아온 빌리가 조에게 말했다. "이자가 성공하면, 하나 부탁하고 싶은 게 떠올랐어." 빌리가 다시 구드욘센에게 말했다. "여길 열어젖

혔으면 좋겠어. 대충 절반만 열고 흔들어 대니까 세상이 이 모양 아닌가. 우리의 신은 자네처럼 원칙주의자는 아닌가 보네."

구드욘센은 별다른 대꾸 없이 팸플릿을 원래대로 접었다.

"어디로 갈 건가?" 조가 바다와 산과 호수가 차례로 접히는 걸 지켜보며 말했다.

"먼저 박사를 찾아야죠."

"그놈을 찾아서 끝장을 보겠다, 이 말이군." 조가 비아냥거리듯 말했다.

"결과적으로는 그렇습니다."

"무슨 일이든 결과도 중요하지." 빌리가 잠깐 입구를 바라봤다. "음. 포커나 같이하겠나. 한 놈이 아직 도착하지 않아서 자리가 비네만."

"아닙니다. 이제 일어나려던 참이었습니다." 구드욘센이 말했다.

"그런가. 한 세계를 책임지는 사람이 우리처럼 한가로울 수는 없겠지." 조가 고개를 끄덕였다.

"그, 팸플릿 좀 놓고 갈 수 있겠나? 여긴 당최 읽을거리가 없어서 말이야." 빌리가 구드욘센의 가슴을 가리키며 말했다.

구드욘센은 고개를 끄덕이고는 테이블 위에 팸플릿을 내려놓았다. 그의 몸이 가방 반대편으로 잠시 기울었다가 바로 섰다. 빌리와 조는 그가 나간 뒤에도 입구 쪽에 얼마간 시선을 두었다.

"들어 본 적이 있어." 조가 자세를 고쳐 앉으며 말했다.

"뭘?"

"더 작은 세계 프로젝트." 조가 팸플릿을 손가락 끝으로 건드렸다. "자네라면 어떻게 했겠나. 기회가 있었다면."

"다를 거 있겠나. 여기 똑같이 앉아 있겠지. 좆이 작아지는 건 원치 않으니까." 빌리가 대꾸했다.

"괜찮아. 모두가 작아지니까."

"자네는? 입주 신청이라도 해 보지 그랬나?" 빌리가 되물었다.

"여행은 질색이거든. 평생 한 번으로 족하다고."

주방 문이 열리고 쿄스케가 테이블로 다가왔다.

"더 먹겠나? 샌드위치가 좀 남았는데." 쿄스케가 빈 접시를 치우며 말했다.

"난 괜찮아."

"나도." 빌리가 말했다. "그거 남겨 둘 수 있겠나. 그 녀석이 곧 올지 모르니까."

쿄스케가 접시를 들고 주방으로 사라질 때까지 둘은 말없이 마주 보고 있었다.

"한판 하겠나?" 빌리가 카드를 뒤섞으며 물었다.

"이제 일어나야겠어. 촛불을 켜 두고 왔으니 오늘은 고양이가 돌아왔을지도 모르지. 게다가 내일 일찍 나가 봐야 하네. 날씨가 어떨지 모르겠지만." 조가 벗어 놓은 외투를 어깨 위에 걸

치며 말했다. "자네는 어쩌겠나?"

"좀 더 있겠네. 그 자식, 늦긴 해도 아주 안 올 녀석은 아니니까."

빌리는 조가 빠져나가는 것을 지켜봤다. 혼자 남은 빌리는 팸플릿을 뒤적이며 그를 기다렸다. 테이블이 삐걱거리는 소리를 들으며 카드를 섞었다. 녀석에게 가장 좋은 패를 쥐여 줄 작정이었다.

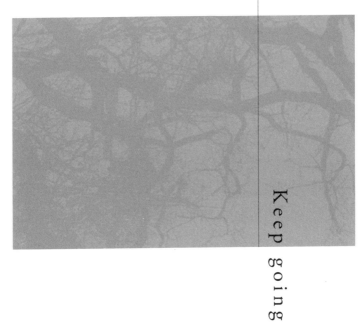

Keep going

회고

"나도 자네처럼 원고지를 파던 시절이 있었어."

유니버스 호텔 17층 로열스위트룸 정 회장의 집무실. 나는 회장의 맞은편에 나란히 무릎을 모으고 앉아 있었다. 그는 이제 막 자신의 문청 시절을 회고하려던 참이었다. 흔한 레퍼토리였다. 아무렴, 왜 아니겠는가. 몬테그라파 만년필을 붙잡았겠지. 아니면 레밍턴 타자기를 두드리거나. 몸이 나른해지는 자정 무렵이면 자신의 성공을 받아 적고 싶었을 것이다.

"정신을 차리고 보니 건물 도면을 스케치한 거야. 원고지의 네모난 칸이 객실 창문으로 보였던 거지. 200자 원고지가 창문 200개 달린 10층짜리 호텔로 변해 있었어. 이런 걸 직업병이라고 불러야 하나. 꼭 쓰고 싶은 이야기가 있었는데…… 쉽지 않왔지."

"뭘 쓰고 싶으셨습니까?"

"30년도 더 된 일이라네. 인허가 문제 때문에 지방에서 파견 근무를 하고 있을 때였어. 말이 전략기획실 상무지, 온갖 허드렛일은 내 차지였거든. 그게 선친의 경영 수업 방식이었던 게지. 숙소는 시 외곽에 있었는데 그곳 읍내에서 열리는 5일장이 볼만했네. 장날이면 어김없이 직원들과 저녁부터 2차, 3차까지 그곳에 들러붙었지. 당시로 치면 없는 게 없었어. 어느 날은 공터 한쪽에 천막이 쳐져 있고 사람들이 몰려 있더군. 서커스단이 온 거였어. 이름도 없는 서커스단이었네. 광대가 곤봉을 던지고 곡예사가 줄을 타는 시시한 공연이 이어졌어. 그 로봇이 등장하기 전까지는 말일세. 그래, 그건 로봇이었어. 「스타워즈」에 등장하는 '알투디투'처럼 생긴 로봇이었지. 두 발 대신 체인이 달렸고 몸통은 1미터쯤 될까, 드럼통보다 작은 크기였어. 무대 중앙에서 집게 팔을 이용해 돌덩어리를 옮기고 공 위에 올라가 균형을 잡더군. 힘을 쓸 때는 가슴에 붙은 회로 판에서 붉은빛이 번쩍였어. 속임수가 있을 거라고 생각하면서도 감탄을 금할 수 없었지. 그런 장소에 로봇이라니 말이야. 5일 뒤에는 혼자 보러 갔네. 내가 본 게 정말 내가 본 게 맞는지 의심이 들었거든. 같은 순서로 똑같은 묘기를 펼치더군. 나는 로봇의 공연이 끝난 뒤 천막을 빠져나왔어. 천막 뒤쪽에 컨테이너 한 동이 놓여 있었거든. 그 안으로 들어섰지. 단원들의 분장실을 겸하는 곳이었어. 왼쪽에서 외줄 타기를 하는 곡예사가 옷을 갈아입고 오른쪽으로 의상과 소도구, 잡동사니가 뒤섞인 벽이 세워져 있었지. 그 너머로 둥그스름한 머리통이 보였어. 그리고 그 위에 사람의 얼굴이 얹어 있었네. 그래, 로봇 안에 사람이 들어 있었던 거지. 키가 아주 작은 사람, 아마 난쟁이였을 거야. 물론 예상한 바였어. 생각해 보게나. 시골 장터의 서커스단이 진짜 로봇에게 재주를 부리게 했다면, 그게 더 이상한 일 아닌가. 사업하는 사람으로서 그 정도 현실감각은 당연한 거지. 정말 이상한 건, 5일 뒤 또 거기에 갔다는 거야. 그땐 많이 취해 있었어. 그게 뭐라고, 나는 기분이 몹시 상했던 걸세. 관객석에 앉아 있는데 자꾸 뜨끈한 것이 치밀었지. 결국 내 안에서 뭔가가 터져 나왔네. 나는 공연 도중 무대로 난입해서 로봇을 붙잡았지. 몸통과 머리를 분리해 버리고 싶었어. 아무리 잡아당겨도 꼼짝하지 않더군. 그사이에 무대 끄트머리에서 불길이 솟아올랐어. 무대로 뛰어오를 때 가장자리에 설치된 횃불 두어 개를 엎었거든. 불이 밧줄에 옮겨 붙으면서 천막이 타오르기 시작한 거야. 사방에 연기가 깔렸고 눈앞에서 붉은빛이 번져 나갔어. 나는 그대로 정신을 잃었지. 다음 날 아침, 병실에서 깨어났어. 그날 오후 병실로 찾아온 광대에게 손해배상 명목으로 500만 원을 인출해 줬네. 화상 치료를 받고 하루 뒤 퇴원했지."

"그 로봇은 어떻게 됐나요?"

"모르겠어. 물어보지 않았거든. 더는 알고 싶지 않았어. 아무튼 그걸 소설로 쓰고 싶었지. 빼거나 보태지 않고 있는 그대로 말일세. 그런데 쓸 수가 없었던 거야. 그때 깨달았지. 나는 무엇이든 할 수 있지만, 글은 쓸 수 없다는 걸."

그날의 회고는 거기까지였다. 나는 12층 객실로 돌아왔다. 문학의 후견인을 자처하는 회장은 작가들에게 후했다. 회고록 집필이 결정되자 내 편의를 봐주겠다며 호텔 입주를 권한 것도 회장이었다. 비서실을 통해 그 호의를 전해 들은 나는 당장 짐을 챙겼다. 입주 날짜가 정해지고 석 달의 기한이 제시되었다. 20인치 캐리어를 끌고 호텔에 도착해 객실 앞에 서는 순간, 그 호의에 생각지도 못한 변수가 숨어 있다는 걸 알았다. '1201'이라는 숫자 아래 또 다른 이름이 적혀 있었다. '박인성 소설가의 방. 작가님이 소설을 집필 중입니다. 정숙해 주시길 바랍니다.' 그 문구는 영어와 중국어, 일어로 두껍게 살을 찌우고 있었다. 간혹 화장실에서 볼일을 볼 때면 문 밖에서 웅성거림이 들려오곤 했다. 가장 많이 들린 말은 "박인성이 누구야?"였다. 작가 프로필을 붙여 놓지 않은 걸 천만다행이라고 생각했다. 그 문을 견뎌 내면 제법 쓸 만한 공간이 나왔다. 큼지막한 창으로 한강이 내려다보였고 킹사이즈 침대는 어느 방향으로 누워도 편안했다. 텔레비전 채널은 다 돌리지 못할 만큼 많았고 네스프레소 캡슐 여섯 개가 매일 아침 채워졌다.

사라진 목소리

유니버스 호텔의 전 객실에는 회장의 경영 방침에 따라 책 네 권이 꽂혀 있었다. 성경과 불경, 코란 그리고 소설이었다. 호텔 측은 출판사와 업무 협약을 맺고 분기별로 소설을 선정해 객실마다 비치했다. 그 계절의 소설은 『해저 도시: 사라진 목소리들』이었다. 작가는 테드 권. 입주 첫날 나는 저녁 식사도 거르고 책을 읽었다. 그 전에 출판 관련 기사가 포털 사이트 메인에 링크된 걸 발견했다. 한국계 작가의 첫 책이 출간 보름 만에 베스트셀러 1위를 차지했다는 내용이었다. 이미 초고속 엘리베이터에 탑승한 책을 굳이 사서 읽고 싶진 않았지만, 꽂혀 있는 것이라면 마다할 이유가 없었다.

『해저 도시』는 태평양 아래 신도시와 해저 터널의 건설, 그 도시를 배경으로 한 비밀과 음모, 추악한 인간성과 대비되는 안드로이드의 내면을 밀도 높게 그려 낸 SF 스릴러물이었다. 기시감은 떨칠 수 없었지만 잘 읽히면서 철학적인 고찰도 뒤따랐다. 무엇보다 묘사가 뛰어났고 각 장마다 긴장을 불러일으키는 요소가 있었다. 작가가 자신의 블로그에 연재하던 이 소설은 한국과 미국에서 거의 동시에 출간되었는데, 특기할 만한 점은 국내 반응이 더 폭발적이라는 사실이었다. 기사에서는 그 이유로 전통적인 스릴러 플롯, 묘사를 바탕으로 한 서술, 이론 기반의 구조 등을 들었지만 내가 보기에 가장 큰 이유는 책날개에 있었다. 푸른 눈망울에 검은 곱슬머리. 스물아홉 살의 작가는 한국계 어머니와 독일계 아버지 사이에서 태어났다. 현재 뉴욕에 거주하며 한국어도 일부 알아듣는 정도라고 했다. 날개면 전체에 걸쳐 그의 전신사진이 화보집의 한 컷처럼 자리했다. 입가에는 배우 조셉 고든 래빗을 떠올리게 하는 매력적인 미소가 걸려 있었다. 그는 프로그래머라는 직함도 가지고 있었다. 의료용 로봇을 비롯하여 각종 인공지능을 연구하는 버츄얼마인드사에서 일한다는 이력이 눈에 띄었다. 발 빠르게 소설을 발굴해낸 것만큼이나 수완 좋은 솜씨였다. 편집부장 이은수의 작품이니 당연했다.

은수는 내가 만난 최고의 편집자였다. 우리는 4년 전, 5년간의 결혼 생활을 마감했다. 대학 때부터 7년간의 연애 끝에 결혼한 걸 생각하면 비효율적인 인연이었다. 은수는 항상 렉슨에서 출시된 노트북용 백팩을 메고 다녔다. 가방 안에는 단행본 두세 권과 교정지 한 묶음, 노트북, 빨간색 플러스 펜과 제도 샤프가 노란 고무줄에 묶인 채 굴러다녔다. 은수는 필립 로스, 잭 케루악, 존 업다이크를 발굴한 편집자 다이애너 애실을 존경했다. 그처럼 자신도 일흔다섯 살까지 현역 편집자로 일할 거라고 했다. 고된 수습 기간을 거친 뒤 은수는 해외 문학 파트에서 자리를 잡았다. 전업 작가를 꿈꾸던 나로서는 환영할 만한 일이었다. 차분한 은수의 얼굴에는 의식하지 않아도 자부심이 넘쳐났다. 문제는 과도한 열정과 사명감이었다. 보라카이 섬으로 신혼여행을 갈 때도 은수는 그 가방을 메고 갔다. 모르긴 몰라도 다이애너 애실은 위스키와 대마초를 챙겼을 거라고 말했지만, 은수는 "소설가의 상상력이란 그런 거지."라며 무시했다. 은수가 내 말을 귓등으로 들을 때마다 묘한 흥분을 느끼곤 했다.

돌이켜 보면 그 무렵 나는 편집자의 언어를 동경했는지도 모른다. 말 대신 몸으로 은수의 품을 파고들곤 했다. 둘이서 술래잡기하며 뛰어다녀도 넉넉한 호텔 방 한구석에서 은수는 조지 오웰이 쓴 르포의 3교를 봤다. 신혼여행 중에 은수가 가장 많이 던진 질문은 "사랑해?"나 "어디 갈까?"가 아니라 "어느 문장이 더 나아?"였다. 나는 주로 은수가 손을 덜 움직이는 쪽을 선택했다. 은수는 하루 여덟 시간씩 일했다. 나는 빨간 문장부호가 덕지덕지 달라붙은 조지 오웰의 원고를 누구보다 먼저 곁눈질하며 이따금 바닷가에 나가 수영을 했다.

그때까지는 그런 생활이 내 소설 세계에 보탬이 되리라 믿었다. 결혼 생활 중 단편소설 세 편을 발표하고 장편소설 한 편을 계약했다. 은수가 근무하는 출판사와의 계약이었다. 은수의 지적에 따라 아흔아홉 번쯤 퇴고를 거쳤는데 결국 출간되지 못했다. 은수는 회사 재정상의 문제로 국내 문학 비중을 축소하는 과정에서 어쩔 수 없는 결정이었다고 둘러댔지만 나중에야 그 이유를 알았다. 은수의 서랍 안쪽에서 제출되지 못한 내 원고를 발견한 것이다. 은수는 작품이 형편없다는 판단에 따랐을 것이다. 편집자와 같이 살면 그 정도는 알 수 있었다. 소설가로서 편집자와 한집에 사는 일은 교도관과 같은 방을 쓰는 죄수의 삶과 비슷했다. 항상 죄목을 잊지 않게 해 주었고 자유는 저 멀리 있었다. 막 완성된 소설을 들고 가면 은수는 편집 주간의 방을 찾은 수습 편집자를 대하듯 나를 맞았다. 너그러운 미소를 지었지만, 미소가 걸리는 건 잠시뿐이었다. 은수의 책상에 놓인 원고 뭉치에 기가 눌리곤 했다. 레이먼드 카버, 조이스 캐롤 오츠, 옥타비아 버틀러. 그들의 이름이 하단에 박힌 교정지를 물리고 내 소설이 자리 잡는 순간, 이건 좀 불공평한 게임이라는 생각이 들었다. 넘치던 자신감은 괄호 안에 묶였다. 내 방으로 돌아가 인터넷 서점에서 소설 신간을 들여다보며 시간을 죽이다 보면 얼굴이 붉게 달아오른 은수가 너덜너덜해진 내 초고를 들고 들어왔다.

"더 고민해 봐. 지금도 나쁘다는 건 아니야. 그렇지만 여전히 비슷한 데서 머물고 있어. 조급하게 생각하지 마. 책도 더 읽고. 발표가 중요한 게 아니잖아. 중요한 건 작품 그 자체야. 자기도 알잖아." 은수는 원고를 흔들며 말했다. "좀 더 가 봐. 끝까지 한 번 가 보라고. 자긴 항상 폼만 잡고 끝나더라. 진짜로 가야지. 머리가 아니라 가슴으로."

"그래. 다시 쓰지, 뭐."

몇 번의 소모적인 논쟁 끝에 내가 찾은 방법, 완전한 수긍이었다. 그 전략을 매번 쓸 수 있었던 건 아니다. 표류하는 소설을 몇 차례나 반복해서 써내는 동안 너덜너덜해진 건 A4 용지만이 아니었다.

　은수는 자신 앞에 놓인 이상한 세계를 방관할 줄 몰랐다. 피하거나 에두르는 건 은수와 맞지 않았다. 은수는 미숙한 캐릭터에게 혁명을 위한 죽창을 들려 주는 일로 방만한 작가 정신을 갱신시키려 했다. 그뿐이었다. 우리는 어느 날 갑자기 생겨난 싱크홀이 아니라, 각자의 수렁 안에 있었다. 매 순간 곤욕스러웠지만 조짐이나 징조는 없었다. 문득 끝났다는 걸 알았다. 결정을 미루진 않았다. 서로를 탓하지 않았다. 헤어진 이후에도 종종 만나 식사를 했다. 주로 업계에 관한 대화를 나눴다. 쓰고 있는 소설이 있다고, 완성하면 한번 봐 달라고 말하고 싶었지만 못 했다. 끝까지 가지도, 제대로 실패하지도 못했던 것이다. 은수와 헤어지고 나자 내 작가적 역량이 그대로 드러났다. 은수가 채우고 있던 부분이 빠져나간 탓이었다. 머리와 가슴에서 들끓어야 할 상상력은 말라 버렸고 영감으로 통하는 길목에 온갖 이름을 가진 미장이가 등장해 벽돌을 한 장 한 장 쌓아 올렸다. 밑천은 떨어졌고 곳간은 비어 갔다. 나는 내가 할 수 있는 이야기를 모두 소진했다는 절망에 휩싸였다. 그래도 삶은 계속됐다. 우리는 각자의 자리로 미끄러져 들어갔다. 혼자 있으면 마음속 한 부분이 더 단단해지곤 했다. 그게 온전한 내 것이라고 느꼈다.

당신은 할 수 있습니까?

일은 주로 2층 카페테리아에서 했다. 지난해 증축했다는 카페테리아는 갤러리를 방불케 했다. 천장은 높았고 벽면에는 회화 작품이 특정 콘셉트에 맞게 전시되어 있었다. 전문 큐레이터의 솜씨인 듯했다. 나는 그랜드피아노가 설치된 구역을 선호했다. 그곳에 앉으면 정면으로 「포스트 휴먼」이란 조형물이 보였다. 인삼을 닮은 흰색 플라스틱 덩어리였다. 그것이 테이블과 테이블 사이에 떠 있었다. 조도와 습도가 적절했고 재즈와 클래식 넘버가 선곡되어 흘러나왔다. 가끔 작가와의 만남이나 초청 연주회가 열리곤 했다.

커피와 시저 샐러드, 햄치즈 파니니를 시키고 노트북의 전원을 켰다. 저녁 7시가 넘어가자 자리는 대부분 들어찼다. 나는 커피를 한 잔 더 주문했다. 작업 속도를 냈다. 절반가량의 원고를 편집자에게 전달하기로 한 날이었다. 중도금 날짜도 겹쳐 있어서 원고를 허투루 보낼 순 없었다. 뻔한 성공담 사이에 흥미로운 사건을 배치했다. 특히 호텔에서 벌어졌던 사고를 나열하는 대목에서 제법 긴박감이 넘쳤다. KGB 출신의 러시아인이 괴한들의 습격을 받고 납치된 사건도 있었다. 이후 호텔 직원들이 숙지해야 할 매뉴얼의 수가 두 배 가까이 늘었다고 했다. 내가 관심이 가는 부분은 각국 정보기관 요원들의 쓸쓸한 말년이었다. 나는 원고를 정리하다 말고 메모장을 열어 소설의 씨앗을 두서없이 적어 두었다. 호텔을 무대로 펼쳐지는 첩보물이었다. 폴더에서는 수많은 씨앗이 발아를 기다리며 킬로바이트의 시간을 보내고 있었다. 저절로 메가가 되지 않았다. 씨앗은 썩어 사라지기도 했고 수년 만에 싹을 틔우기도 했다. 대개는 씨앗 상태 그대로를 유지했다. 이번 작업이 마무리되면 어떻게든 이 중 하나를 골라 무럭무럭 키울 계획이었다. 나는 씨앗 폴더를 닫고 다시 원고 작업에 착수했다.

커피를 마시다가 대각선 방향의 테이블에서 익숙한 옆모습을 보았다. 은수였다. 「포스트 휴먼」을 사이에 두고 한 남자와 마주한 채 앉아 있었다. 조금 빠른 듯한 은수의 말소리가 음악과 목소리를 뚫고 들려왔다. 살짝 몸을 비틀어 주파수를 조정했다. 은수가 내뿜는 주파수를 귀가 기억하고 있었다.

"맞네? 뭐 해?"

눈이 마주친 은수가 내 자리로 다가왔다.

"작업."

"여기서? 혼자?"

"여기 회장이랑 친분이 좀 생겼지. 넌, 미팅?"

"응. 내일 행사가 있어서." 은수는 조금 고심하는 듯하더니 입을 열었다. "합석할래?"

"일행이 누군데?"

"테드 권."

"테드 권? 『해저 도시』 쓴 그 테드 권?"

나는 눈길을 돌렸다. 작고 동그란 뒤통수가 스마트폰을 들여
다보고 있었다.

"읽었어?"

"응. 뉴욕에 있는 줄 알았는데."

"해저를 거슬러서 한국에 왔지. 책은 어땠어?"

"편집자 솜씨가 굉장하던데."

"그러지 말고 직접 감상평 좀 말해 줘. 내일 낭독을 하는데
긴장한 거 같아서."

"어디서 하는데?"

"여기."

은수는 검지를 펴 바닥을 가리켰다.

"먼저 가 있을 테니까, 정리하고 와." 은수가 의자에서 일어
나며 말했다.

나는 원고를 마무리한 뒤 메일을 발송했다. 그사이에 꼬여
버린 마우스 줄을 풀고 있는데 은수의 웃음소리가 들려왔다.
재빨리 테이블 위의 물건들을 챙겨 들고 그쪽으로 다가갔다. 고
개를 든 남자의 입가에 익숙한 미소가 걸려 있었다. 손을 맞잡
고 영어와 한국어가 뒤엉킨 인사를 나누었다. 내가 웨이터를
불러 맥주를 주문하자 와인을 마시던 테드도 잔을 비우고 버
드와이저를 주문했다.

"한국에는 얼마나 있을 예정이죠?"

"두 달. 재밌는 프로그램이 많더군요."

"그렇게 오래 자리를 비워도 괜찮습니까?"

"슬슬 막다른 길로 가 볼까 해서요." 다시 그의 입가에 걸리는 미소가 어정쩡하다는 느낌이 들었다. 30퍼센트만 웃는달까.

"벌써 차기작을 다 썼대." 은수가 테드의 답변을 보충했다.

"바로 나와?"

"아니, 조금 있다가. 그래도 이번엔 한국에서 먼저 나올 거야. 내가 진짜 해저 도시를 발굴한 거지."

"미국에는 은수만큼 유능한 편집자가 없네요." 테드가 은수를 보며 미소 지었다. "은수는 제 글을 온전히 알아보고 이해해 준 유일한 사람이죠."

비로소 왜 그가 불편했는지 납득이 갔다.

"내일 낭독을 한다고요?"

"네. 어떤 모드로 해야 할지 고민 중입니다."

테드가 뒷목을 긁었다. 나는 그에게 프롤로그 뒤에 이어지는 1부 첫 단락을 추천했다. '나는 슬픔을 아는 안드로이드다.'로 시작하는 단락이었다. 은수도 찬성했다. 그러면서 그 부분을 진짜 안드로이드가 읽는다면 볼만하겠다는 말을 덧붙였다. 테드는 가능하다고 했다. 대신 버츄얼마인드사에서 개발한 소프트웨어가 있어야 한다고 했다. 그는 영화 「그녀」를 떠올려 보라고 했다. 스칼렛 요한슨의 목소리.

"운영체제의 목소리는 고객이 선택하는 거죠. 소설의 문체를 작가가 택하는 것처럼."

테드는 줄곧 은수를 바라보며 말했다. 은수는 고개를 끄덕이며 그의 말에 호응했다.

"진 요한슨은 스칼렛 요한슨과 어떤 관계죠?"

나는 검지를 세워 프롤로그 앞 장에 붙은 헌사를 가리켰다. 거기 한 줄의 문구가 떠 있었다. '진 요한슨에게.'

"관련이 없다고는 할 수 없겠네요." 테드가 덧붙였다. "진은 이 소설에 영감을 불어넣었으니까요."

"애인? 아니면 친구? 왜 같이 안 왔죠?"

"우리는 각자의 길을 가기로 했어요." 테드가 접시 위에 포크를 내려놓으며 말했다. "당신과 은수를 보니 나와 진이 떠오르네요." 테드가 은수와 나를 번갈아 바라봤다. "각자의 길을 존중해 주기로 한 거죠."

새로운 화제는 버츄얼마인드사의 업무에 관한 이야기였다. 테드는 인공지능이 얼마나 창의적인 일을 해낼 수 있는지, 비전문가들을 앞에 두고 설명에 나섰다. 한동안 강연이 이어졌다. 인공지능은 모든 걸 섭렵해 가는 중이었다. 나는 국면을 전환할 때 쓰는 접속사를 사용해서 말을 잘라 냈다.

"어쨌든, 인공지능이 교향곡을 작곡할 수 있습니까? 아니면, 지금 나오는 빌리 홀리데이처럼 아름다운 음색으로 노래를 부를 수 있을까요? 그도 아니면, 빈 종이에 아름다운 문장을 쓸 수 있나요? 또⋯⋯."

"당신은 할 수 있습니까?"

테드가 미소를 지으며 말했다. 나는 입을 다물었고 은수가 대신 입을 열었다.

"이 사람 다음 작품이 아무래도 그 내용인 것 같아. 그런데 말을 안 해 줘. 자기도 모른다고만 하고."

은수가 미소를 띤 채 테드와 눈을 맞췄다. 나는 '이 사람'이라는 지칭의 의미에 대해 곱씹어 보며 반격을 준비했다.

"나도 장편을 마무리하는 중이야. 취재량이 많아서 사실 관계를 확인하고 있지. 폭력과 욕망에 관한 이야기."

낮에 심어 놓은 씨앗 한 알을 언급했다. 한 줄짜리 장편.

"제 신작도 비슷한 문제의식을 담고 있죠."

"잘돼서 나란히 출간해도 좋겠네."

예의상 하는 말이라는 걸 알면서도 나는 고개를 끄덕였다. 그날의 회합은 그렇게 예의와 미소로 채워졌다.

그날 밤, 내가 던진 질문과 비슷한 내용을 영화 채널에서 발견했다. 「아이, 로봇」. 윌 스미스와 로봇의 대화. 윌 스미스의 질문은 내 질문과 조금 달랐고 로봇의 대답은 테드 권의 질문과 같았다. 테드는 내가 한가롭게 영화 대사나 따라 읊는 거라고 생각했을까. 어째서 나는 그 질문이 내 것이라고 생각했을까. 나는 벌거벗은 채 서서 한 손에 리모컨을 들고 화면을 지켜봤다. 로봇과 윌 스미스가 콤비를 이뤄 탈출에 성공하는 참이었다. 어쩐지 테드의 미소가 떠올라 기분이 개운치 않았다.

해저 도시

일주일 뒤 은수가 메일로 행사 프로그램을 보내왔다. 해양과
학 스토리 창작 투어 사업. 해양과학기술원과 강원문화재단이
공동으로 주최하고 은수가 근무하는 출판사가 협찬하는 프로
젝트였다. 예술인들이 함께 배를 타고 독도 인근까지 갔다가 해
상에서 하룻밤을 보낸 뒤 돌아오는 스케줄이었다. 정시 단위로
촘촘하게 일과가 적혀 있었다. 강연과 세미나가 줄줄이 예정된
일정이었다. 나는 참가 신청서를 제출했다. 잠시 호텔을 떠나 전
환해 보고자 하는 마음도 있었고 그곳에 가면 은수를 만날 수
있겠다는 예상도 따랐다.

그날이 왔다. 선착장 위로 두꺼운 구름이 애드벌룬처럼 떠
있었다. 참가자들이 삼삼오오 모여 인사를 나누었고 선원들은
부산하게 승선 준비를 했다. 누구와도 섞이지 않고 뒤편에서 홀
로 바다를 내다보고 있는 남자가 눈에 익었다. 그제야 간과하
고 있던 사실이 떠올랐다. 『해저 도시』의 작가, 테드.

"은수가 알려 줬어요. 오늘 오기로 했다고."

테드는 왼손에 쥐고 있던 태블릿 PC를 백팩에 집어넣으며
말했다. 정작 은수는 보이지 않았다. 나는 테드와 어깨를 나란
히 하고 현수막이 걸려 있는 선체 쪽으로 걸어갔다. 간단한 탑
승 수속을 마친 뒤 배가 출항했다. 나와 테드는 같은 장르로 묶
여 같은 선실을 배정받았다. 출발 직후부터 프로그램이 이어졌

다. 해양 생태계에 관한 다큐멘터리를 시청하고 해양과학기술원의 직원이 우리가 탑승한 탐사선에 관해 설명했다. 테드는 줄곧 스마트폰에 뭔가를 입력했다.

첫 번째 사고는 점심 식사를 앞두고 벌어졌다. 참가자 대부분이 선실 밖으로 나와 난간에 기대선 채 담배를 피우고 있었다. 그때 선체가 출렁이며 몇 명이 중심을 잃고 넘어졌다. 테드의 몸도 기울어졌다. 그의 스마트폰이 뒷주머니에서 빠져나왔다. 순식간에 바다 속으로 빨려 들어갔다. 괜찮으냐고 묻자 테드는 기계 안에 든 정보가 실시간으로 백업된다고 말했다. 담담한 표정이었지만 그의 두 손이 휑하게 비어 있었다. 나는 뭔가 보상받은 기분을 느꼈다. 선실 안으로 들어온 테드는 한동안 밖으로 나가지 않았다.

강연이 끝난 뒤 연극 연출을 한다던 40대 남자가 『해저 도시』를 들고 나타났다. 테드는 셔츠 앞주머니에서 만년필을 꺼내 첫 번째 페이지에 서명했다. 어깨너머로 그의 서명을 확인했다. 지독한 악필이었다. 테드는 만년필을 셔츠 주머니에 꽂아 넣으며 말했다.

"몽블랑인데, 조지 오웰 에디션이라고 하더군요. 은수가 방한 선물이라며 주었습니다. 근데 조지 오웰은 만년필을 쓰지 않았어요. 그는 오로지 지우개가 달린 2B 연필만을 사용했죠. 언제나 지울 게 많았으니까요. 인간이 가장 많이 쓰는 버튼이 백스페이스인 것처럼 말이죠. 입력 기계에서 삭제 기능을 제일 자주 쓴다는 게 아이러니하지 않습니까? 인간의 손에 맡기면 뭐든 그 모양이 되죠."

"사 줄까?" 결혼 직후 함께 백화점에 갔다가 몽블랑 매장을 바라보는 내 눈길을 확인하고 은수가 물은 적이 있었다. 나는 아니라고, 그냥 쳐다본 거라고 대꾸했다. 매장에는 조지 오웰 에디션 출시를 알리는 디스플레이가 설치되어 있었다. 몽블랑 만년필이 하나쯤 있어도 근사하겠다는 생각을 했다. 더군다나 조지 오웰이라면 각별한 인연이 있지 않은가. 나는 언젠가 진짜 괜찮은 걸 쓰게 되면 은수에게 그걸 사 달라고 해야겠다고 다짐했다.

나는 테드에게 소설을 쓸 때 만년필을 사용하느냐고 물었다. 그는 고개를 저었다.

"아무것도 사용하지 않아요."

"그럼 녹음기를 씁니까? 챈들러처럼?"

"누구요?"

"레이먼드 챈들러."

"그 사람이 녹음기를 썼어요?"

"모든 작품은 아니고, 간혹 단편을 쓸 때 사용했다더군요. 해안가를 걸으면서 말이죠."

"절반은 파도 소리였겠군요. 지금처럼." 테드는 왼쪽 가슴에 꽂힌 만년필 캡을 툭툭 건드리며 말했다.

밤에는 파티가 열렸다. 원래 선상 파티로 계획되었으나 해질 무렵부터 내리기 시작한 비 때문에 선실 안 식당에서 이어졌다. 테이블에 맥주와 와인이 깔렸고 모두가 취하는 분위기였다. 나는 다른 이들과 대화를 나누다가 문득 고개를 들어 테드를 좇았다. 그는 사람들과 잘 어울렸다. 영어에 한국어를 섞어 가며 알아들을 수 없는 말을 내뱉었지만, 그를 에워싼 사람들의 수는 줄어들지 않았다. 대화가 무르익을 때쯤 일제히 스마트폰을 확인하는 사람들 속에서 그는 휑하니 섬처럼 떠 있었다. 나는 테드를 놓치지 않으며 서서히 취해 갔다. 어느 순간 정신을 차려 보니 나 혼자 테이블을 차지한 채 술을 들이켜고 있었다. 주변에서 관계자로 보이는 몇몇이 자리를 정리했고 저쪽에서 테드가 다가와 내 앞에 앉았다. 테드는 지난번 낭독회가 자신에게 얼마나 신비한 경험이었는지 이야기했다. 다시금 은수의 이름이 언급됐다.

"은수는 정말 놀라운 사람이에요. 심해에 갇힌 『해저 도시』를 끌어올렸죠."

테드가 말을 이어 갔지만 더 이상은 들리지 않았다. 단지 그의 목소리가 펜촉처럼 귀에 꽂혔다.

식당 안에 나와 테드만이 남았을 때 프로젝트를 총괄하는 직원이 다가왔다. 그는 친절한 목소리로 내일 프로그램을 설명한 뒤 자리가 파했음을 알렸다. 나는 테이블에 놓인 맥주 캔을 집어 들고 식당을 빠져나왔다. 문을 열자마자 찬 기운이 밀어닥쳤고 몸이 떨렸다. 알코올로 덥힌 몸은 순식간에 식어 버렸다.

비틀거리며 뱃머리 쪽으로 방향을 틀었다. 옆에서 나란히 걸음을 떼는 테드의 몸도 흔들렸다. 나는 주머니에서 캔을 꺼내 마개를 땄다. 어둠 속에서 거품이 흘러내렸다. 얼른 입을 갖다 댔다. 옆에서 불쑥 손이 끼어들어 캔을 빼앗아 갔다. 고개를 돌려 보니 거기, 테드가 있었다.

"그거 알아요? 루마니아에서는 죄수가 책을 내면 형량을 줄여 준다더군요. 그래서 고스트 라이터를 찾는 교도소 안 거물들이 꽤나 많답니다. 그게 출판 산업을 지탱하고 있다는 주장이 있더군요." 맥주를 들이켠 뒤 테드가 입을 열었다. 빗소리에 뒤섞여 내가 제대로 알아들은 것인지 헷갈렸다.

"신작의 배경이 루마니아인가 보죠?"

"아니요." 파도 소리 때문에 테드의 목소리가 점차 커졌다. "남아프리카공화국. 평화유지군으로 참전했던 퇴역 군인이 주인공이에요."

나는 내 씨앗을 떠올렸다. 아직 싹이 돋지도 않았는데 짓밟히고 있었다.

"그가 트라우마에 시달리나요?"

"그건 좀 일차원적이지 않습니까? 나는 폭력에 노출되는 쪽보다 폭력을 휘두르는 쪽에 초점을 맞추고 싶어요. 끝까지 가 봐야 알겠지만."

'끝까지 가 봐.' 익숙한 목소리가 귓가에 울렸다.

"여기 적힌 대로죠. 이 각인을 보자마자 은수가 특별한 사람이라는 걸 알았어요." 테드가 셔츠에서 만년필을 빼 들었다. 그는 고개를 수그린 채 만년필을 들여다보았다.

뒤통수 아래로 그의 뒷목이 드러났다. 나는 거기에 시선을 꽂았다. 『해저 도시』의 한 장면이 떠올랐다. 안드로이드가 인간을 살해하는 대목. 안드로이드가 노린 건 인간의 목덜미였다. 그곳에 자신의 손가락을 꽂아 넣었다. 테드는 한 손으로 뒷목을 긁었다. 저곳에 전원 버튼이 있을까. 나는 맥주 캔을 단숨에 비운 뒤 우그러뜨렸다.

"좀 볼 수 있을까요?"

나는 오른손을 내밀었다. 내뻗은 손이 차양을 빠져나갔다. 그 위로 빗줄기가 떨어져 내렸다. 테드는 꼼짝도 하지 않았다. 그저 웃는 듯했다. 내민 손이 차갑게 식어 갔다. 얼어붙은 채로 시간이 흘렀다. 얼마 뒤 선체가 심하게 요동쳤고 테드가 비틀거렸다. 나는 그 순간을 놓치지 않았다. 단숨에 그의 손에서 만년필을 빼앗아 들었다. 그립감이 훌륭했다. 한번 잡으면 정해진 분량을 다 쓸 때까지 펜을 놓지 않았다는 조지 오웰의 습관을 충실히 구현한 디자인이었다. 뚜껑을 열고 펜촉을 확인했다. 구식 펜촉처럼 크고 날카로웠다. 몇 번 사용하지 않았는지 금장이 어둠 속에서 반짝였다.

내 손아귀에 그것이 있었다. 나는 만년필을 쥔 손을 치켜들었다. 망설임 없이 정해진 위치에 내리찍었다. 손끝에 둔탁한 촉감이 전해지며 펜촉이 살을 파고들었다. 테드가 손을 휘저으며 내 팔을 쳐 냈다. 펜촉이 밀려 나왔다. 누군가의 입에서 나온 욕설이 빗소리에 섞여 들렸다. 테드는 비틀거리다가 넘어졌다. 빗줄기가 그의 목덜미로 사정없이 쏟아졌다. 그는 주저앉은 채 뒤로 물러났다. 다시 파도를 타듯 배가 요동쳤다. 나는 간신히 옆쪽 난간을 붙들며 주저앉았다. 잠시 뒤 고개를 들어보니 테드가 보이지 않았다. 그가 있던 쪽으로 다가갔다. 그 너머는 바다였다. 난간을 붙잡고 바다를 내려다봤다. 검은 파도가 선체를 조금씩 밀어내고 있었다. 해저 도시는 보이지 않았다. 빗줄기가 선창을 두드리는 소리가 점점 강해졌다.

나는 선실 안으로 뛰어들었다. 방으로 들어가 곧장 욕실로 향했다. 입고 있던 셔츠와 바지, 속옷까지 모두 벗고 알몸이 되었다. 그 상태로 욕조에서 빨래를 했다. 거품이 욕조 안을 가득 메웠다. 빗물에 젖은 몸을 거듭해서 닦아 냈다. 잠시 뒤 욕실에서 나와 가죽 장갑을 끼고 맞은편 침대에 놓인 테드의 가방을 뒤졌다. 『해저 도시』 한 권이 윈드브레이커에 돌돌 말린 채로 한가운데 자리하고 있었다. 그 아래 젤리 몇 봉이 굴러다녔다. 앞주머니에는 미국 국적의 여권과 스마트폰 케이블이 들어 있었다. 휴대폰 플래시를 안쪽으로 들이밀자 등판에 붙은 지퍼가 눈에 띄었다. 지퍼를 열자 검정 커버가 씌워진 내용물이 있었다. 태블릿 피시였다. 전원을 눌렀다. 실행 프로그램이 작동하면서 낯선 운영 체제가 나타났다.

'Beta Fiction'이라는 로고가 떴다. 메모장만큼 단순한 워드 프로그램이었다. 지난 작업 내역을 열자 네 개의 파일이 나타났다. 「해저 도시」, 「네 개의 눈」, 「아주 작은 세계」, 「타워」. 먼저 「해저 도시」를 불러왔다. 빼곡히 쌓인 영자와 함께 익숙한 챕터들이 눈에 들어왔다. 곧이어 나머지 세 파일을 차례로 열었다. 마찬가지로 무수한 영자들이 챕터로 나뉘어 있었다. 앞선 두 편은 「해저 도시」와 분량이 비슷했다. 「타워」만 절반 수준이었다. 나는 유에스비를 태블릿 피시 옆면에 꽂았다. 파일을 모두 유에스비로 옮긴 뒤 삭제했다. 태블릿 피시를 가방 안쪽에 다시 넣었다. 지퍼를 잠그고 침대 위에 던져 놓았다. 맞은편에 있는 내 침대로 와서 누웠다.

처음에는 심장 박동소리가 내 귀에 들릴 지경이었다. 점차 안정을 되찾았다. 배가 요동칠 때마다 마음은 가라앉았다. 완전히 잠잠해질 즈음 머릿속에 떠오르는 것이 있었다. 자리에서 일어나 욕실로 들어갔다. 욕조 위에 널어놓은 빨랫감에서 바지 주머니를 뒤졌다. 길쭉한 것이 손에 잡혔다. 뚜껑을 열어 보니 어둠 속에서 펜촉이 반짝였다. 세면대에서 물을 틀어 놓고 꼼꼼히 닦았다. 다시 침대로 돌아와 누웠다. 이불을 뒤집어쓴 채 휴대폰 플래시를 켰다. 만년필이 내 손끝에 붙들려 있었다. 펜대를 오른쪽으로 돌렸다. 클립 옆쪽을 정면으로 향하게 했다. 거기에 은수가 새긴 문구가 각인되어 있었다. 영어로 된, 한 줄.

Keep going.

정교하게 조각된 각인을 눈으로 따라 새겼다. 금장을 채워

넣은 각인은 원래부터 그 자리에 있었던 양 선명하고 확고했다. 점점 시야가 흐려졌다. 졸음이 몰려왔다. 잠들기 직전, 회장의 목소리가 떠올랐다. '그걸 쓰고 싶었지.' 꿈에서 나는 천막 안에 앉아 있었다. 무대에서 공 위에 올라탄 로봇이 앞뒤로 움직였다. 사람들이 환호성을 질렀다. 로봇은 집게 팔로 돌덩어리를 집어 들었다가 한 걸음 떨어진 곳에 내려놓았다. 먼지가 일었다. 다시 환호가 나왔다. 로봇의 가슴에서 붉은빛이 뿜어져 나왔다. 빛이 번쩍일 때마다, 내 눈앞에 문구가 떠올랐다.

Keep going.

문장의 순도

호텔로 돌아와 커튼을 치고 침대에 누웠다. 킹사이즈 침대가 곧장 나를 기절시켜 주길 바랐으나 잠은 오지 않았다. 지난 며칠이 지난 세기의 일처럼 아득했다.

해양과학 스토리 창작 투어 이튿날 아침 나는 테드의 실종을 알렸다. 참가자들까지 전부 수색에 동원되었다가 두 시간 뒤 남은 일정이 모두 취소됐다. 반나절이 걸려 다다른 선착장에는 경찰이 와서 대기하고 있었다. 경찰은 내 말에 대체로 수긍하며 조서를 작성했다. 한 차례 확인 작업이 이루어진 뒤 프린터에서 조서가 인쇄됐다. 출력된 A4 용지가 내 앞에 놓였다. 10여 장의 조서는 군더더기 없이 깔끔했다. 맞춤법과 띄어쓰기 오류가 눈에 띄었으나 가독성이 일품이었다. 참고 자료로 삼고 싶을 정도였다. 나는 오른손 엄지에 인주를 묻힌 다음 낱장마다 눌러 찍고 물티슈를 뜯어 인주를 지웠다. 엄지에 선홍빛 얼룩이 희미하게 남았다. 경찰서 정문을 나서면서 극심한 피로감을 느꼈다. 어떻게 호텔까지 돌아왔는지 잘 기억나지 않았다. 비가 계속 내렸고 울퉁불퉁한 아스팔트 도로 위로 빗물이 고였다.

나는 구스다운 침구에 인질로 붙들린 몸을 떼어 냈다. 여전히 몸이 무거웠지만 정신은 또렷했다. 손이 가볍게 떨릴 정도의 흥분 상태. 오랜만에 경험하는 이 상태로 확인해 두고 싶은 것이 있었다. 노트북을 켜고 유에스비를 꽂았다. 폴더를 열어 파일 세 개를 내려받았다. 저장 위치는 씨앗 폴더였다. 첫 번째 파일을 열었다. 워드 프로그램이 작동하면서 빼곡한 영어 문장이 펼쳐졌다. 날카로운 신경 끝으로 의미를 캐냈다. 남아프리카공화국 케이프타운을 무대로 한 범죄 스릴러물. 작중 화자는 유엔 평화유지군으로 활동했던 퇴역 군인이었다. 폭력과 욕망, 종교가 뒤엉켜 극적인 비감미를 연출해 냈다. 내가 그리려던 세계가 거기, 완성되어 있었다.

나는 곧바로 번역 작업에 착수했다. 의미를 이해하기보단 그대로 받아 적는 과정에 가까웠다. 여느 속기사의 타이핑보다 빠른 속도였다. 회장은 해외 출장 중이었고 식사는 룸서비스를 이용했다. 다행히 나를 찾는 전화벨은 울리지 않았다.

마침내 최종본을 인쇄한 날에는 여느 때처럼 2층 카페테리아를 이용했다. 테이블에는 A4 용지와 위스키 온 더 록뿐이었다. 진한 몰트 향이 종이 위에 퍼지면서 번영했다. 문장의 순도가 높아지는 느낌이었다. 수정 작업에 들어간 뒤 보름 만에 원고를 마무리했다.

"무슨 일이야?"

원고를 건네받은 은수의 첫마디는 감탄사에 가까웠다. 나와 은수는 지난 사고에 관한 이야기는 하지 않았다. 계약 조건과 출간 일정에 대한 언급뿐이었다. 오랜만에 둘 사이에서 암묵적인 룰 같은 것이 작동했다. 교정 작업은 세 차례에 걸쳐 이루어졌다. 정과 망치로 깎아낸 부분에 원석이 확연했다.

한 달 뒤 포털 사이트 메인 화면에서 출판 관련 기사를 발견했다. 『네 개의 눈』의 성공 비결은 『해저 도시』와 별반 다르지 않았다. 출간 기념 낭독회가 유니버스 호텔 카페테리아에서 열렸다. 나는 늘 앉던 자리에서 다른 조명을 받았다. 내가 집중한 곳은 노트북 모니터가 아니라 나를 향한 사람들의 얼굴이었다. 그 시야가 아득했다. 앞쪽 가장자리에 은수가 앉아 있었다. 나는 어정쩡한 미소를 지어 보였다.

석 달 뒤 『네 개의 눈』의 영문 번역본을 전해 받았다. 랜덤하우스에서 다음 달 출간 예정이었다. 나는 그 판본을 원본과 일일이 대조했다. 명확히 달라진 부분, 모자라거나 넘치는 부분이 눈에 들어왔다. 빨간 플러스 펜으로 하나하나 체크했다. 교정지는 붉게 달아올랐다. 뉴욕을 기반으로 한 에이전시를 통해 계약 조건을 전달받았다. 영미권 독자에게는 무명이나 다름없는 작가의 첫 작품으로 괜찮은 조건이라는 코멘트가 붙어 있었다. 다음 작품 『아주 작은 세계』는 한국과 미국에서 동시 출간하기로 했다.

우리는 기계가 아닙니다

나는 뉴욕행 비행기에 올랐다. 출판사의 요청으로 『아주 작은 세계』 출간 기념 낭독회를 한 뒤 뉴욕에서 「타워」를 마무리할 예정이었다. 에이전시의 주선으로 뉴욕대학교 인근에 숙소를 잡았다. 첫 번째 일정은 랜덤하우스로 가서 표지 디자인을 고르는 일이었다. 출판사 사무실이 있는 빌딩 로비에서 에이전시와 만났다. 적갈색 슈트 차림의 그는 나를 발견하자마자 손을 치켜든 채 다가왔다.

"톰 리처드입니다. 토미라고 불러요."

토미는 키나 몸집이 내 두 배에 육박할 만큼 거대했다. 오른손에 매달린 서류 가방이 장난감 가방처럼 느껴졌다. 그는 그 가방에서 서류철을 꺼내 내밀었다.

"표지 시안이에요. 최종본이죠."

이미 한국에서 영미판 표지 시안을 한 차례 확인했다. 내가 선택한 시안을 바탕으로 세 가지 타입이 나온 것이었다. 우리는 엘리베이터에 탑승한 뒤 25층 버튼을 누르고 뒤쪽에 나란히 섰다. 토미가 편집장을 만나기 전 몇 가지 주의 사항을 알려 줬다. 가령 동석한 자리에서 확답을 피하라거나 직접적인 감사 표시를 삼가라는 말이었다. 협상을 유리하게 만들기 위한 기술 같은 것들이었다.

"인질이라도 구출해야 할 거 같군요."

"인질은 이미 구출했어요. 우리는 귀환 파티를 준비하러 가는 겁니다."

토미가 내 어깨를 두드리며 말했다. 우리는 바쁘게 일하는 사람들을 지나쳐 방 앞에 섰다. 토미가 문을 두드리자 안쪽에서 여자 목소리가 들려왔다. 문을 열자 머리카락이 희끗희끗한 편집장이 우리를 맞이했다. 편집장은 뿔테 안경을 벗으며 손을 내밀었다.

"데니스 루헤인도 추천사를 보내왔어요." 편집장은 자신의 책상 앞에서 종이 한 장을 집어 들고 말했다. 이야기는 단숨에 본론으로 들어갔다. "소설은 새로운 미래를 준비해야 한다. 바로 이 작품이 그 기점이 될 것이다. 특히 175페이지 이후부터 눈을 뗄 수 없다."

"스티븐 킹은 어떻게 됐습니까?"

"스티비는 가족들과 여행 중이에요. 지금쯤 마이애미에서 윈드서핑을 하고 있겠군요."

앞에 선 두 사람의 표정이 어두워지자 편집장이 덧붙였다.

"보도 자료에는 나갈 수 있을 겁니다. 그 문제는 걱정하지 마세요." 편집장이 회의 테이블로 옮겨 앉았다. "표지는 정했나요?"

나는 편집장이 벽면에 붙인 시안 세 개를 살펴봤다.

"저걸로 하죠. 대신 폰트 크기가 좀 작아져도 좋을 거 같습니다." 나는 가운데 시안을 가리켰다. 잿빛 페인트가 거칠게 벗겨진 담벼락에 남자의 눈동자가 자리했다. 그 위에 'The smaller world'라는 활자가 박혀 있었다.

"좋아요. 미니멀리즘이 돋보이는 시안이죠. 강렬해요. 디자인 팀에 그렇게 말해 두죠." 편집장은 즉시 인터폰을 켠 뒤 누군가에게 수정 방향을 지시했다. 이어서 편집장은 출간 일정을 설명하고 반스앤노블에서 열릴 낭독회 일정을 확인했다. 달라진 건 없었다.

"새 작품은 언제쯤 볼 수 있죠?"

편집장의 질문에 토미도 궁금하다는 표정으로 나를 바라봤다. 「타워」를 두고 하는 말이었다. 나는 석 달 뒤에 원고를 넘겨주겠다고 했다.

"벌써요? 새 소설을?"

"막바지 수정 중입니다."

"『아주 작은 세계』를 작년에 썼다면서요?"

"맞아요. 그리고 올해 다른 걸 썼죠."

"스티비한테 그 사실도 말해 둬야겠어요. 그는 자신만큼 빨리, 꾸준하게 쓰는 작가들을 찾고 있거든요. 다섯 명이 모이면 이름을 붙여서 단체를 만들 예정이라고 하더군요. 이제 정족수가 거의 차겠네요."

"어떤 단체죠?"

"우리는 기계가 아닙니다."

"그 팀의 에이전시가 되면 평생 굶을 일은 없겠네요."

토미가 나를 보며 눈을 찡긋거렸다. 그때 벨 소리가 들렸고 편집장이 방 끄트머리로 자리를 옮겼다. 편집장이 책상을 지나쳐 가자 바깥쪽에 쌓여 있던 종이 뭉치 일부가 무너져 내렸다. 나는 직감적으로 그 종이의 정체를 알 수 있었다. 은색 클립과 스테이플러, 집게 등 가지각색으로 묶어 놓은 종이 탑이 낯설지 않았다.

낭독회

닷새 뒤 반스앤노블에서 낭독회가 열렸다. 나는 서가 사이에 서서 1장 두 번째 단락을 읽었다. '이스탄불에서 손가락을 자른 적이 있다.'로 시작하는 단락이었다. 스무 명 남짓한 사람들이 나를 둘러싼 채 귀를 기울였고 낭독 중간에도 하나둘 다가왔다. 낭독을 마치자 짧은 박수가 나왔다. 나는 안쪽에 마련된 자리에 앉았다. 퍼즐과 문구 코너 사이였다. 고개를 숙인 채 면지에 사람들이 요구하는 메시지를 적어 나갔다.

"테드 권에게, 라고 적어 주세요."

기계적으로 사인을 이어 가던 나는 고개를 들었다. 갈색 단발머리에 검은 눈동자, 청바지에 남색 윈드브레이커를 걸친 여자였다. 깊은 곳에서부터 끌어 올린 듯한 목소리는 이름을 발음할 때 한층 또렷하게 들렸다. 작고 낮은, 그러나 분명한. 순식간에 정보를 수집했지만 입은 떨어지지 않았다. 대답을 고민하는 사이에 손이 먼저 움직였다. 여자가 책을 거둬 가고 그다음 사람이 내 앞에 섰다.

사인회가 끝나자 서점 직원들이 다가왔다. 테이블과 의자가 치워지고 그 자리로 사람들이 오갔다. 나는 각 코너와 서가를 일일이 확인하며 돌아다녔다. 소설 코너에서 발길을 멈추고 말을 골랐다.

"그 친구와는 어떤 관계죠?" 나는 여자 옆으로 다가서며 물었다. 책에 얼굴을 파묻고 있던 여자가 고개를 들었다. 바로 알아보지 못한 듯 의아한 표정이었다. 나는 사인하는 시늉을 해 보였다.

"아, 테드. 그를 아세요?"

"『해저 도시』의 작가잖아요."

"맞아요. 그 작품이 있었죠." 여자가 새삼스럽게 고개를 끄덕였다.

"박인성입니다. 그 책 작가죠."

나는 여자가 왼쪽 옆구리에 낀 책을 가리킨 뒤 손을 내밀었다.

"진이에요. 진 요한슨." 여자가 내 손을 맞잡으며 말했다. "테드와는 버츄얼마인드사에서 함께 일했죠."

그 이름을 곱씹었다. 요한슨. 스칼렛 요한슨. 그리고 '진 요한슨에게'.

"테드 일은 유감입니다." 나는 되도록 짧게 끝냈다.

"사고였으니까요."

"저한테 무슨 볼일이라도?"

"아뇨. 서점에 왔다가 우연히 들었어요. 왠지 테드가 떠오르더군요."

말문이 막혔다. 진이 내 눈치를 살피더니 다시 입을 열었다.

"사실은 저도 소설을 쓰거든요."

"작가였군요."

"아직까지 책은 없어요. 계속 퇴짜만 맞았죠."

"저도 꽤 오랫동안 쓰지 못했어요."

"그렇게 말해 주니 위로가 되네요. 저는 줄곧 혼자 썼거든요."

"하지만 테드가……."

"같이 살 때는 저만 썼어요. 테드는 제 괴로움을 이해하지 못했죠."

"그가 당신을 이해해 보려고 글을 쓰기 시작한 것인지도 모르겠네요." 나는 그 이름을 입 밖에 내지 않으려고 애쓰며 말했다.

"그럴까요."

진은 생각에 잠긴 얼굴이었다. 그 앞으로 토미가 끼어들었다. 토미의 곁에는 거구의 남자가 서 있었다. 잿빛 슈트를 갖춰 입은 남자는 인사를 건네며 명함을 내밀었다. 거기에 '플랜 B 엔터테인먼트'라고 기재되어 있었다. 그는 내게 소설의 판권에 관해 물었다. 혹시 좀비나 외계인, 괴물과 관련된 이야기를 써 볼 생각이 없느냐고 했다. 내가 우물거리는 사이에 전화벨이 울렸다. 남자가 전화를 받는 동안 토미는 내 팔을 잡아당겨 서가 뒤로 끌고 갔다.

"종종 있는 일이에요. 일종의 헌팅이죠. 하지만 그보다는 확실해요. 당신은 가능성 있는 작가 부류에 올라갔으니까. 금액은 이쪽에서 불러 볼 수 있어요. 아주 유리한 위치죠. 어때요? 7대 3으로 합시다. 당신이 7, 내가 3."

"토미, 내 행운의 숫자는 8이에요."

토미가 손을 내밀었다. 협상은 성공적이었다.

"그럼 이렇게 합시다. 당신 다음 소설이 있잖아요. 그걸 간추려 봐요. 시놉시스보다는 길게. 그걸 뭐라고 부를까요?"

"나는 씨앗이라고 불러요."

"좋아요. 플랜 B 쪽에는 마침 괜찮은 씨앗이 하나 있다고 합시다. 다른 프로덕션과 이야기 중인데, 끝나면 연락하겠다고 하죠. 기간은 석 달?"

"두 달로 하죠." 나는 재빠르게 주도권을 찾아왔다.

"그거 좋군요." 토미가 미소 띤 얼굴로 말을 이었다. "급할 건 없어요. 주도권은 우리한테 있으니까. 반응이 괜찮으면 넷플릭스와 계약할 수도 있을 거예요. 요즘은 거기가 최고죠."

"좋아요."

"그럼, 이제부터 내가 상대할게요. 작가가 직접 말하는 것보다 나를 통하는 게 나아요. 명함 받은 거 있죠?"

내게서 명함을 받아 든 토미는 서가 건너편으로 사라졌다. 그의 뒷모습을 지켜보다가 잊고 있던 것이 떠올랐다. 통로로 나와 둘러보았지만 진의 모습은 어디에도 보이지 않았다.

허공에 내려앉은

토미가 구해 준 숙소는 엘리베이터가 없는 6층짜리 다세대 주택의 꼭대기였다. 대학 근처에 위치한 탓으로 분위기는 기숙사에 가까웠다. 주로 예술 대학 학생들이 입주해 있었다. 건물 입구에는 'FUCK ART! SURVIVE!'라고 적힌 그라피티가 벽면을 가득 채우고 있었다. 그라피티는 각 층 복도마다 이어졌다. 층을 헷갈릴 일은 없었다. 내 집 옆에는 한 남자가 서 있었다. 그의 왼쪽 눈이 시신경을 따라 길게 늘어졌고 동공이 있어야 할 자리가 현관이었다. 건물 전체가 갤러리였다. 계단을 오를 때는 힙합 음악과 기타 선율이 절묘한 앙상블을 이루어 냈다. 밤에는 그보다 특별한 사운드를 들을 수 있었다. 대개는 두 명이, 가끔은 그보다 많은 사람이 절정을 향해 오르내리는 소리였다. 그리고 받아 적을 수 없는 감탄사와 욕설. 새로운 단어를 습득했으나 써먹을 수 없었다. 상관없었다. 내게는 아직 「타워」가 있었으니까. 새벽이면 빗소리에 깨곤 했는데 정작 침대에서 나와 창밖을 보면 비는 내리지 않았다.

내가 확보한 시간은 석 달이었다. 그 정도면 충분했다. 절반의 세계가 이미 세워져 있었다. 나머지는 채워 넣으면 됐다. 앞부분을 번역하면서 타워 안으로 진입했다. 다소 으스스한 분위기 속에서 두 경비원의 대화가 이어졌다. 자정이 지나면서 폐쇄된 건물 안으로 빗물이 들이쳤고 날벌레가 날아들었다. 한 경비원이 먼저 지하 주차장으로 내려갔다. 곧 무언가 나타났다. 좀비? 괴물? 외계인?

'다음은 당신 차례야.'

릴레이 소설을 쓰는 기분이었다. 바통을 넘겨받은 나는 그걸 바지 뒷주머니에 꽂고 맹렬히 쓰기 시작했다. 이를 악물고 달렸다.

"자, 이제 당신 차례."

혼자 중얼거리기도 했다. 어떤 문장, 어느 단락은 도저히 내가 쓴 것 같지 않았다. 그렇게 작성된 부분을 나는 사랑했다.

하루하루 타워의 꼭대기에 가까워졌다.

가을이었다. 낮에는 틈틈이 인근을 산책했다. 산책 코스 중 하나인 반스앤노블은 날씨가 차가워질수록 사람들로 붐볐다. 나는 소설 코너에서 남자의 실루엣에 'Tower'라는 폰트가 고딕체로 박힌 검은색 포스터를 발견했다. 아무리 봐도 그 실루엣은 등단 무렵에 찍은 내 프로필 사진이었다. 토미에게 전화를 걸었다. 그가 기다렸다는 듯 말을 쏟아 냈다.

"잘 지내죠? 난 막스앤스펜서에서 넥타이를 고르는 중이에요. 바로 플랜 B에 매고 갈 넥타이죠."

"토미, 나는 기계가 아니에요. 시간이 더 필요해요. 그것보다 오늘 반스앤노블에서 이상한 걸 봤어요."

"아, 나도 봤어요. 랜덤에서 벌써 신작 포스터를 붙여 놨더라고요. 요즘은 경쟁이 치열해요. 시장 선점이 중요하죠."

그때 전화 너머에서 강력한 경적이 울렸고 토미는 다시 연락하겠다며 전화를 끊었다. 전화는 다시 오지 않았다. 자정이 지날 무렵 스틸녹스 두 알을 삼킨 뒤 침대에 누웠다. 달릴 기분이 아니었다. 포스터에 박혀 있던 고딕 폰트가 머릿속을 둥둥 떠다녔다. 나는 손전등을 든 두 경비원을 떠올렸다. 한 명은 죽음을 앞두고 있었다. 그의 죽음을 그려 봤다. 다시 빗소리가 들렸다. 그리고 노크 소리. 고개를 돌려보니 창문이 열려 있었다. 그 사이로 빗방울이 들이쳤다. 나는 침대에서 일어나 창가로 다가갔다. 손잡이를 잡고 힘껏 끌어당겼다. 창은 뭔가에 부딪힌 듯

튕겨나갔다. 다시 힘을 주어 당기다가 창틀 아래에 시선이 꽂혔다. 거기, 손가락이 있었다. 창틀에 매달린 손가락. 손전등을 든 남자가 창에 매달려 나를 올려다보고 있었다.

'그래, 여기 있어.'

그대로 뒷걸음질해서 침대로 돌아왔다. 이불을 뒤집어쓴 채 눈을 감았다. 빗소리에, 창문이 삐걱거리는 소리가 더해졌다. 새벽녘에는 신음과 욕설도 빠지지 않았다. 날이 샐 무렵 나는 이불에서 나와 창문을 닫았다. 고요한 방에서 책상 앞에 앉았다. 노트북을 켜자 모니터가 빛을 발했다. 직전까지 쓰다 만 부분이 눈에 들어왔다. 도무지 무슨 내용인지 알 수 없었다. 나는 길게 백스페이스키를 눌렀다. '인간의 손에 맡기면 뭐든 그 모양이 되죠.' 익숙한 목소리가 귓가에 울렸다.

나는 백팩을 메고 집을 빠져나왔다. 한 달간 호텔에 머물며 원고를 작성했다. 수정 작업에 다시 한 달이 걸렸다. 약속된 석 달째에 각각 한글과 영문으로 작성된 원고를 은수와 편집장에게 전송했다. 이번에는 어떤 행사에도 참여하고 싶지 않다는 코멘트를 첨부했다. 편집장에게서 즉각 원고를 잘 받았다는 서식용 답장이 왔다. 은수에게서는 아무런 연락이 없었다.

그해 겨울, 반스앤노블 소설 코너에 『타워』 전용 서가가 등장했다. 검은 바탕에 흰 타워, 거기에 은빛 윤곽의 남자가 왼팔을 내뻗어 간신히 매달려 있었다. 내가 제안한 표지 시안이었다. 서가를 둘러보고 돌아오는 길에 뉴욕현대미술관 앞에서 가로등 불빛이 일제히 켜지는 걸 지켜봤다. 불빛이 떠오르다 제자리에 내려앉는 것처럼 보였다. 그것이 현대미술이라고 생각했다. 나는 미술관 앞 벤치에 앉아 허공에 내려앉은 불빛을 감상했다. 불빛이 사라지는 광경도 보고 싶었으나 날이 추웠다.

악행의 자서전

『타워』의 표절 의혹이 제기된 건 그로부터 한 달 뒤였다. 《뉴요커》는 소설 전반부가 트루먼 커포티와 존 치버, 어슐러 르 귄 등의 소설을 짜깁기한 정황이 의심된다고 보도했다. 기사 말미에 한 평론가는 전체 플롯은 상이하지만 장면 전개와 문장 흐름이 상당히 유사하므로 패스티시라고 보기에도 무리가 있다고 하면서, 이전 작품인 『아주 작은 세계』와 『네 개의 눈』도 점검해 볼 필요가 있다고 덧붙였다.

정오가 되자 토미가 《뉴요커》를 돌돌 말아서 바통처럼 뒷주머니에 꽂은 채 숙소로 들이닥쳤다. 우리는 거실 벽에 기댄 채 마주 섰다.

"내가 알아야 할 게 있나요?"

"나도 아는 게 없는걸요."

한동안 내 얼굴을 들여다보던 토미가 입을 열었다.

"샤워부터 해요. 이럴 때일수록 말끔한 차림을 유지하는 게 중요해요."

"아니에요." 나는 고개를 흔들며 말했다. "절대 아닙니다."

"자기 확신으로는 부족해요. 승률 높은 변호사를 고용해야 하고 당신 말을 입증할 물증, 보충할 증언도 필요해요. 모든 게 필요하죠."

"전투를 해야 한다는 거군요."

"일단 지금은, 나랑 같이 가야 하고요." 그는 도살장에 끌고 갈 가축을 보는 눈빛이었다.

잠시 뒤 우리는 판결을 앞둔 재판관처럼 엄숙한 표정으로 앉아 있는 편집장 앞에 섰다. 편집장은 우리가 들어선 뒤에도 말없이 서류만 들여다봤다. 펜이 일정한 간격으로 조금씩 움직였다. 마침내 편집장이 몸을 일으키며 입을 열었다.

"자, 정리해 보죠. 언급된 작품이 소설 다섯 편과 영화 세 편, 심지어 노래까지 있군요. 당신, 힙합도 들어요?" 편집장은 말을 멈추고 토미와 나를 번갈아 봤다. "기록이라면 기록이네요."

"어디서 나온 분석입니까?" 토미가 편집장이 든 종이를 가리키며 물었다.

"편집 팀에서 이틀 동안 대조한 거예요. '내가 어렸을 때, 엄마는 기묘한 이야기를 늘어놓곤 했지. 아빠는 악마라고, 그래서 날 미워한다고 말했지. 그러나 내가 나이를 좀 더 먹자 엄마가 제정신이 아니라는 걸 알았어.' 이건 어느 대목이죠?"

"경비원 중 한 사람이 어린 시절을 회상하는 장면이군요."

나는 머릿속에서 책장을 넘기며 대답했다.

"아뇨. 이건 에미넴이 부른 「Kill you」 가사예요."

"하늘 아래 새로운 건 없어요. 어떤 것도 완전히 새로울 순 없죠." 토미는 끝까지 나를 변호했다.

"원론적인 이야기까지 갈 것도 없어요." 편집장은 판결을 내렸다.

"내일 오전부터 회수 작업에 들어갈 거예요. 『네 개의 눈』과 『아주 작은 세계』도 분석을 시작할 거고요. 이후에는 내가 아니라 변호사와 얘기해야 할 겁니다."

"우연의 일치라는 게 있지 않습니까." 토미가 혼잣말처럼 중얼거렸다.

"문학에선 우연을 믿지 않아요. 모든 건 정밀하게 짜여 있어야 하죠. 지금처럼 말이에요." 편집장이 들고 있던 종이를 내 손에 쥐여 주며 말했다. "그럼, 잘 가요."

아래로 내려오면서 토미와 나는 입을 열지 않았다. 엘리베이터는 지하를 뚫고 해저까지 다다를 기세였다. 그럼 테드가 나를 맞이하겠지. 안녕, 마음껏 즐겼나? 자, 지옥을 안내해 주지. 그가 어딘가에서 상황을 지켜보며 30퍼센트짜리 미소를 띠고 있을 것 같았다. '끝까지 가 봐야 알겠지만.' 나는 귓가에 울리는 목소리를 떨쳐 내려고 오른발을 힘껏 내디뎠다. 엘리베이터가 멈추고 문이 열렸다.

"제레미는 촉망받는 작가였어요. 내가 그의 에이전시가 된 건 운이 좋아서였죠. 우린 페이스북 친구였거든요." 토미는 대뜸 친구 얘기를 꺼냈다. "그가 「로스트」새 시즌에 합류하고 「CSI」 리부트에 참여할 때만 해도 갑자기 증발해 버릴 거라고는 상상도 못 했어요."

"사라졌다고요?"

"네. 「CSI」 촬영이 끝난 직후 연락이 끊겼어요. 전화도 안 되고 메일도 안 보고 페이스북도 안 했죠. 줄줄이 계약이 파기되고 내 평판에도 흠집이 갔어요. 그래도 나는 걱정했어요. 터키로 출장을 갔다가 그를 발견하기 전까진."

"거기서 뭘 한 거죠?"

"시장에서 채소를 고르고 있었어요. 내가 '너 뭐 하는 거야?' 하고 물었죠. 그가 어제 만난 사람처럼 해맑게 웃으면서 말했어요. '요리를 하고 있어. 글쓰기보다 더 재밌거든.' 난 주먹을 한 방 날린 뒤 그를 따라갔어요." 토미는 다시 우물거리듯 입을 열었다. "테이블이 여섯 개인 식당이었어요. 거기서 식당을 하고 있었던 거예요." 말을 마친 그가 나를 쳐다봤다.

"사라진 사람이 또 있나요?" 나는 바보 같은 질문을 던졌다.

"남아 있는 사람을 세는 게 빠르지 않을까요? 소설 쓰는 일은 의외로 쉬울지 몰라요. 사람을 죽이고 악행의 자서전을 쓰면 되니까. 누군가를 끝장내는 이야기라면 누구나 흥미를 갖죠. 문제는 걸리지 않고 계속할 수 있느냐…… 대개 꼬리를 잡히죠. 그래서 새로운 작가가 계속 나오는 거 아니겠습니까. 물론 당신을 두고 하는 말은 아니에요. 당신은 그 방면으로 분명히 재능이 있으니까."

나는 그의 손을 꽉 붙들었다. 우리는 출판사 건물 앞에서 오랫동안 악수를 나누었다. 마침내 손을 떼고 돌아서는데, 등 뒤에서 그의 목소리가 들렸다.

"즐겁게 사는 법은 얼마든지 있어요. 일단 핫도그를 먹어 봐요. 다시 살인을 하거나 괴물을 만날 필요는 없다는 겁니다."

언더라이터

유니버스 호텔 2층 카페테리아. 「포스트 휴먼」은 여전히 같은 자리에 떠 있었다. 자주 닦아 주는지 더 하얘진 표면이 반짝거렸다. 나는 그랜드피아노 옆자리에 앉아 노트북을 켜고 폴더를 열었다. 잠깐이나마 씨앗에 물을 줄 타이밍이었다. 썩어 버린 씨앗을 정리하고 싹이 보이는 것들을 분류하는데 맞은편 의자가 뒤로 밀렸다.

"일찍 왔네?" 은수가 백팩을 무릎에 내려놓으며 말했다.

"작업할 게 있어서."

"작업? 번역이야?"

"소설."

"누구 소설?"

"누구긴. 내 거지." 나는 잠시 사이를 두었다가 덧붙였다. "이 달까지 보여 줄게."

"갖고 와서 얘기하랬지."

"내 주기나 하셔. 또 처박아 버리려고."

「아주 작은 세계」도, 「타워」도 출간되지 않았다는 건 한국에 돌아와서야 알았다. 사유를 추구하자 은수는 '작가 보호'라는 표현을 썼다. "이전 원고에 비해 함량이 떨어졌어. 논란이 될 만한 지점도 보이고. 뭐가 잘못 됐는지, 그건 당신이 잘 알겠지. 더는 묻지 않을게." 은수는 딱 잘라 말했다. 다른 걸 요구할 뿐이었다. 은수가 말하지 않아도 알았다. 내게 필요한 건 재기가 아니라 다시 쓰는 일이었다.

"참신한 걸로 가져와." 은수가 잔을 매만지며 말했다. "뭐든 끝까지 가 봐. 조급하게 굴지 말고. 작품보다 중요한 게 어디 있어."

"오랜만이다, 그 소리."

"내가 당신한테 이런 말을 했다고?"

은수는 고개를 갸웃거린 뒤 커피를 마셨다. 우리가 결혼했었다는 걸 기억이나 할는지 궁금했다. 나는 테이블에 놓인 책을 가리키며 물었다.

"반응은 어때?"

"잘 나가는 건 아닌데, 아끼는 사람들이 있어. 나도 그렇고."

"번역이 좋아서 그래."

나는 흰 배경에 반짝이는 별 무더기가 박힌 표지를 손으로 쓸어내렸다. 금박을 입힌 표면이 우툴두툴했다. 그때 은수가 번쩍, 손을 들었다. 입구에서 진 역시 손을 흔들며 우리 쪽으로 다가왔다. 언제나처럼 남색 윈드브레이커에 청바지 차림이었다.

　"미안해요. 차가 막혔어요."

　눈인사를 건넨 진이 숨을 몰아쉬며 말했다.

　"나도 방금 왔어요." 은수가 부드러운 어투로 답했다.

　나는 책을 펼쳐서 면지 부분을 내밀었다. 의아한 눈으로 보던 진이 미소를 되찾더니 펜을 들고 알파벳 하나하나를 고딕체로 인쇄하듯 써 나갔다.

　"진, 다음 작품 쓰고 있죠?" 담당 편집자답게 은수가 기습적인 질문을 던졌다.

　내게 책을 건네던 진의 얼굴에 난처한 미소가 떠올랐다.

　"아직 한 줄도 못 썼어요. 꼭 쓰고 싶은 이야기가 있는데…… 어려워요."

　진은 못 썼으면 못 썼다고, 어려우면 어렵다고 말하는 사람이었다.

　"뭘 쓰고 싶은데요?" 이번엔 내가 물었다.

　"평범한…… 남녀의 이야기예요."

　"연애물이에요? 재밌겠다. 더 얘기해 봐요." 은수가 턱을 괸 채 진을 바라봤다.

　진은 잠시 망설이더니 입을 열었다. "둘은 회사에서 만났어

요. 첫눈에 반한 건 아닌데 데이터가 쌓이면서 차근차근 가까
워졌죠. 시간이 가도 서로에 대한 마음은 달라지지 않았고 조
금 식은 뒤에는 더 단단해졌어요. 그래서 같이 살게 됐고요. 여
자는 어릴 때부터 글 쓰는 걸 좋아했어요. 성인이 돼서는 주로
소설을 썼죠. 여러 출판사에 원고를 보냈고 번번이 퇴짜를 맞
았어요. 여자는 좌절했지만 글쓰기를 포기하진 않았죠. 홀로
잠드는 밤이 많아지면서 남자는 빈 침대에 누워 곰곰이 생각했
어요. 여자를 이해할 수 없지만 상황을 받아들이자고 인식했는
지도 몰라요. 어느 날 남자는 여자에게 콩트를 하나 보여 줬죠.
나름대로 재밌는 글이었어요. 누가 쓴 거냐고 묻자 남자가 말했
어요. '언더라이터. 당신을 위한 작가야.' 남자는 이어서 설명했
죠. '문장은 경우의 수잖아. 알고리즘으로 해결되는 일이지. 사
용자가 상황을 제시하면 셀 수 없이 많은 명령어로 구성된 프
로그램이 문장을 만들어서 최적의 이야기를 찾아내는 거야. 그
게 언더라이터의 기본 개념이지.' 여자는 그건 아니라고, 소설
은 그렇게 쓰일 수 없다고 말했어요. '그럼 어떻게 쓰이는 건
데?' 남자의 질문에 여자는 입을 다물었죠. 자신은 대답할 자
격이 없다고 생각했거든요. 그리고 내내, 그때 답하지 못한 걸
후회했어요. 남자는 자기 생각을 증명하려고 했어요. 그게 관계
에 도움이 될 거라고 확신했죠. 좀 더 나은 버전을 보여 준다면
여자도 믿고 따라올 거라고요. 그게 문제였어요. 남자는 점점
언더라이터의 세계에 갇혔고 본질과 수단이 뒤엉켰어요."

"결국 실패했군요?"

"모르겠어요. 그걸 성공이나 실패라고 단정할 수 있을지. 한쪽 손에 성공, 한쪽 손에 실패를 나란히 든 셈이니까요. 언더라이터가 자기 작품을 블로그에 연재하기 시작했고 출판 에이전시의 눈에 띄었어요. 남자는 당황했지만 멈추지 않았어요. 끝까지 가 보겠다고 했죠. 끝이 어디인지, 뭐가 있는지 알 수 없었어요. 확실한 건 거기에 여자는 없단 사실이었죠. 누구도 이별을 말한 적은 없어요. 남자와 여자는 서로를 등진 채 걸었고 각자의 길로 향했어요."

"남자는 어떻게 됐나요?"

"이야기 속으로 들어가 버렸어요. 스스로 언더라이터가 된 거죠. 여자는 그렇게 믿어요." 진이 분명한 어투로 말했다.

"그 질문에 여자는 뭐라고 답하려 했나요?" 가만히 진의 이야기에 귀를 기울이던 은수가 말했다. "소설이 어떻게 쓰이느냐는 질문."

허공에서 두 사람의 눈길이 마주쳤고 한동안 눈빛이 오갔다. 진이 조심스럽게 입을 열었다.

"여자는 이렇게 답하려고 했어요. 소설은……."

"써요, 진." 내 입에서 누군가에게 떠밀린 듯 말이 튀어나왔다. 맞은편에서 은수의 눈빛이 느껴졌다. 진이 미소를 머금고 나를 바라봤다. 그 미소에 용기를 얻은 나는 은수의 눈길을 피하며 말을 이었다. "그걸 써 봐요. 그러면 모두가 알게 되겠죠."

작가의 말

소설 여덟 편을 모았습니다.

2013년부터 쓴 단편으로 각기 다른 인물과 세계가 등장합니다.

한때는 그들과 그들이 사는 세상을 잘 안다고 생각했습니다만 지금은 알 수 없는 관계가 되었습니다.

이 페이지에 다다랐다면

이곳 세계와 근접한 쪽은 내가 아니라 당신이겠지요.

그리하여 안부를 묻습니다.

잘들 지내고 있던가요.

어깨를 나란히 붙이고 앉은 자리가 비좁아 보이진 않았는지요.

누군가 당신에게 말을 건네진 않던가요.

왜 그런 걸 묻느냐고요.

뭐 이런 사람이 다 있느냐고요.

별다른 목적이 있는 건 아닙니다.

그저 오래전부터 당신을 만나고 싶었습니다.

2017년 4월

유재영

더 작은 세계를 위하여

박혜진(문학평론가)

1

성장과 진보의 시대에 끝이 보이자 일본의 사상가 아사다 아키라는 현대를 지탱하는 병적인 경주 사회가 곧 증상을 드러낼 거라 확신했다. 이를테면 조금이라도 더 축적하려고 안간힘 쓰는 편집증적 인간에 맞서 탕진을 일삼는 분열증적 인간이 등장하는 것이다. 편집증적 인간은 저축 지향적이지만 분열증적 인간은 도박 지향적이다. 전자는 재산을 모으고 가정을 이루며 한 발이라도 앞서 나가려 하지만 후자는 가정을 버리고 두리번거리며 이탈을 도모한다. 편집증적 인간은 축적을 목표로 하는 근대 사회를 추동해 온 삶의 방식이고, 분열증적 인간은 공동의 목표가 사라진 오늘날에 요구되는 삶의 방식인바, 편집증적 사회에서 탈락하고 밀려난 사람들은 각자 알아서 도주해야 한다는 주장. "행선지 같은 건 알 게 뭐냐. 어쨌든 도망쳐라, 도망쳐라, 어디까지든."* 그중에는 패권적 남성성으로 상징되는, 만들어진 주체성으로부터의 도주도 포함된다.

『하바롭스크의 밤』은 한마디로 남성들의 이야기다. 아버지를 넘어서지 못하는 아들, 팸을 만들기 위해 범죄를 공모하는 소년, 군대내 가혹행위의 피해자, 러시아로 흘러든 벌목꾼, 유토피아를 찾아 생체 실험에 동참하는 청소부, 빌딩의 야간 경비……. 그들은 가정에, 앞서는 삶에, 이 세계에 억눌려 있거나 가정을, 앞서 나가는 삶을, 이 세계를 벗어난다. 러시아 하바롭스크로, 적도 한가운데로, 스노볼 속 축소 세계로…… 요컨대 『하바롭스크의 밤』은 남성성으로 상징되는 권위적, 억압적, 편집증적 주체성을 내면화하지 못한 채 주변화된 '실패한 남성'들의 몽타주이자 불면과 악몽 사이에서 잠 못 이룬 채 존재가 흐려져 가는 '작은 남성'들의 모자이크다. 드러내려는 몽타주와 숨기려는 모자이크 뒤로 일그러진 남성들이 도주하고 있다.

유재영 작가는 2013년, 짝짓기 프로그램 촬영 현장에서 벌어지는 소동을 다룬 소설 「똥」을 발표하며 데뷔했다. 여자 1호 남자 3호라는 호칭을 유행시킨 관찰 예능 콘셉트의 리얼리티

---

* 아사다 아키라, 문아영 옮김, 『도주론』(민음사, 2012), 9쪽.

프로그램이 방영된 것도 이 시기의 일로, 관찰 예능이라는 관음증적 형식이 대중의 욕망을 재현하던 무렵이다. 남성과 여성이 서로에게 어필하는 촬영 현장은 「똥」에서 편집증적 '남성성'에 억압된 자아가 돌출하는 장소로 기능한다. 시청률 압박에 시달리는 김 피디는 야외 촬영을 하던 중 사라진 남성 출연자의 사망 현장을 발견한다. 돌싱 짝짓기라는, 모처럼의 '득템' 기획이 살인 사건에 연루되는 것을 두고 볼 수 없었던 김 피디는 조연출 조국현과 작가 윤지원을 불러 시체를 매장하기로 한다. 그런데 땅을 파는 순간 남자가 눈을 뜬다. 술에 취해 잠들었다는 것이다. 당황한 세 사람은 자연식 화장실을 체험하려던 중이었다며 거짓말을 둘러대고, 네 명이 된 치들은 각자가 판 구덩이 위에 바지를 내리고 쪼그려 앉아 구멍을 들여다본다.

작위성을 숨기지 않는 소극(笑劇)적 반전은 수면을 죽음으로 착각하는 세 남자의 내면으로 들어가는 문이다. 열린 문으로 보이는 것은 물론 착각 자체가 아니라 그들이 착각할 수밖에 없는 이유겠다. 이유에 대해 이야기하자면 세 사람이 출연자에게서 본 환영의 정체, 즉 그들의 적을 추측해야 한다. 김 피디는 전처와 불륜 관계였던 동시에 방송계에서 자신보다 인정받는 동기를 시기하는 중이다. 아내를 성적으로 독점하지 못하고 사회적 권력도 소유하지 못한 데서 오는 열등감이 그를 불안하게 한다. 조국현은 가정폭력의 원흉이었던 아버지에 대한 분노가 소화되지 않았고, 윤지원에게는 군대 내 가혹행위 가해자를 고발했던 이등병이 자살한 장면을 목격했던 기억이 트라우마로 남아 있다. 종합해 보면, 이들 세 남성의 자아는 직장과 가정과 군대에서 '패권적 남성성'으로 상징되는 폭력적 주체성에 억압당해 뒤틀리고 왜소해져 있다. 이들의 마음은 적을 향한 복수를 원한다. 그 어두운 욕망이 죽은 사람을 앞에 두고 금기를 넘어야 하는 순간, 반격할 수 없는 약한 남성을 향해 표출된다. 잠든 사람을 죽은 사람으로 볼 수도 있다는 상상은 어쩐지 괴괴하다. 탈주하지 않아서일까. "어쨌든 도망쳐라, 도망쳐라, 어디까지든."

2

실상 억눌린 자아는 도처에 있다. 작가적 자의식도 예외는 아니다. 「만화경」은 작가를 억누르고 있는 자의식을 형상화한 메타 소설로, 고골 — 체호프 — 고리키로 이어지는 러시아 일급 작가들 사이에 전해지는 만화경과 그들의 이야기에 반응해 만화경을 구입한 신인 소설가의 일화가 교차한다. 소설의 키는 물론 만화경이다. 대문호들에게 만화경은 대신 써 주는 물건이다. 고골은 만화경에서 본 것들을 써서 명성을 얻고 체호프는 글감이 될 만한 내용을 종이에 옮긴 뒤 만화경에서 완성된 문장을 받아쓴다. 그러나 작가들에게 만화경은 대신 써 주는 사물만은 아니다. 그것은 자신이 쓴 것이 자신만의 것인지 확신할 수 없는 데서 오는 불안, 즉 원본에 대한 불안을 상징하는 자의식의 거울이기 때문이다.

　신인 작가인 '나'도 만화경을 구입해 소지하고 다니는 부분에서 서사는 도약한다. '나'는 아마존에서 구입한 만화경을 고골과 체호프와 고리키에 대한 사연이라도 있는 것처럼 들고 다닌다. 이 주술적 행위의 본질은 불안의 동일시다. 성공한 작가들의 불안을 따라하는 행위가 그들과 자신이 공유하는 기표가 됨으로써 무명/신인 작가로서의 위축된 자존감을 얼마간 상쇄해 주기 때문이다. 작가들이 모여 있는 창작촌에 입주해 있는 신인 작가가 만화경을 통해 대가들의 불안을 이식받는다는 이야기는 정신적 고통과 독창적 불안, 즉 영혼에서 문학성이 비롯된다고 믿는 전통적 세계관에 해당할 것이다. 동시에 억압적 주체성이기도 하다. 억눌려 있지 않다면 그 밤에 구태여 유령을 볼 이유도 없었을 테니까.

　「Keep going」은 「만화경」의 짝패 같은 소설이다. 「만화경」의 억눌린 자의식이 「Keep going」에서 예측하지 못한 방향으로 불쑥 튀어나간다. 19세기에서 21세기 저 뒤쪽으로 그야말로 훌쩍. 역시 신인 소설가인 '나'는 화제의 소설 『해저도시』의 작가 테드 권과 선상 대화를 나누던 중 그가 불의의 죽음을 당하는 장면을 목격한다. '나'는 그의 태블릿 피시를 훔쳐 거기 저장돼 있는 소설들을 다듬어 자신의 이름으로 발표해 일약 '주목받는 작가'가 된다. 하지만 발표한 작품에 표절 의혹이 제기되며 그를 향하던 스포트라이트는 꺼지고, 불 꺼진 뒤 '나'는 테드 권의 『해저도시』가 인공지능에 의해 쓰였다는 사실을 알게 된다. 테드 권은 인공지능에 의한 소설이 가능하다는 것을 입증하고 싶은 프로그래머였던 것이다.

새로운 화제는 버추얼마인드사의 업무에 관한 이야기였다. 테드는 인공지능이 창의적인 일을 해낼 수 있는지, 비전문가들을 앞에 두고 설명하느라 애를 먹었다. 중언부언이 더해졌다. 한동안 강연이 이어졌다. 인공지능은 모든 걸 섭렵해 가는 중이었다. 나는 국면을 전환할 때 쓰는 접속사를 사용해서 말을 잘라 냈다.

"어쨌든, 인공지능이 교향곡을 작곡할 수 있습니까? 아니면, 지금 나오는 빌리 홀리데이처럼 아름다운 음색으로 노래를 부를 수 있을까요? 그도 아니면, 빈 종이에 아름다운 문장을 쓸 수 있나요? 또……"

"당신은 할 수 있습니까?"

— 「Keep going」에서

"당신은 할 수 있습니까?" 이 질문은 지금 모든 작품이 빌리 홀리데이처럼 아름다운 음색으로 노래하지 못할 바에야 어떤 작품이 알고리즘에 의해 생산되는 게 무슨 대수냐고 묻고 있다. 나아가 작품이 꼭 인간의 영혼에 의해 만들어져야 하느냐는 대답까지 요구하고 있는바, 이것은 「만화경」에서 굴복했던 전통적 세계관에 대한 명백한 도발이다.

대답은 우리의 몫이다. 우리는 인공지능이 쓴 소설을 인정할 수 있는가. 소설에 있어 소설가는 무엇인가. 이는 결국 한 가지 질문이기도 하다. 쓰는 주체에 따라 작품성에 대한 평가가 달라지는가. 도대체 '쓴다'는 행위를 규정하는 것은 무엇인가. '언더라이터'는 소설을 '쓰지' 않는다. 데이터로서의 문장을 명령에 따라 선택하고 조합하는 목적론적 행위는 '쓰기'라고 할 수 없을 것이다. 테드 권의 글쓰기는 '쓰기'라고 할 수 없는 '쓰기'다. 그렇다면 '나'는? '나'는 타인의 소설을 훔치고 훔친 것을 취사선택해 편집한 다음 제 이름으로 발표한다. '나'의 쓰기와 '언더라이터'의 쓰기는 본질적으로 다르지 않다. 그러나 테드 권의 비밀은 영원히 드러나지 않고 '나'의 비밀은 표절이라는 방식으로 드러난다. 탈주는 멈출 수밖에 없지만, 이렇듯 분열하는 작가의 모습은 패러다임의 변화가 가져올 미래의 모습과 그때 우리가 대답해야 할 문제에 대한 도저한 질문을 남긴다.

3

남성성과 자의식 다음에 기다리고 있는 것은 제도와 세계를 탈주하는 이야기다. 아사다의 주장에 따르면 도망가지 못한 편집증형 인간들의 특징이 바로 '주체성'이다.* 편집증형 인간은 분열증형의 '질주하는 비주체성'을 참을 수 없기 때문에 주체로서 자신의 역사일관성에 매달린다는 것인데, 이를테면 아내를 성적으로 독점하는 남성은 아내의 몸에 지속적으로 행사하는 주체성을 자아의 존립 기반으로 삼는다. 그리고 독점되지 않을 때, 주체성을 상실한 데 따른 폭력성을 드러낸다. 「네 개의 눈」에 등장하는 박 대위 같은 사람. 죽은 아내를 발견한 그가 가장 먼저 확인한 것은 외도의 흔적이었고, 권 목사를 죽이기 위해 찾아 나선 것도 그가 자신의 아내와 딸에게 정신적 주인과도 같았음을 알아챘기 때문이다. 주인의 자리를 빼앗겼다는 편집증적 주체성이 결국은 권 목사의 두 눈을 도려낸 폭력을 유발했다.

「똥」, 「네 개의 눈」, 「만화경」이 억압된 주체성을 보여 주는 경우라면 다음의 소설들은 질주하는 비주체성으로 읽을 수 있는 있는 작품이다. 「팸」은 주어진 가족으로부터 벗어나 선택적 가

* 같은 책, 14쪽.

288

족을 형성하려는 노력이고 「아주 작은 세계」는 현실에서 거주할 곳을 갖지 못하는 사람들이 유토피아를 찾아 '축소 세계'로 탈주하는 노력이다. 이들은 모두 무거운 주체성의 세계에서 벗어나 가벼운 비주체성의 세계로 옮겨 가고자 한다.

　「팸」은 한 가족에서 다른 가족으로 이동한다. 혈연에 의한 가족에서 벗어나 연대하는 공동체로서의 가족으로 팸을 만들고 싶었던 '나'는 기존의 팸에서 독립해 자신의 팸을 만드는 데 필요한 돈을 마련하고자 범죄에 가담한다. 새로운 버전의 아이폰 판매가 개시되는 날 가게에 잠입해 아이폰을 훔친다는 계획이다. 그러나 일촉즉발의 상황을 모면하고 가까스로 대량의 아이폰을 훔쳐 나오는 데 성공한 순간, 아이폰이 전부 모형이라는 사실을 알게 된다. 작가에게 묻고 싶다. 이들은 왜 실패했을까? '나'의 세계가 자신이 벗어난 세계와 충분히 다르지 않기 때문이라는 추측이 가능하다. '나'에게 몸이 불편한 동생은 자식과 같고 좋아하는 여자는 보호해 줘야 할 아내와 같이 그려진다. 그리고 자신은 아들과 아내를 지키기 위해 도둑질도 불사하는 가장과 같다. 이들의 관계는 가부장적 제도의 전형을 반복한다. '나'에 의해 만들어지고 있는 가족적 구조와 '나'의 가부장적 역할이 선명해지면서 수평적 관계는 점점 수직적 관계가 되어 간다. 병든 제도를 닮아 가지 않으려면 아이폰은 모형 아이폰이어야 했을 것이다.

SF적 상상력이 돋보이는 「아주 작은 세계」도 새로운 세계를 향한 탈출을 다룬다. 배경은 아이슬란드, 공간은 구드욘센의 가방에 들어 있는 스노볼이다. 스노볼이라면, 뒤집었다 놓았을 때 흰 가루가 눈비처럼 내리는 그 동화 같은 장난감이 맞다. 「아주 작은 세계」의 스노볼에는 유전 정보를 그대로 보존한 채 크기만 10억 분의 1로 축소한 '더 작은 세계 프로젝트'의 결과, 즉 '아주 작은 세계'가 들어 있다. 그 안에는 인간 7만여 명이 입주해 있으며, 그중에는 구드욘센의 아내와 아이도 있다.

구드욘센과 덕도 입주를 결정했다. 주택 임대료 상승분을 융통할 수 없었다고 하지만 그보다 확실한 이유가 있었다. 그들은 여전히 대화 중에 합일을 느꼈고 더 작은 세계에서 그 실현이 가능하다고 믿었다. 구드욘센은 며칠 전 화장실 청소 중 만났던 리처드 박사의 말을 덕에게 전했다. "최소한의 자원으로 최대의 행복이라니, 이곳에서는 상상도 할 수 없는 일이지 않은가."

— 「아주 작은 세계」에서

그러나 구드욘센이 입주하려는 시점에 프로그램이 중단되고 프로그램을 이끌던 박사도 자취를 감춘다. 구드욘센은 가족을 잃고 지구에는 7만여 명이 사라진다. 여기까지가 구드욘센이 박사를 찾아 떠도는 사연의 내막인바, 이 사라짐 역시 탈주와 실패의 서사를 따른다. 최소한의 삶이라는 가치관을 '선택'할 수밖에 없는 사람들, 가령 주택 임대료 상승분을 감당하지 못하는 사람들을 비롯해 남미와 중앙아시아, 아프리카에서 온 이주민들은 난민 이송선 대신 '더 작은 세계 프로젝트'를 운용하는 갈락시아스를 택함으로써 기존의 세계를 버렸다. 하지만 그것은 결과적으로 자멸이 되고 말았다. 프로그램이 중단된 사연은 드러나지 않지만, 그 숨겨짐이야말로 그 세력에 대한 합리적인 의심을 가능하게 한다. 프로그램을 실행할 수 있고, 실행된 프로그램을 멈출 수도 있는 힘이 탈주를 사라짐으로 만든다. 「팸」과 마찬가지로 이들의 탈주에는 도주로가 없다.

4

길이 없으므로 방향도 없다. 그러나 정해진 방향이 없을 뿐, 방향은 여러 개의 이야기가 중첩되는 순간 예기치 못한 곳에서 생겨난다. 서너 개의 이야기가 겹쳐지며 소설의 공간이 '증강' 하는 것. 증강된 현실은 유재영 소설이 만들어 내는 의외의 장소이자 유재영 소설만 만들어 내는 유일한 장소이다. 「타워」와 「하바롭스크의 밤」은 시간과 공간을 달리 하는 복수의 이야기가 한 작품 안에서 몸을 겹치며 서사의 진폭을 확장하는 대표적인 작품이다.

「타워」는 최고급으로 건설된 첨단의 공간에서 보안 일을 하는 '나'와 규호 씨가 근무 중 나누는 한밤의 대화로 이루어져 있다. 대화는 '나'의 느닷없는 질문으로 시작된다. "유령을 본 적이 있습니까?" 규호 씨는 적도에서 근무할 때 겪었던 일을 들려준다. 피라미드 조직의 관리부장을 감시하는 것이 업무였던 규호 씨는 좁은 공간에서 기계처럼 똑같은 생활을 유지하는 관리부장을 보며 그의 존재가 흐려지는 것을 느낀다. 1년 내내 하나의 계절이 계속되는 적도의 정체감이라면 누구라도 한 번쯤 자신의 감각을 의심하게 될 것이다. 시간이 지날수록 분명하던 그의 존재는 점점 더 흐릿해져 간다. 적도 이야기는 타워와 연결되며 관리부장과 '나'를, 적도의 정체감과 타워의 적요를 연결시킨다. 적도의 정체감과 중첩된 타워는 불빛조차 숨죽이는 적막의 공간으로 생생하게 전달된다. 첨단 그 자체인 완벽한 세계 안에서 '나'는 시시 티브이와 나란히 앉아 있는, 사물화하고 객체화된 존재로 흐려지고 있다. '나'의 심리를 추측할 수 있는 서술은 찾아볼 수 없지만 두 이야기가 겹쳐지며 만들어 내는 이미지는 그 자체로 '나'의 내면의 풍경이다.

한반도와 러시아를 비롯해 더 많은 공간이 겹쳐지는 「하바롭스크의 밤」은 북한과 국경을 맞대고 있는 러시아 하바롭스크의 벌목소를 배경으로 한 두 남자의 탈출기다. 러시아로 팔려 간 북한 출신 벌목꾼 '기'와 한국에서 살인죄로 복역을 마친 뒤 또다시 살인사건에 연루되어 하바롭스크까지 흘러 온 '율'은 비슷한 운명을 공유한다. 기의 삶은 정부와 가족이라는 타인의 의지에 점령당했고 율의 삶은 과거의 기억에 점령당했다. 율은 악몽과 불면이 반복되는 저주 같은 생활에서 벗어나기 위해, 기는 탈북한 동생들을 만나기 위해, 두 사람은 벌목소를 벗어나기로 한다. 하지만 거대한 자연이 곳곳에서 그들을 방해하고 결국 기는 덫에 걸려 발목에 치명상을 얻는다. 그러는 동안 불면과 악몽 사이를 헤매는 율에게는 꿈인지 생시인지 모를 이미지가 반복적으로 나타난다. 나무를 자르는데, 자르고 보면 누군가의 발목이다.

금방 잠이 들었지만 꿈속에서 뜻하지 않은 인물을 만나야 했다. 휘청거리는 남자가 나왔다. 예전보다 더 크고 거뭇한 형상이었다. 율은 환영을 피하면서 팔을 휘두르고 발길질을 했지만 모두 헛방이었다. 꿈속에서 그에게는 늘 한 평 남짓한 공간만이 주어졌다. (중략) 석 달 후 겨울 벌목을 떠났다. 트레일러에서의 첫날, 율의 꿈속에 휘청거리는 남자가 예외 없이 도착했다. 남자는 이제 사람이기보다는 그냥 나무 같았다. 율은 매일 밤 남자의 다리를 잘랐다.

—「하바롭스크의 밤」에서

「하바롭스크의 밤」에서는 현실과 꿈이 중첩된다. 현실 감각과 몽중 감각이 서로를 침입하며 의식과 무의식의 중간 지대를 만들어 내는데, 덫에 걸린 기의 발목과 그것을 잘라 내는 율을 그리는 환각의 이미지는 역설적으로 이들의 비참을 더 선명하게 보여 준다. 이미지의 중첩을 시각적으로 형상화하는 탁월한 서술이 돋보이는 작품이자 벌목소를 메우고 있는 나무들의 결국 스러질 '수직'들이 기와 율이 처한 비극적 방랑의 끝 모를 '수평'에 그림자를 드리우는 작품이다.

기와 율은 다시 길 위에 오른다. 그러나 도착지는 불명. 이들만 아니라 유재영의 소설에서 탈주한 인물들은 대개 어디에도 도착하지 못한다. 하지만 아무 데도 도착하지 않는 게 더 낫다. 그들이 있는 곳은 누르는 힘으로부터 가장 멀어진 '더 작은 세계'일 것이기 때문이다. 현실도 가상도 아니지만 현실이면서 가상인 곳, 말하자면 증강현실 같은 것, 그 어지럽고 무한한 공간이 유재영 소설을 읽는 우리의 감각을 계속해서 확장시킨다. 수많은 현실 앞에서, 이제 책을 덮는 우리에게 탈주하지 않을 이유는 없어 보인다. "행선지 같은 건 알 게 뭐냐. 어쨌든 도망쳐라, 도망쳐라, 어디까지든."

하바롭스크의 밤

1판 1쇄 찍음 2017년 4월 14일
1판 1쇄 펴냄 2017년 4월 21일

지은이   유재영
발행인   박근섭·박상준
펴낸곳   (주)민음사

출판등록 1966. 5. 19. 제16-490호
주소   서울시 강남구 도산대로1길 62(신사동)
           강남출판문화센터 5층(06027)
대표전화 515-2000 | 팩시밀리 515-2007
홈페이지 www.minumsa.com

ⓒ유재영, 2017. Printed in Seoul, Korea

ISBN 978-89-374-3410-5 (03810)

이 소설집은 2016년 한국예술창작아카데미 지원금을 받았습니다